Franziska Stalmann
Viktors Liebe

SERIE PIPER

Zu diesem Buch

Diesen Fall wollte sie keinesfalls übernehmen: Viktor Svoboda taucht in ihrem Ermittlungsbüro auf und verlangt, dass sie seine verschwundene Frau finden soll. Anna Wolf lehnt ab, denn die Polizei und andere Detekteien haben vergeblich nach ihr gesucht. Als er jedoch einen Selbstmordversuch unternimmt, kann Anna nicht anders, als sich um ihn und seinen hoffnungslosen Fall zu kümmern. Sie fährt in das Ostseestädtchen Gradow, wo Viktors Frau bis zur Wende gelebt hat, und ermittelt – einsam und lustlos, kalten Herbststürmen und der Ablehnung der Einheimischen ausgesetzt. Sie findet tatsächlich eine Spur, aber bald auch die erste Tote. Dann wird die Frau, die ihr den Hinweis gegeben hat, erwürgt, und Polizeikommissarin Marion Rogal übernimmt die Ermittlung. Aber Anna bleibt. Nicht nur, weil Viktor, der ihr nach Gradow nachgereist ist, sie braucht. Sondern auch, weil sie sich in eine heftige Leidenschaft zu Landrat Jan Martinek verstrickt hat, für die sie sogar die Liebe zu ihrem Mann aufs Spiel setzt. Viktors Frau wird schließlich tot im Wald gefunden – aber noch drei Menschen sterben, bevor es Anna und der Kommissarin gelingt, den Knoten aus Liebe, Untreue, Hass und Verirrung zu lösen, der, vor langer Zeit geschnürt, zur tödlichen Gefahr geworden ist …

Franziska Stalmann, geboren 1951 in Hamburg, Psychologin und Schriftstellerin, lebt in München. Mit »Champagner und Kamillentee«, ihrem ersten Roman, hat sie einen Bestseller vorgelegt, gefolgt von ihren Erfolgsromanen »Lieber die Taube in der Hand«, »Annas Mann«, »Das rote Fenster« und zuletzt »Viktors Liebe«.

Franziska Stalmann

Viktors Liebe

Kriminalroman

Piper München Zürich

Von Franziska Stalmann liegen bei Piper im Taschenbuch vor:
Champagner und Kamillentee
Annas Mann
Das rote Fenster
Viktors Liebe

FSC

Dieses Taschenbuch wurde auf FSC-zertifiziertem Papier gedruckt. FSC (Forest Stewardship Council) ist eine nichtstaatliche, gemeinnützige Organisation, die sich für eine ökologische und sozialverantwortliche Nutzung der Wälder unserer Erde einsetzt (vgl. Logo auf der Umschlagrückseite).

Originalausgabe
August 2007

Umschlag / Bildredaktion: Büro Hamburg
Heike Dehning, Charlotte Wippermann,
Alke Bücking, Daniel Barthmann
Umschlagabbildung: Eva Pradel / buchcover.com / VISUM
Autorenfoto: Peter von Felbert
Satz: Filmsatz Schröter, München
Papier: Munken Print von Arctic Paper Munkedals AB, Schweden
Druck und Bindung: Clausen & Bosse, Leck
Printed in Germany ISBN 978-3-492-24992-8

www.piper.de

1

Der Mann stand auf der anderen Straßenseite zwischen den herbstlich verfärbten Bäumen und blickte herüber. Er war groß und schlank, seine Hände steckten in den Taschen seiner Jacke, sein Haar war weiß, und wenn die Sonne darauf schien, sah es aus, als trüge er einen Heiligenschein.

Er stand schon lange da und beobachtete, wie die Männer vom Asylbewerberheim Jochens alte Büromöbel hinaustrugen und in den Lastwagen luden. Aber vor allem schien er sich für Frau Beifuss und mich zu interessieren, denn wenn er uns sah, legte er den Kopf schief, als versuche er zu verstehen, was wir sagten.

»Das dürfen Sie nicht weggeben«, sagte sie und umklammerte ein altes Schreibmaschinentischchen. »Das brauche ich unbedingt, das muss hierbleiben!«

»Kommt nicht in Frage«, sagte ich. »Sie haben schon zwei davon in Ihrem Zimmer. Und den Aktenschrank!«

Sie wandte sich ab und ging mit einem Aufschluchzen zurück ins Haus.

»Sachen von ihr tote Mann«, sagte der Afrikaner, der den Laster fuhr und die Anweisungen gab, und seine Stimme war dunkel vor Mitgefühl. »Arme Frau.«

»Er war nicht ihr Mann«, sagte ich. »Ich bin seine Frau. Sie war seine Sekretärin.«

»Ach so«, sagte er. »Zweite Frau.«

»Nein!«, sagte ich. »Er hatte nur eine Frau. Mich! Sie war seine Mitarbeiterin. Mitarbeiterin!«

Er zog den Kopf ein und verschwand im Laderaum des Lasters.

Der Mann auf der anderen Straßenseite war auch fort.

Am anderen Tag war er wieder da und sah zu, wie die Handwerker Farbeimer und Teppichrollen ins Haus trugen, und blickte danach auf die geöffneten Fenster des Büros, und am dritten Tag beobachtete er die Männer von der Firma für Büroeinrichtungen, die die neuen Möbel brachten, und dann stand er nur noch da und sah zu uns hinauf, und wenn ich am Fenster war, beugte er sich nach vorne, um deutlicher zu sehen.

Frau Beifuss tauchte im Türrahmen auf, einen Packen Vorhänge in den Armen. Es waren die alten, senfgelb und verwaschen.

»Ich will die neuen Gardinen nicht! Die alten sind noch so gut!«

»Kommt nicht in Frage«, sagte ich. »Sie können die Möbel behalten, aber alles andere wird neu. Sie haben es mir versprochen!«

Sie drückte die Vorhänge an die Brust wie ein Kind, das man ihr entreißen will, und verließ mit einem Aufschluchzen das Zimmer.

Der Mann von der Büromöbelfirma, der mein Regal montierte, sah mich an, als sei ich die böse Hexe im Märchen. Ich wünschte, ich wäre die böse Hexe im Märchen, dachte ich, dann wäre es mir egal, wie sie leidet. Es würde mich sogar freuen.

Er sah mich weiter so an.

»Es geht nicht anders«, sagte ich. »Wir mussten endlich mal renovieren.«

»Ich wäre dann hier fertig«, sagte er kalt, ließ den Schraubenzieher in den Werkzeugkasten fallen und stapfte hinaus.

Ich setzte mich in Jochens alten Drehsessel, strich über die neue Schreibtischplatte, zog die Kiste mit dem Inhalt der Schubladen zu mir heran und räumte ein. Ganz unten lag das Bild im Silberrahmen, das auf dem zerkratzten Furnier des alten Schreibtisches gestanden hatte.

Es zeigte Jochen und mich unter einem der Obstbäume auf der Wiese hinter dem Haus meiner Mutter. Er lehnte am Stamm und hielt mich von hinten umfasst und lächelte. Auf seinem

Gesicht lag das Licht- und Schattenspiel der Blätter, und darum sah man nicht, dass er fast zwanzig Jahre älter war als ich. Ich stand in seinen Armen und lachte, und das sichere Glück in meinem Gesicht war das eines Menschen, der noch nicht weiß, wie schnell das Sichere zerstört werden kann.

»Breitmaulfrosch«, hatte ich gesagt, als ich das Foto gesehen hatte, denn wenn ich lachte, reichte mein Mund von einem Ohr zum anderen.

»Wunderschöner, zauberhafter Breitmaulfrosch«, hatte er geantwortet.

Ich wischte mit dem Ärmel über den Rahmen. Ich hatte sein Büro ausgeräumt, ich hatte Frau Beifuss gezwungen, fast alles von ihm herzugeben, sein Name stand nicht mehr auf dem Firmenschild und den Briefköpfen. Er war seit über fünf Jahren tot, und ich lebte mit einem anderen Mann zusammen, den ich liebte. Vielleicht war es auch Zeit, sein Bild nicht mehr auf dem Schreibtisch zu haben.

Ich öffnete die Schublade, aber ich schaffte es nicht, das Bild hineinzulegen. Ich schob sie wieder zu. Ein andermal, dachte ich, ich entscheide es ein andermal.

Draußen verschwand die Sonne, die Handwerker waren fort. Frau Beifuss und Herr Fischler räumten in ihren Zimmern. Ich verschränkte die Arme auf dem Schreibtisch und legte den Kopf darauf.

Jemand berührte meine Schulter, und ich schrak hoch. Es war dämmerig geworden, vom Fenster kam ein kühler Luftzug, und über mir war der Schatten eines Mannes.

»Frau Wolf?«, fragte er. »A&E – Auskünfte und Ermittlungen?«

Ich nickte. »Und wer sind Sie?«

»Mein Name ist Svoboda«, sagte er, »Viktor Svoboda.«

»Wie sind Sie reingekommen?«

»Die Flurtür war offen. Ich habe sie zugemacht.«

Ich tastete nach dem Schalter der Schreibtischlampe und machte Licht. Seine Haare waren dicht und weiß, die Augen hell und das Gesicht rosig und für sein Alter erstaunlich glatt. Unter einer hellbraunen Cordjacke trug er ein weißes Hemd. Er hielt eine Aktenmappe im Arm, aus gutem Leder, aber altmodisch und abgeschabt.

»Sie sind das! Sie haben die ganze Zeit unten gestanden. Warum?«

»Ich wollte wissen, wer Sie sind.«

»Wissen Sie es jetzt?«

»Ich glaube schon.« Er sah sich um. »Kann ich mich setzen?«

Ich stand auf und holte einen Stuhl für ihn.

»Und? Was kann ich für Sie tun?«

»Ich möchte Sie beauftragen«, sagte er und öffnete die Mappe, »mit einer Vermisstensuche.«

Eigentlich war das Büro geschlossen. Eigentlich hatte ich keine Lust, mit ihm zu reden. Aber er hatte so lange da unten gestanden. Und nun saß er schon mal hier.

»Wer wird vermisst?«

»Meine Frau«, sagte er. »Seit vier Monaten.« Er holte tief Luft, und es klang wie ein Seufzen. »Und zwei Wochen. Und drei Tagen.«

Sicher wusste er auch die Stundenzahl. Ich kannte das, ich hatte nach Jochens Tod auch so genau gerechnet.

Er schob mir drei Aktendeckel hin.

»Polizei« stand auf dem obersten, in einer großen, runden, kunstvollen Schrift, und die beiden anderen trugen die Namen der teuersten Detekteien der Stadt.

Ich blätterte durch den Polizeibericht. Anna Svoboda hatte am 3. Mai um vierzehn Uhr die gemeinsame Wohnung verlassen, um spazieren zu gehen, und war nicht zurückgekehrt. Sie hatte ihr Portemonnaie und ihren Schlüsselbund dabei gehabt, sonst nichts, und niemand hatte seither von ihr gehört oder sie gesehen.

Sie war, wie sie es sonst fast täglich mit ihrem Mann tat – der an diesem Tag krank im Bett gelegen hatte –, durch die Flussauen und den Stadtpark gegangen, bis weit hinauf in seinen nördlichen Teil, wo er noch ungezähmt und unwegsam war und während der Woche fast menschenleer.

Das ist ja wohl klar, dachte ich. Sie ist tot: überfallen, erschlagen, verunglückt, Herzinfarkt, Schlaganfall oder so was. Vielleicht hat sie auch Selbstmord begangen. Und irgendwo liegt sie und wird irgendwann gefunden. Wenn sie in den Fluss gefallen ist – oder gesprungen? –, findet man sie vielleicht nie. Und jeder weiß es, nur er will es nicht wahrhaben.

Die Polizei hatte sorgfältig ermittelt, die Detekteien auch – für viel Geld –, und ihre Resümees sagten in mehr oder weniger vorsichtigen Worten das, was ich dachte: Tod durch Unfall, Mord, Selbstmord, Krankheit. Irgendwo liegt sie. Irgendwann wird sie gefunden.

Ich sah auf. Er saß ruhig da und sah auf die Akten, mit unbewegtem Gesicht, aber eine starke Spannung ging von ihm aus.

»Der Fall ist gründlich untersucht worden, von guten Leuten«, sagte ich. »Da gibt es nichts mehr zu ermitteln. Ich würde Sie betrügen, wenn ich es täte. Außerdem …«

Ich blätterte im Polizeibericht zurück. Er war neunundsechzig und Rentner. Er war Schreiner gewesen, seine Frau Schneiderin.

»Das können Sie sich doch gar nicht leisten. Sie haben schon zwei Ermittlungen bezahlt. Die waren bestimmt nicht billig.«

»Machen Sie sich deshalb keine Gedanken«, sagte er. »Ich bin auch Restaurateur. Alte Möbel. Ich bin sehr gefragt. Ich kann so viel verdienen, wie ich will.«

»Trotzdem«, sagte ich. »Es bringt nichts mehr.«

Er senkte den Blick wieder auf die Akten und rührte sich nicht.

Ich wartete darauf, dass er aufstand.

»Sie lieben sie sehr, nicht?«, fragte ich schließlich. Eine blöde Frage, wie aus einem billigen Film.

Er bewegte den Kopf langsam von einer Seite zur anderen.

»Sie ist mein Leben.«

Die Antwort passte zu meiner Frage, sie war auch blöd und billig, aber bei ihm klang es nicht so.

Er blieb weiter sitzen, und ich wartete weiter, bis ich es nicht mehr aushielt.

»Herr Svoboda«, sagte ich. »Ich kann nichts für Sie tun. Sie müssen jetzt gehen.«

»Wenn Sie sie nicht suchen, mache ich nicht weiter. Dann höre ich auf. Ohne sie hat es keinen Sinn.«

»Womit hören Sie auf?«

»Mit dem Leben.«

Ich verstand ihn gut. Ich hatte auch mal mit dem Leben aufhören wollen, weil es keinen Sinn mehr gehabt hatte ohne Jochen.

»Aber ich kann sie nicht finden. Ich wüsste gar nicht, wie. Und warum gerade ich?«

Er sah hoch und lächelte mich an. Er musste als junger Mann sehr anziehend gewesen sein, groß und schlank und mit viel schüchternem Charme, und es kam mir vor, als ob er die alte Anziehungskraft noch einmal zu aktivieren versuchte, um mich zu gewinnen. Nicht für sich. Für seine Frau.

»Sie heißen auch Anna. Anna Svoboda – Anna Wolf. Und Sie sind ihr ähnlich. Nicht äußerlich, nur so von der Art her ... manchmal – ein bisschen«, schwächte er ab, als wäre es sonst zu viel der Ehre.

Das bisschen war mir Ehre genug. Trotzdem.

»Sie können sie finden«, sagte er beschwörend. »Das weiß ich.«

Ich stand auf. »Nein, das kann ich nicht. Es tut mir leid, Herr Svoboda, aber ich kann gar nichts für Sie tun. Es ist schon alles getan worden, was möglich ist. Ich würde nur Ihr Geld verschwenden und Ihnen Hoffnung machen, ohne Aussicht auf Erfolg.«

Ich schob ihm die Aktendeckel hin, und er begradigte umständlich den Stapel und verstaute ihn in seiner Mappe.

»Und Sie hören nicht auf mit dem Leben, ja? Ihre Frau wäre bestimmt auch dagegen.«

Er lächelte.

»Viktor!«, sagte er, indem er eine energische Frauenstimme imitierte: »Das kommt gar nicht in Frage, Viktor!«

»Na, sehen Sie.«

Er stand auf und gab mir die Hand: »Danke. Und alles Gute für Sie.«

Ich brachte ihn zur Tür. Der Flur lag im Halbdunkel, weil die neuen Lampen noch nicht montiert waren. Es roch nach Holz und Farbe und neuem Teppichboden. Frau Beifuss' Tür war geschlossen, die von Herrn Fischler stand ein Stück offen, und ich hörte ihn hin und her gehen und Bücher ins Regal stellen und Schubladen öffnen und schließen. Seine Bewegungen klangen nach Zufriedenheit.

Ich steckte den Kopf durch den Türspalt: »Gefällt es Ihnen?«

Er lächelte. Er war groß und dünn und hatte ein Vogelgesicht mit großer Nase und kleinen dunklen Augen, und wenn er lächelte, sah er aus wie ein lächelnder Vogel.

»Sehr«, sagte er. »Gut, dass Sie das endlich gemacht haben.«

»Jochen hätte nichts dagegen, oder?«

»Ach was! Der freut sich. Er hat immer gesagt, wir müssten unbedingt mal renovieren.«

Ich öffnete die Tür von Frau Beifuss' Büro. Sie saß zwischen Umzugskartons und Topfpflanzen auf dem Boden und sah mit ihrem weißen Gesicht und der in Auflösung befindlichen Hochsteckfrisur aus wie eine Tragödin. Die Fenster, die wegen der warmen Nachmittagssonne offen standen, ließen kühle Abendluft herein, und das einzige Licht, das brannte, war das kalte weiße Licht der Deckenleuchte.

Ich schloss die Fenster und machte die Schreibtischlampe an. Sie rührte sich nicht. Ist es so schlimm?, hätte ich beinahe gefragt, ohnehin eine blöde Frage. Wenn eine übermäßig dynamische Person wie Frau Beifuss reglos auf dem Boden saß wie ein verlassenes Kind, war es eine kriminell blöde und verbotene Frage.

Ich setzte mich neben sie.

»Was ist denn so schlimm?«

»Alles«, sagte sie mit dem trockenen Aufschluchzen, das sie so gut konnte.

»Was ist alles?«

»Es ist, als ob wir ihn austreiben! Als ob nichts mehr an ihn erinnern soll!«

Ich hatte keine Lust, darauf zu antworten. Sie wusste zu gut, dass es nicht so war.

»Sie haben ihn sehr geliebt, nicht wahr?«

Das hatte ich heute schon mal jemanden gefragt. Lauter dumme Fragen. Was war das für ein Tag?

Sie nickte.

»Er war so ... so ...« Sie sah sich um, wie um Worte zu finden, die Jochen beschreiben konnten, schüttelte den Kopf, weil sie keine fand, und versuchte es anders: »Als meine Tochter auf die Welt kam, hat er in der Klinik gewartet ...«

»Sie haben eine Tochter?«

»Ja«, sagte sie, und Stolz war in ihrer Stimme: »Ulrike. Ich habe sie nach ihm genannt.«

»Nach Jochen? Nach meinem Mann?«

»Ja. Er heißt doch Ulrich, mit zweitem Vornamen.«

»Ach so. Aber ... aber ...«

Ich wusste nicht, wie ich sagen sollte, was ich nicht mal denken konnte. Sie schüttelte wieder den Kopf, mit kurzen ungeduldigen Bewegungen.

»Ach, nein! Er ist nicht ihr Vater. Das haben die in der Klinik auch gedacht. Nein, nein. Ulrikes Vater hat sich davongemacht, als ich schwanger wurde. Und mein Vater wollte, dass ich abtreibe. Das ging gegen seinen Stolz, dass seine siebzehnjährige Tochter schwanger war. Er war Beamter. Schulleiter. Oberstudiendirektor. Was seine Kollegen sagen würden ... und die im Ministerium! Er hat mich so unter Druck gesetzt! Aber ich wollte das Kind unbedingt. Ich wollte mal was für mich. Und weil ich immer so durchs Büro geschlichen bin, hat Ihr Mann mich gefragt, was los ist, und ich habe es ihm erzählt. ›Ich bringe Sie woanders unter‹, hat er gesagt. ›Und wir suchen einen Heimplatz für Sie und das Kind, damit Sie danach weiterarbeiten können. Sie müssen Ihre Ausbildung zu Ende machen.‹ Als es so weit war, ist er in die Klinik gekommen. ›Einer muss doch da sein mit Blumen‹, hat er gesagt. So war er.«

Ich weiß, dachte ich. Ich spürte das Stechen der Eifersucht. Warum hatte er mir nie davon erzählt? Er hatte mir doch sonst alles erzählt!

»Weiß Herr Fischler davon?«

Sie schüttelte den Kopf.

»Da war Ihr Mann noch in der Anwaltskanzlei. Das Ermittlungsbüro hat er erst zwei Jahre später eröffnet. Und mich hat er mitgenommen, als Büroleiterin. Dabei war ich gerade erst mit der Ausbildung fertig. Das waren schöne Zeiten, damals ...«

Sie schwieg und sah offenbar auf ihr Leben zurück, während ihr Blick durchs Zimmer wanderte.

»Ich habe einfach Pech mit den Männern«, sagte sie nach einer Weile, als fasse sie ihre Überlegungen zusammen. »Es fing schon schlecht an: mein Vater, der Vater von Ulrike. Danach wurde es auch nicht besser. Der einzige Gute war Ihr Mann. Immerhin einer. Und ich habe Ulrike ... Sie müssen sie mal kennenlernen.«

»Gerne«, sagte ich.

Sie verweilte noch einen Moment bei dem Gedanken an ihre Tochter, dann griff sie in ihr Haar und sah sich um: »Wie sehe ich eigentlich aus?«

Sie war wieder auf dem Weg zu ihrem dynamischen alltäglichen Selbst. Ich stand auf.

»Ich gehe dann mal. Bis morgen.«

Sie lächelte mich an, was sie nicht oft tat: »Bis morgen.«

Ich holte Mantel und Tasche aus meinem Zimmer und stellte

das Foto auf, das auf dem Schreibtisch lag, und schob es in die Ecke, in der es auch auf dem alten Schreibtisch gestanden hatte.

Draußen war es kalt geworden und hatte angefangen zu regnen. Ich zog den Mantel fest um mich und ging mit schnellen Schritten durch den Regen. Das letzte Stück lief ich.

In der Wohnung war es dunkel, aber durch den Spalt der Wohnzimmertür drangen Fernsehlicht und die Stimme des Nachrichtensprechers. Ich drückte die Tür auf.

Andreas saß auf dem Sofa, die Krawatte heruntergezogen, den Kragen geöffnet. Im bläulichen Licht sah er müde aus, und mit dem halblangen dunklen Haar und den schmalen Augen wirkte er trotz seines dreiteiligen Anwaltsanzugs wie ein Indianer. Er gähnte und strich mit beiden Händen das Haar zurück, eine typische Bewegung. Ich spürte das Brennen der Liebe in der Magengrube.

Er sah hoch und streckte die Hand nach mir aus, und ich setzte mich dicht neben ihn. Er legte den Arm um mich.

»Du bist ja ganz nass. Und außer Atem. Was ist?«

»Nichts. Ich bin bloß froh, dass du da bist.«

»Wo sollte ich denn sonst sein?«

»Weg, zum Beispiel. Verschwunden, vermisst.«

»Wieso sollte ich verschwinden?«

»Das kann passieren«, sagte ich. »Leichter als man denkt. Eben war ein Mann bei mir, dessen Frau verschwunden ist. Einfach so. Seit vier Monaten.«

»Schlimm«, murmelte er und sah wieder auf den Bildschirm.

Als der Vorspann für den Liebesfilm der englischen Bestsellerautorin anlief, drückte er auf die Fernbedienung und zog mich an sich.

»Was ist mit der verschwundenen Frau?«, fragte er.

»Sie ist tot. Das ist ziemlich sicher«, sagte ich. »Aber ihr Mann will es nicht glauben.«

»Das würde ich auch nicht glauben wollen. Ich würde dich suchen, bis ich dich gefunden habe.«

»Ich verschwinde schon nicht«, sagte ich. »Ich liebe dich doch. So sehr.«

»Selbstmordversuch nach mysteriösem Verschwinden der Ehefrau« stand über der Meldung: »Der Rentner Viktor S. unternahm am Freitagabend in seiner Wohnung in der Altstadt einen Selbstmordversuch. Eine Nachbarin fand den Neunundsechzigjährigen angekleidet in der gefüllten Badewanne. Viktor S. hatte sich die Pulsadern aufgeschnitten und konnte auf der Intensivstation der Universitätsklinik in letzter Minute gerettet werden. Motiv für die Verzweiflungstat ist das Verschwinden seiner Ehefrau. Anna S., 70, war im Mai dieses Jahres von einem Spaziergang nicht zurückgekehrt und konnte trotz intensiver Suche nicht gefunden werden.«

Ich zog erschrocken die Luft ein, Kaffee geriet in meine Luftröhre, und ich hustete und würgte, bis Herr Fischler die Tür öffnete und fragte: »Haben Sie sich verschluckt?«

Ich bedeutete ihm, mir auf den Rücken zu klopfen.

»Ich muss sofort weg. Kümmern Sie sich bitte um meine Termine.«

Viktor Svoboda lag auf der Station »Psychiatrie I«. Ich traf im Flur auf die Stationsärztin.

»Schön, dass da jemand kommt«, sagte sie und öffnete die Tür zum Arztzimmer. »Wir haben niemanden erreichen können außer der Nachbarin, die ihn gefunden hat. Sind Sie mit ihm verwandt?«

»Nein«, sagte ich. »Ich kenne ihn kaum. Er war Donnerstagnachmittag bei mir und wollte, dass ich seine Frau suche.«

Sie sah mich erstaunt an.

»Ich leite ein Ermittlungsbüro. Seine Frau ist seit vier Monaten vermisst. Er legte mir den Polizeibericht und die Berichte von zwei Detekteien vor, und ich musste ihm sagen, dass der Fall ausermittelt ist und dass ich nichts für ihn tun kann. Er sagte, er würde aufhören mit dem Leben, wenn ich sie nicht suche, weil es ohne sie keinen Sinn hätte. Ich habe mir versprechen lassen, dass er das nicht tut, auch weil es seiner Frau bestimmt nicht recht wäre, und als er ging, war er ganz heiter und sagte, ich solle mir keine Sorgen machen. Ich hätte es besser wissen müssen!«

»Sie haben keine Schuld«, sagte sie. »Es war seine Entscheidung.«

»Das sagt man so«, sagte ich. »Und es stimmt ja. Aber ich habe auch mal einen Selbstmordversuch gemacht. Wäre jemand da gewesen und hätte sich um mich gekümmert, hätte ich es nicht getan.«

Sie sah mich aufmerksam an. Sie hatte große Augen hinter dicken Brillengläsern, einen hübsch geschwungenen Mund und kräftige braune Haare mit mehr Grau darin, als zu ihrem Alter passte, und hätte sie etwas für ihr Äußeres getan, wäre sie attraktiv gewesen. Aber das war einem womöglich egal, wenn man hier arbeitete. Und so, wie sie war, war sie manchmal richtig schön.

»Da ist was dran«, sagte sie.

»Und was machen Sie nun?«, fragte ich. »Behalten Sie ihn hier? Behandeln Sie ihn? Oder was?«

»Er bekommt ein Beruhigungsmittel. Nächste Woche wird er entlassen.«

»Glauben Sie, er versucht es noch mal?«

Sie runzelte die Stirn.

»Darüber darf ich nicht sprechen, das fällt unter die Schweigepflicht. Sie sind nicht mit ihm verwandt.«

»Ich mache mir Sorgen«, sagte ich. »Ich fühle mich verantwortlich. Und ich glaube, er hat hier keine Verwandten oder jemanden, der sich um ihn kümmert. Nur die Nachbarin, die ihn gefunden hat.«

»Das glaube ich auch.«

Sie seufzte und blickte wie Hilfe suchend zur Decke. Unter ihren Augen lagen die Schatten des Übernächtigtseins. Oder der Überarbeitung. Oder von beidem.

»Na gut. Ich kann es nicht beschwören, aber ich bin mir

ziemlich sicher, er versucht es wieder. Ich tue, was ich kann, er bekommt Nachsorge, Betreuung, alles, was möglich ist – aber das ist keine Garantie. Wahrhaftig nicht.«

Sie seufzte wieder und stand auf.

»Kommen Sie.«

Viktor Svoboda saß auf einem Stuhl neben dem Bett, die Hände mit den bandagierten Handgelenken im Schoß, und sah zum Fenster hinaus. Das Bett in der Mitte war leer, und auf dem Bett an der Tür saß ein blasser, dicklicher, junger Mann in einem orangefarbenen Trainingsanzug und lächelte mich so freudig an, als brächte ich Erlösung von allem Übel.

»Guten Morgen, Herr Svoboda«, sagte ich. »Ich bin Anna Wolf. Erinnern Sie sich?«

Er wandte den Kopf und sah mich an, sein Blick war leer, und er musste erst überlegen.

»Ach ja. Die nette junge Detektivin.«

»So nett bin ich gar nicht«, sagte ich. »Und so jung auch nicht: vierunddreißig.«

Er wartete, dass ich weitersprach, aber ich wusste nicht, was ich sagen sollte. »Wie geht es Ihnen?« oder so etwas erschien mir reichlich albern. Es ging ihm offensichtlich beschissen schlecht.

»Kann ich etwas für Sie tun?«, fragte er schließlich. Auch das klang albern.

»Ich habe in der Zeitung von Ihnen gelesen. Ich wollte einfach nach Ihnen schauen.«

»Das ist nett von Ihnen«, sagte er, aber ich spürte, dass es ihn nicht interessierte und dass er darauf wartete, dass ich wieder ging.

»Werden Sie es wieder tun?«, fragte ich.

»Nein.«

»Wirklich nicht?«

»Natürlich nicht«, sagte er mit einem Anflug von Spott. »Wo denken Sie hin?«

Er schüttelte abwehrend den Kopf und machte die Augen zu.

Ich wartete, aber er rührte sich nicht. Wut stieg atembeklemmend in mir auf. Er sah so arrogant aus mit seinem schmalen blassen Gesicht und den geschlossenen Augen. Er konnte mich mal!

Ich griff nach meinem Rucksack und stand auf, und mein Blick fiel auf seine bandagierten Handgelenke. Verdammt noch mal, du weißt doch, wie das ist, dachte ich, wenn das Leben so unerträglich ist, dass einem der Tod nur noch leicht und schön erscheint. Er ist nicht arrogant, er ist verzweifelt – die Art von Verzweiflung, die in jeder Körperzelle hängt und einen lähmt und unempfindlich macht gegen alles andere. Die einen von innen auffrisst, bei lebendigem Leib, wie ein böses Tier. Du weißt doch, wie das ist!

Ich setzte mich wieder. Der junge Mann auf dem Bett an der Tür schnalzte mit der Zunge, ob zustimmend oder ablehnend, war nicht herauszuhören.

»Herr Svoboda«, sagte ich. »Wenn ich Ihre Frau suche: Versprechen Sie mir dann, es nicht noch mal zu tun?«

Er hob langsam die Lider und sah mich eindringlich an: »Bis Sie sie gefunden haben?«

Ich nickte.

Er griff nach meiner Hand: »Versprochen!«

»Bestimmt?«

»Bei meiner Ehre«, sagte er, was mir wieder albern vorkam, aber ihm war es ernst, das sah ich.

Er behielt meine Hand in seinen Händen, sein Gesicht entspannte sich, und ich konnte sehen, wie erschöpft er war. Er sah mitleiderregend aus, aber ich wurde wieder wütend. Er drängte sich in mein Leben und brachte mich dazu, etwas zu tun, was ich überhaupt nicht tun wollte. Ich machte mich los.

»Gut«, sagte ich geschäftsmäßig. »Rufen Sie mich an, wenn Sie wieder zu Hause sind. Ich sehe mir dann Ihre Unterlagen an …«

»Das können Sie gleich tun«, sagte er. »Dann verlieren wir keine Zeit. Ich rufe meine Nachbarin an, die hat den Schlüssel zu meiner Wohnung und kann Ihnen die Akten geben. Kirchplatz 15. Wann fahren Sie hin? Jetzt ist sie bestimmt da. Wenn Sie jetzt Zeit hätten?«

Das Haus Kirchplatz 15 war ein helles Fünfzigerjahrehaus, das zwischen den stuckschweren Altbauten, die den Platz vor der Kirche umgaben, zart und zierlich wirkte. Frau Eisenmenger, die Nachbarin, hieß Rita. Ich starrte eine ganze Weile auf das Namensschild an ihrer Tür, bis sie endlich öffnete.

»Ja, bitte?«

»Ich bin Anna Wolf«, sagte ich. »Herr Svoboda hat mich telefonisch angekündigt. Es geht um die Akten in seiner Wohnung.«

»Ach, Sie sind es«, sagte sie gedehnt und betrachtete mich durch ihre pantherfellgemusterte Brille, aber als sie sah, dass ich viel jünger war als sie und auch sonst in einer ganz anderen Kampfklasse, verwandelte sich ihre Ablehnung in Redseligkeit.

»Schrecklich, nicht? In der Badewanne! Das ganze Blut! Das hätten Sie sehen sollen«, sagte sie, während sie die Tür zur Nachbarwohnung öffnete.

Das Messingschild unter dem Spion trug die zierlich geschwungene Inschrift »A. & V. Svoboda«.

»Sich so was anzutun! Als wäre sie die einzige Frau auf der Welt. Man muss sich auch lösen können. Und sie wäre bestimmt die Erste, die sagt: Such dir eine Neue, trauere mir nicht nach.«

Sie trat in den Flur und ging mit prüfendem, besitzergreifendem Blick durch die Zimmer: Küche, Bad, Schlafzimmer, und, nach vorne an einem Balkon gelegen, zwei miteinander verbundene Räume.

»So war sie. Ich habe sie nicht gut gekannt, sie hat sich ja ziemlich ferngehalten von allen, aber sie hatte was Praktisches. Vernünftig. Unsentimental, wissen Sie.«

Es gab Möbel aus besonderen Hölzern, die er vermutlich selber gemacht hatte, zwei alte Schränke, Vorhänge aus grobem naturfarbenem Stoff und Teppiche mit geometrischen Mustern in verblichenen Farben.

In einem der vorderen Räume standen nur ein ovaler Tisch mit Stühlen und ein großes Regal mit einem teuren Plattenspieler und unzähligen Langspielplatten. Sie ging in die Knie, zog aus einem der untersten Fächer des Regals die Aktendeckel heraus und kam graziös wieder hoch. Sie war um die sechzig, aber sie hatte den straffen schlanken Körper einer viel jüngeren Frau und einen ansehnlichen Busen.

Sie hatte meinen Blick bemerkt: »Sie war ja keine Schönheit, so dünn, so dunkel, irgendwie unscheinbar, aber sie hatte was, keine Frage – das gewisse Etwas. Die konnte einen Mann halten.«

Sie hielt die Akten im Arm, blickte kritisch auf meinen Rucksack, sagte: »Tüte«, und wandte sich in Richtung ihrer Wohnung.

»Die Männer waren immer interessiert an ihr, auch noch in den letzten Jahren, bis zuletzt – obwohl sie wahrhaftig nicht mehr die Jüngste war. Ich habe da so das eine oder andere mitgekriegt an Kontakten oder Herrenbesuchen. Nicht, dass ich glaube, da war wirklich was. Ich will ihr bestimmt nichts nachsagen, jetzt schon gar nicht, aber ob sie so eine Heilige war, wie ihr Mann meint ...«

»Herrenbesuche?«, fragte ich. »Was für Herrenbesuche?«

»Was für Herrenbesuche?«, wiederholte sie indigniert. »Na, Männer, die sie besucht haben, wenn ihr Mann nicht da war.«

»Haben Sie die Männer gesehen?«

»Gesehen? Nicht so richtig. Gehört vor allem, im Flur. Das Haus ist ziemlich hellhörig.«

Ach so, dachte ich. Du hast durch den Spion geschaut.

Sie öffnete den Besenschrank ihrer Landhausküche und suchte in einem Fach, in dem, säuberlich gefaltet, Plastiktüten lagen.

»Frau Svoboda war ja aus der DDR«, führte sie den Monolog fort, den ich unterbrochen hatte. »Diese Ostfrauen sollen angeblich besser sein als wir, als Frau, wissen Sie – wird jedenfalls behauptet. Also, ich wüsste ja nicht, warum ...«

Sie hatte eine passende Tüte gefunden, verstaute die Aktendeckel darin, reichte sie mir und nickte zufrieden.

»Jedenfalls wird es Zeit, dass er merkt, dass es auch noch andere Frauen gibt auf der Welt. Das ist ja kein Leben für einen Mann, so ohne Frau.«

Es regnete stark, als ich aus der Haustür trat, und ich hielt mir die Tüte mit den Akten über den Kopf und lief hinüber zur Kirche.

Ihr Inneres war überladen mit hölzernem Schnitzwerk und roch nach Weihrauch und Keller. Unter einem Altar in einem Nebenraum flackerten viele rote Lichter, und auf dem Boden davor waren Vasen und Blumentöpfe aufgereiht. Das Altarbild zeigte einen Heiligen in Mönchskutte, der die zwei Teile eines leuchtenden Herzens in den Händen hielt. Er sah aus, als sei er bei Gott für die gebrochenen Herzen zuständig.

Rolf ließ sich auf den Beifahrersitz fallen und küsste mich auf die Wange, und ich spürte das Streicheln seiner Bartstoppeln, obwohl er frisch rasiert war.

»Und?«, fragte er. »War was?«

»Nichts!«, sagte ich. »Und da kommt auch nichts. Ich hasse Partnerobservationen. Nur weil dieser widerliche Dr. Hagenkötter glaubt, sie betrügt ihn, müssen wir seiner netten Frau hinterherspionieren.«

»Du bist unprofessionell«, sagte Rolf.

»Sie ist viel zu nett, um ihn zu betrügen!«

»Unprofessionell und naiv. Was habe ich nette Frauen schon alles tun sehen.«

Er klappte die Sonnenblende herunter und kontrollierte sein Haar im Spiegel. Er hasste es, alt zu werden, darum trug er es so kurz, dass man das Grau darin nicht sehen konnte. Dabei hatte er kaum graue Haare. Und mit diesem Schnitt sah er immer aus, als sei er gerade aus einem Straflager entlassen worden.

»Und wenn sie ihn betrügen würde!«, sagte ich. »Ich könnte sie gut verstehen.«

»Du bist müde, Anna. Steig aus, ich bin dran. Und du gehst nach Hause. Zu deinem Andreas.«

Ich griff nach meiner Aktentasche und stieg aus und sagte ihm nicht, dass ich nicht nach Hause zu meinem Andreas ging, sondern zu Viktor Svoboda. Das war auch unprofessionell.

Viktor Svoboda erwartete mich im Flur vor seiner Wohnung. Er trug schwarze Hosen und einen schwarzen Rollkragenpullover, dessen Ärmel die Pflaster an seinen Handgelenken verdeckten, und zusammen mit seinem weißen Haar wirkte das Schwarz beinahe festlich.

»Wie schön, dass Sie kommen«, sagte er. »Ich habe für uns gekocht. Hier entlang, bitte.«

Er führte mich in das Zimmer mit dem Schallplattenregal und dem Tisch, der auf weißem Tuch gedeckt war.

Ich hatte nichts dagegen, etwas zu essen, doch als er mir Rotwein einschenken wollte, legte ich die Hand auf das Glas.

»Keinen Wein, sonst kann ich nicht arbeiten. Geben Sie mir Mineralwasser.«

Das Essen war sehr gut, aber ich beeilte mich, damit fertig zu werden, schob den Teller zur Seite und zog die Mappe mit den Unterlagen zu mir heran.

»Einen Moment.« Er stellte die Teller zusammen. »Ich hole nur eben den Kaffee.«

»Das ist nicht nötig«, sagte ich ungeduldig.

»Doch, doch«, sagte er und war schon weg.

Ich betrachtete das Regal mit den vielen Schallplatten. Es war nach Maß gebaut, sodass sie genau hineinpassten. Es mussten Hunderte sein.

Er brachte geschäftig lächelnd ein großes Tablett.

»Sie mögen Musik«, sagte ich, um zur Abwechslung mal was Nettes zu sagen.

»Mein Vater war Schreiner, meine Mutter Klavierlehrerin. Ich hätte fast Musik studiert. Aber dann bin ich doch Schreiner geworden. Nun habe ich beides«, sagte er mit einer Kopfbewegung Richtung Regal. »Schöne Musik und schöne Möbel.«

Er setzte sich, goss Kaffee ein, schob mir Sahne und Zucker hin und sah mich erwartungsvoll an.

»Also, Herr Svoboda«, sagte ich. »Wir müssen davon ausgehen, dass Ihre Frau verunglückt ist, überfallen wurde, an einem Herzinfarkt oder Ähnlichem starb und irgendwo liegt, und wir müssen das ganze Stadtgebiet absuchen – bis wir sie gefunden haben.«

»Ja, natürlich«, sagte er, und die Hoffnung keimte in mir, er würde vielleicht doch akzeptieren, dass seine Frau tot war. »Aber damit brauchen Sie sich nicht aufzuhalten. Das habe ich schon getan.«

»Sie? Wann?«

»Seit sie fort ist.«

Er griff nach einer Klarsichtmappe, die auf dem Kaffeetablett lag, entnahm ihr ein paar Bögen und faltete sie auseinander. Es waren Vergrößerungen des Stadtplans mit Markierungen und Schraffuren in verschiedenen Farben.

»Zuerst habe ich mir die wichtigsten Bereiche vorgenommen – die Flussauen und den Stadtpark, vor allem den nördlichen Teil«, sagte er und zeigte auf rot schraffierte Flächen. »Dann habe ich die Suche immer weiter ausgedehnt.« Die Schraffuren wurden blau und gelb. »Schwierige Gebiete – Unterholz, verlassene Gelände und so weiter – habe ich mehrmals durchsucht. Grundsätzlich. Die sind grün markiert. Und am Schluss bin ich alles noch mal abgegangen. Immer wieder.«

Es war beeindruckend. Trotzdem, dachte ich, wir werden noch mal suchen, und auch wenn wir sie nicht finden, heißt das nicht, dass sie noch lebt.

»Natürlich lebt meine Frau«, sagte er. »Das weiß ich. Das ist sicher. Ich dachte nur, ich könnte es vielleicht beweisen. Es würde alles so viel einfacher machen, nicht wahr? Außerdem musste ich unbedingt etwas tun. Sie können sich nicht vorstellen, wie das ist, plötzlich allein zu Hause zu sitzen.«

Doch, kann ich, dachte ich, und besser als du. Ich hatte nicht mal die Hoffnung, dass er noch lebt.

»Gut«, sagte ich, »dann streichen wir diesen Punkt. Jetzt kommt der Nächste. Seien Sie ehrlich, auch wenn es schwerfällt: Kann es sein, dass Ihre Frau Sie verlassen hat?«

Er hob die Rotweinflasche: »Erlauben Sie, dass ich mir einschenke?«

Ich nickte, er tat es, trank einen Schluck und sagte: »Das haben mich die anderen auch alle gefragt. Nein, natürlich nicht.«

»Das ist nicht immer so natürlich, wie es die Verlassenen glauben wollen.«

»Bei uns schon«, sagte er. »Wir lieben uns, seit wir uns zum ersten Mal gesehen haben, seit sechsundvierzig Jahren, und wollen bis ans Ende unserer Tage zusammenbleiben – das wollten wir, seit wir uns zum ersten Mal gesehen haben, und daran hat sich nichts geändert. Was kann ich mehr sagen?«

Nichts, dachte ich.

»Können Sie es beweisen?«, fragte ich.

Er schenkte sich Rotwein nach, trank, überlegte. Dann ging er ins Nebenzimmer und kehrte mit einem Holzkästchen zurück.

»Wir schreiben uns immer Zettel«, sagte er, »auch schon seit langer Zeit.« Er hob den Deckel des Kästchens: »Da, der oberste. Den hat sie geschrieben, bevor sie verschwand. Ich war krank an dem Tag und schlief, sonst wäre ich ja mitgegangen.« Er stöhnte. »Ich wünschte so sehr, ich wäre. Dann wäre das gar nicht passiert.«

Es war ein zerknittertes, kaffeebeflecktes Stück Papier, das irgendwo heftig herausgerissen worden war. »Viktor, Liebster«, stand darauf, in einer kleinen, energischen Schrift, »ich bin spazieren – schlaf dich gesund und iss was, wenn du wach wirst – Hühnersuppe auf dem Herd – ich bringe dir was zu lesen mit und Obst – heute Abend gibt es Lieblingskrankenessen: Frikadellen – und Bruckner im Radio – ich freue mich drauf – Liebe, A.«

Er wies mit dem Finger auf das Blatt: »Schreibt man so, wenn man seinen Mann verlassen will? Nein. Wenn sie das gewollt hätte, hätte sie einfach gehen können. Sie hätte nicht mal so tun müssen, als ob sie zurückkommt. Ich habe ja geschlafen. Außerdem ist sie kein Mensch der Heimlichkeiten. Sie hätte sich nicht einfach davongeschlichen. Sie hätte es mir gesagt, wenn sie mich hätte verlassen wollen.«

Ich gab ihm den Zettel zurück: »Klingt einleuchtend.«

Er strich das Papier liebevoll glatt: »So sehen all ihre Zettel aus – ihre Briefe auch«, sagte er und verstaute das Blatt wieder in dem Kasten.

»Aber«, sagte ich, »wenn Ihre Frau nicht tot ist oder freiwillig gegangen – was bleibt? Sie wäre unfreiwillig gegangen. Entführt worden.«

»Genau!«, sagte er zufrieden.

Kein Grund zur Zufriedenheit, dachte ich. Das ist idiotisch. Wer sollte eine siebzigjährige, pensionierte Schneiderin zwingen, ihr trautes Heim samt liebendem Ehegatten zu verlassen? Und warum?

»Aber warum?«

»Keine Ahnung«, sagte er. »Ich weiß es nicht. Dafür kann es tausend Gründe geben.«

»Sie glauben, sie ist entführt worden, und haben nicht den geringsten Anhaltspunkt dafür?«

»Es ist die einzige Möglichkeit. Sie ist nicht tot, sie hat mich nicht verlassen, also ist sie entführt worden. Das ist doch klar. Und das Warum ist im Moment gar nicht so wichtig … Da müssen Sie sich ein bisschen gedulden«, sagte er, als vertröste er ein wissbegieriges Kind, »das werden wir früh genug erfahren – sobald Sie sie gefunden haben.«

Die krumme Logik des Wünschens, dachte ich. Und der Hoffnung und der Angst.

»Und was soll ich tun?«, fragte ich.

»Sie müssen mit allen sprechen, die sie gekannt haben. Überall, wo sie gelebt hat. Hier. In Berlin. An der Ostsee, in Gradow.

Da vor allem. Da hat sie lange gelebt. Fast ihr ganzes Leben lang. Irgendwelche Hinweise muss es geben.«

»Aber das haben die anderen Ermittler schon getan. Ohne Erfolg. Was sollte bei mir anders sein?«

»Die waren nicht die Richtigen. Sie sind die Richtige. Sie finden sie.«

Er griff nach der Flasche und schenkte sein Glas wieder voll. Seine Hand zitterte. Es ist sinnlos, dachte ich. Vollkommen sinnlos. Und du weißt es. Darum ist es auch sinnlos, es dir zu sagen.

Ich schob ihm mein Glas hin, und er murmelte eine Entschuldigung und goss mir ein. Wir stießen so vorsichtig an, dass die Gläser nicht klangen, sondern nur einen stumpfen Misston gaben. Der Wein schmeckte nach Wald und schwarzen Johannisbeeren.

Wir schwiegen und tranken, und nach einer Weile stand er auf und ging nach nebenan. Er ging langsam, wie ein sehr alter Mann, und unsicher, vom Wein. Ich hörte, wie er eine Schublade öffnete und schloss, und dann kam er zurück und legte ein Foto vor mich hin.

»Das ist sie«, sagte er. »Eines der wenigen Fotos, die es von ihr gibt. Sie lässt sich nicht gerne fotografieren. Das hier hat ihr Vater gemacht, ohne dass sie es gemerkt hat.«

Sie saß auf einer Decke im Gras, auf die eine Hand gestützt, die andere auf die Knöchel der angezogenen Beine gelegt, und war anscheinend durch ein Geländer fotografiert worden. Ihr Haar war an den Schläfen zurückgesteckt und fiel lockig auf die Schultern, und sie trug eine weiße Bluse zu einem schwarzen Rock. Sie war überschlank, ihre Schlüsselbeine traten hervor, und Beine und Unterarme waren mager.

Ihre Augen waren groß und dunkel in einem schmalen Gesicht, sie lächelte, und auch ihr Mund war schmal und ziemlich klein. Sie war nicht hübsch, schon gar nicht schön, sie war das, was meine Mutter, wenn ihr gar nichts Besseres einfiel, »apart« nannte, und ich war enttäuscht.

»So sah sie aus, als ich sie kennenlernte«, sagte er. »Ich habe sie auf dem Rummelplatz kennengelernt – Rummelplatz, so sagte man früher, heißt das heute auch noch so? Ich glaube nicht, oder? Sie war mit einer Freundin am Schießstand, und ihre Freundin schoss immer daneben, aber sie schoss nicht schlecht, wirklich nicht schlecht – sie kann eben alles, was sie anfasst. Sie war so schön mit ihren dunklen Locken und den dunklen Augen ... Und ihre Stimme, sie hat eine tiefe weiche Stimme, wissen Sie – unbeschreiblich. Ich war furchtbar schüchtern, aber ich konnte schießen. Ich habe kein Wort rausgebracht, ich habe nur alle Papierblumen für sie geschossen, die es in der Bude gab. Einen Riesenstrauß Papierblumen. Er hat mich mein ganzes Geld gekostet, aber das war natürlich egal. Jedes Mal, wenn ich ihr eine Blume überreichte, sah sie mich an. Mit diesen Augen. Als keine Blumen mehr da waren, legte sie ihre Hand in meinen Arm – einfach so, ganz selbstverständlich –, und wir gingen weiter über den Rummelplatz.«

»Wann war das?«, fragte ich.

»1959. In Berlin. Im Sommer. Sie wohnte im Osten in einem Frauenwohnheim, ich im Westen zur Untermiete, bei einer sehr strengen Wirtin, und wenn wir uns ... berühren wollten, gingen wir in den Wald. Der Sommer 59 war auch unbeschreiblich, heiß und sonnig, wochenlang. Im Wald war es schattig und kühl und roch nach Kiefernnadeln. Ich war unerfahren, sie auch, aber sie war kühn. Und leidenschaftlich. Ich sagte, wir sollten uns zurückhalten und aufpassen. ›Warum, Viktor?‹, sagte sie, mit ihrer schönen Stimme. ›Du bist da, du bist mein Mann, warum soll ich mich zurückhalten?‹. Ich sehe immer noch ihr Gesicht vor mir, im Wald, wie sie das sagte.«

Er goss die Gläser wieder voll.

»Ich sehe überhaupt immer ihr Gesicht vor mir«, sagte er und sah mich an. Seine Augen waren gerötet, seine Haut rotfleckig. »Beim Einschlafen. In meinen Träumen. Beim Aufwachen. Immer.«

Er starrte in sein Glas. Er war ziemlich betrunken.

»Ich muss sie einfach suchen. Verstehen Sie das?«

Er nahm einen großen Schluck.

»Sie kennen das nicht. Darum verstehen Sie es auch nicht.«

Doch. Jetzt verstand ich es. Jochen war tot gewesen, ich hatte ihn sehen und berühren können, ihn beerdigen, sein Grab besuchen. Aber wäre er verschwunden gewesen, ich hätte ihn auch gesucht. Bis ich ihn gefunden hätte.

»Ich habe es gerade begriffen«, sagte ich und stand auf. »Morgen fange ich an.«

Er stand auch auf, schwankend und mühsam.

»Danke«, sagte er. »Ich bin Ihnen sehr dankbar.« Er versuchte sein Haar glatt zu streichen und gerade zu stehen. »Ich bringe Sie noch zur Tür.«

Das würde er kaum schaffen.

»Das ist nicht nötig. Bleiben Sie sitzen. Ich rufe Sie an.«

Er versuchte es trotzdem, stieß gegen den Tisch und sank zurück auf den Stuhl. Ich ging schnell hinaus.

2

Das Flugzeug nach Weeritz war eine kleine Propellermaschine mit ausgebessertem Lack und abgenutzten Sitzbezügen. Sie hatten auch an den Stewardessen gespart, die weder hübsch noch charmant waren und schlecht sitzende, schlammfarbene Uniformen trugen, und an den Passagieren, die nur wenige Reihen füllten.

Während des Starts klapperte etwas gegen die Außenhaut des Flugzeugs, und danach ging eine Stewardess umher und bat alle, die vorne saßen, auf die hinteren Sitze zu wechseln.

»Wir haben zu wenig Gepäck im Frachtraum«, sagte sie, und ihr rotwangiges Gesicht wurde noch röter, »und der Pilot braucht hinten mehr Gewicht … Nein, die Flugsicherheit ist gewährleistet … Bestimmt!«

»Du willst in den Osten?«, hatte meine Mutter gefragt, als hätte ich die Absicht geäußert, in die Äußere Mongolei zu reisen.

»Was heißt hier Osten, Mama?«, hatte ich geantwortet. »Das sind die neuen Bundesländer, nicht Osten oder Westen. Da ist doch kein Unterschied.«

Außer vielleicht, dass die Flugzeuge, mit denen man dorthin flog, aus den Altbeständen der Äußeren Mongolei stammten.

Ich hatte ein Auto gemietet, aber als ich durch die Sperre kam, trat ein Mann in einem grünen Parka auf mich zu.

»Sind Sie Frau Wolf?«

»Ja.«

»Martinek«, sagte er. »Kommen Sie.«

Er ging mit schnellen Schritten zum Ausgang und hinaus auf den Parkplatz zu einem grünen Geländewagen. Die beiden

Taxifahrer grüßten ihn und auch der Polizist, der die parkenden Autos kontrollierte.

»He, langsam«, sagte ich, als er die Heckklappe des Geländewagens öffnete und die Hand nach meiner Reisetasche ausstreckte. »Wer sind Sie? Warum holen Sie mich ab?«

Er sah mich zornig an: »Viktor Svoboda hat Hilde angerufen und ihr gesagt, dass Sie kommen. Hilde ist die beste Freundin von Anna Svoboda und meine Tante. Sie will, dass Sie bei ihr wohnen und dass ich Sie abhole. Ehe ich mit ihr darüber diskutiere, tue ich es, das ist effektiver. Aber ich habe nicht viel Zeit. Geben Sie mir jetzt Ihre Tasche und steigen Sie ein?«

Ich tat es. Er fuhr schnell und rücksichtslos und versuchte gleichzeitig, sich im Zaum zu halten, damit er nicht noch schneller wurde. Seine Fahrweise und sein finsteres Gesicht gingen mir auf die Nerven, und ich sah weg und durch das Seitenfenster hinaus in die Landschaft.

Die Nachmittagssonne schien durch die Blätter der Alleebäume, es gab Häuser mit Reetdächern und bunt bemalten Türen und in den Vorgärten erstaunlich viele mächtige alte Bäume, und am Herbsthimmel segelten weiße Wolken. Bald würden wir ans Meer kommen. Ich freute mich auf seinen Anblick und vor allem auf seinen Geruch.

»Schön ist es hier«, sagte ich.

Er sagte nichts. Er hielt sich nicht mehr zurück und fuhr noch schneller und rücksichtsloser, und doch grüßten ihn die Fahrer der meisten anderen Autos, und zwei Polizisten winkten sogar.

»Warum grüßen die Sie alle?«, fragte ich.

Er reagierte nicht. Ich gab es auf.

Tante Hilde wohnte nicht weit hinter dem Ortsschild »Gradow« in einem kleinen, grün gestrichenen Haus mit einer Veranda. Davor lag eine weite leere Grasfläche, auf der gar nichts war, eine Art der Gartengestaltung, die es hier anscheinend öfters gab, wie ich im Vorbeifahren gesehen hatte. Nur vorne am Zaun standen ein paar Rhododendren und ein weiterer großer alter Baum.

Er fuhr in die Auffahrt, einen Kiesweg entlang, bremste scharf, griff nach hinten, hob meine Reisetasche über die Sitzlehne und stellte sie mir auf den Schoß.

»Gehen Sie einfach rein. Die Klingel hört sie meistens nicht.«

Ich raffte mich zu einem Hauch von Höflichkeit auf: »Danke.«

Er wartete ungeduldig, bis ich ausgestiegen war, und fuhr mit viel Gas davon.

Ich stieg ein paar Stufen hinauf auf die Veranda, die mit Korbsesseln möbliert war. Die Haustür war nicht verschlossen und führte in einen Flur, von dem zu beiden Seiten Türen abgingen, die offen standen. Ich blickte in die dahinterliegenden Räume, fand niemanden und öffnete schließlich die Glastüre am anderen Ende der Diele, hinter der ein Gemüsegarten lag.

Ganz hinten im Garten erhob sich eine gebückte Gestalt und rief: »Bin gleich da!«

Hilde Seifert war groß und schlank, hatte kurze graue Haare und trug ein graues Wollkleid und Gummistiefel. Sie war eigentlich die Art von Frau, die ich mochte. Dafür hätte sie allerdings wenigstens ein bisschen freundlich zu mir sein müssen, doch sie schien fest entschlossen, es nicht zu sein.

»Sie sind also Frau Wolf«, sagte sie und betrachtete mich, wie man ein Paket betrachtet, das man geliefert bekommt und eigentlich nicht will. »Ich mache mir jetzt Tee. Wollen Sie auch einen?«

Sie servierte den Tee und einen ältlichen bröckelnden Rosinenkuchen im Wohnzimmer, machte eine Bemerkung über das Wetter und eine über den Flugverkehr vom Westen nach Weeritz und stand schon wieder auf, zeigte mir das Bad am Ende des Flures und brachte mich in das Gästezimmer im oberen Stock, wohin man über eine schmale Holztreppe gelangte.

Sie öffnete einen weiß gestrichenen Kleiderschrank: »Da können Sie was unterbringen«, nahm frische Bettwäsche heraus und warf sie aufs Bett. »Und wo das Bad ist, wissen Sie ja«, sagte sie und ging.

Nett, dachte ich. Was für reizende Menschen sind das hier.

Ich hängte ein paar Sachen in den Schrank, stellte den Laptop auf das Tischchen unter dem Fenster, nahm die Mappe, die Viktor Svoboda mir mitgegeben hatte, und setzte mich auf das Bett, das laut quietschte. Von unten drang das Quäken von Fernsehstimmen herauf.

Die Mappe war mit Gummibändern zu schließen und mit teurem Papier in einem altmodischen Muster überzogen. Ich öffnete sie. »Doku-Mappe Anna Svoboda« stand auf dem ersten Blatt, darunter lag ihr Lebenslauf, den er mit der Hand geschrieben hatte.

Als Anna Greve war sie 1934 in Gradow geboren. Sie lernte Schneiderin und ging 1958 nach Berlin, um in einem Modeatelier zu arbeiten. Auf dem Rummelplatz traf sie Viktor und fuhr nur noch selten nach Gradow, aber ausgerechnet am Tag des Mauerbaus war sie dort und wurde von ihm getrennt.

»Wäre sie in Ostberlin gewesen!«, hatte er ausgerufen, als wir darüber gesprochen hatten, so erregt, als wäre es gestern passiert. »Dann hätte sie es geschafft. Viele sind ja noch rübergekommen. Oder wären wir schon verheiratet gewesen. Dann hätte man sie gehen lassen müssen. Aber so! So gab es nur eins: Ich musste rüber in die DDR.«

»Das war sicher nicht einfach für Sie«, hatte ich gesagt.

Er hatte gelächelt: »Einfach war es nicht – die nahmen nicht jeden. Ich wollte nur mit Anna zusammen sein, ob hier oder drüben, war mir ziemlich egal. Links war ich sowieso, also habe ich mir gesagt, das passt doch, dann lebst du eben im Sozialismus, auch wenn dir da nicht alles gefällt.«

Aber es gab zu viel, was ihm nicht gefiel, und er schaffte es nicht, das nicht zu zeigen.

»Sie haben mich sowieso misstrauisch beäugt. Und dann habe ich einmal zu oft den Mund aufgemacht, und da haben sie mich ausgewiesen. Da durfte ich die ersten zwei Jahre überhaupt nicht mehr rüber und sie sehen. Schrecklich! Das war schrecklich!«

Im Lebenslauf hatte er den Schrecken knapp und sachlich

vermerkt: »1966: Viktor S. wegen ›staatsfeindlicher Hetze‹ ausgewiesen. Zwei Jahre Einreiseverbot!«

Aber dann: »Anfang 1968 erste Tagesbesuche in Ostberlin. 12. Dezember 1968 Geburt der Tochter Ingrid Anna. Danach häufiger Einreiseerlaubnis, auch über mehrere Tage, auch nach Gradow.«

Anna blieb in Gradow, arbeitete in der Textilfabrik in Karputh, zog ihre Tochter groß und wartete auf seine Besuche – und darauf, dass sie fünfundsechzig wurde, damit sie endlich zu ihm konnte.

»1989 Mauerfall, Wende, Wiedervereinigung, vor allem von Anna und Viktor Svoboda!«, hatte er am Ende des Lebenslaufes geschrieben, in seiner großen runden Schrift, und der Jubel darüber, dass sie zehn unfassbare Jahre früher zusammen gekommen waren, klang immer noch durch.

Ich blätterte weiter: Fotokopien der wenigen Fotos, die es von ihr gab, Fotokopien der Briefe, die sie ihm in all den Jahren geschrieben hatte, Kopien sämtlicher Zeugnisse und Urkunden, die sie je erhalten hatte. Ihre Meisterprüfung im Schneiderhandwerk hatte sie mit Auszeichnung bestanden, ebenso die Ausbildung zur Zuschneiderin, mehrfach war sie »Aktivistin der sozialistischen Arbeit« im VEB Textilkombinat Karputh gewesen, und geprüfte Rettungsschwimmerin war sie auch.

Ich sah die Briefe durch. Sie begannen alle mit »Viktor, Liebster« und endeten mit »Liebe, A.«, es waren Nachrichten über Alltägliches, in demselben eiligen Telegrammstil gehalten wie der Zettel, den er mir gezeigt hatte, auf zerknittertem, fleckigem Papier – das sah man sogar den Kopien an –, und sie besagten nicht viel mehr, als dass sie eine energische Schrift gehabt hatte, keine große Briefschreiberin gewesen war und kein Stück Papier ihre Hände in einigermaßen ansehnlichem Zustand verlassen hatte.

Ich reihte die Fotos auf dem Bett auf. Das Jugendbildnis auf der Decke im Gras. Das Hochzeitsfoto: Anna neben einem hübschen, schlaksigen, sehr jung wirkenden Viktor, in einem hellen

Kleid, einen Tuff aus Stoffblüten auf dem schwarzen Haar, mit ernst blickenden Augen. Ein paar Fotoatelierfotos als Geschenke für Viktor, zu Weihnachten oder zum Geburtstag: Anna und Ingrid, Anna allein, Ingrid allein. Künstlich der Hintergrund, künstlich die Haltung, die Gesichter glatt retuschiert.

Und schließlich das letzte Foto, das aus ihrem Pass: eine schmalgesichtige ältere Frau mit starrer Passfotomiene, großen dunklen Augen und immer noch dunklen Haaren. »Sie färbt sie nicht, nie, das hat sie nicht nötig«, hatte ihr Mann stolz gesagt, so stolz, wie er auf alles war, was sie tat oder nicht tat, ganz gleich, was es war.

Ich hatte mit Ingrid telefoniert, die in Stockholm lebte. Ich war in Berlin gewesen und hatte mit denen gesprochen, die sie damals gekannt hatten, Ende der Fünfzigerjahre. Mit drei ehemaligen Kolleginnen aus dem Modeatelier hatte sie noch Kontakt gehabt, und die drei hatten übereinstimmend erklärt, dass Anna Svoboda gewesen sei wie immer, dass es keine Anzeichen für irgendwelche Probleme gegeben habe und dass sie seit ihrem Verschwinden nichts von ihr gehört hätten.

»Meine Mutter ist kein Mensch, der viel von sich redet«, hatte Ingrid gesagt, »oder gar darüber, was in ihrem Inneren vorgeht. Aber ich hätte es gemerkt, wenn sie Schwierigkeiten gehabt hätte oder meinen Vater hätte verlassen wollen ... Nein, nein. Sie war unverändert. Nichts war anders. Und ich habe nichts von ihr gehört, seit sie verschwunden ist.«

Draußen war es dunkel geworden. Ich stand auf und sah hinaus. Gradow war sparsam mit seinen Straßenlaternen, sie standen in weiter Entfernung voneinander, aber dafür waren sie besonders hübsch – rund, mit gelblichem Licht – und hingen wie gelbe Monde über den Straßen.

Ich zog meine Jacke an und ging hinunter. Das Haus von Tante Hilde stand ziemlich einsam an einer Allee, auf deren anderer Seite Felder lagen. Ich musste eine Weile suchen, bis ich die Straße fand, die zum Meer führte, aber dann hörte ich sein graues, weiches Rauschen und spürte seinen Wind im Gesicht.

Die Straße mündete am Strand in eine Landungsbrücke, und ich ging bis an ihr Ende und blieb dort stehen.

Ich dachte an die Gesichter von Ingrid und Anna Svoboda auf den Fotos. Sie waren einander sehr ähnlich, schmal, dunkeläugig, nur dass Ingrid die helle Haut und die hellen Haare ihres Vaters hatte. Und sie wirkten beide so ernst, auch wenn sie lächelten. Und einsam, besonders auf den Fotos, auf denen sie zusammen zu sehen waren.

Ingrid war Krankenschwester geworden und gleich nach der Wende ausgewandert, nach Schweden. Sie hatte einen Ingenieur geheiratet und mittlerweile vier Kinder.

»Warum ist sie nicht mitgekommen, zu Ihnen?«, hatte ich Viktor Svoboda gefragt.

»Ich weiß es nicht«, hatte er geantwortet. »Ich hätte es gerne gehabt. Aber sie wollte nur raus. Und weg, weit weg. Ich habe gar nicht richtig gefragt, warum. Das hätte ich tun sollen. Aber ich war so froh, dass ich Anna wiederhatte.«

Der Widerwille gegen meine Arbeit stieg stark und würgend in mir auf. Es war ja gar nicht meine Arbeit! Ich hatte sie mir nicht ausgesucht, ich liebte sie nicht, ich mochte sie nicht mal besonders. Ich machte sie nur, weil ich Jochens Ermittlungsbüro geerbt hatte.

Ich stocherte im Leben anderer herum wie im Müll und wühlte nach Taten und Gefühlen, die mich nichts angingen und von denen ich nichts wissen wollte. Ich wollte nichts wissen über die Svobodas, nicht das Traurige, das Intime, das Schöne – und schon gar nicht das Hässliche und das Böse und das Armselige.

Ich mache es kurz, dachte ich. Ich rede möglichst schnell mit möglichst vielen Leuten und schreibe ihm einen schönen Bericht. Damit er weiß, hier ist alles getan. Und dann suchen wir zu Hause weiter nach ihr. Sie muss doch zu finden sein.

Ich stand noch lange da, umgeben vom Wind und vom Rauschen und dem Gefühl der Unendlichkeit, das man nur am Meer hat. Als ich mich umdrehte, sah ich ganz vorne jemanden am

Geländer der Brücke lehnen und mich beobachten. Ich ging schneller, aber als ich einen Moment lang nicht hinsah, war er verschwunden, als wäre er nie da gewesen.

Es gab noch viele in Gradow, die Anna Svoboda gekannt hatten, aber sie wollten nicht mit mir reden. Nach zwei Tagen des Telefonierens und An-den-Türen-Klingelns hatte ich immerhin ein paar gefunden, die es taten, manche aus Freundlichkeit, andere, weil sie Aufmerksamkeit brauchten oder sich wichtig machen wollten. Was sie mir erzählten, klang immer gleich: Anna Svoboda war eine nette Frau, eine solidarische Mitbürgerin, eine gute Mutter und Ehefrau, eine ausgezeichnete Schneiderin gewesen, nein, sie hatten nicht viel Kontakt zu ihr gehabt, nein, über Persönliches hatte sie nie gesprochen, es tat ihnen sehr leid, dass sie nun tot war, aber mehr wussten sie nicht. Ob ich noch lange in Gradow bleiben wolle? Bald würden die Herbststürme kommen, dann werde es ungemütlich, jedenfalls für Fremde.

Ich fand es jetzt schon ungemütlich.

Ich trank ihren Tee, aß ihre Kekse, betrachtete ihre Wohnzimmereinrichtungen und tat so, als ob ich ihnen zuhörte, und als ich nach dem letzten Gespräch durch die Allee zu Tante Hildes Haus ging, wusste ich, dass ich meine Zeit verschwendet hatte und nun nach Hause fahren musste und darauf warten, dass Viktor Svoboda sich umbrachte.

Reisende soll man nicht aufhalten, sagte eine Stimme in mir. Dann bringt er sich eben um.

Das halte ich nicht aus, sagte eine andere Stimme. Ich kann nicht einfach dasitzen und nichts dagegen tun.

Ich schloss die Haustür auf und machte sie schnell wieder hinter mir zu, damit nicht zu viel von dem kalten Wind mit hereinwehte.

Hilde Seifert kam aus der Küche: »Na? Ist kalt, was? Das ist der Herbstwind. Wird noch viel schlimmer, wenn die Stürme kommen. Sie sollten nach Hause fahren.«

»Weiß ich«, sagte ich ungeduldig. »Ich fahre ja. Aber vorher rede ich noch mit Ihnen.«

»Was soll ich Ihnen denn erzählen? Ich weiß auch nicht mehr als die anderen.«

»Tatsächlich? Verdammt! Sie waren ihre älteste und beste Freundin und wissen nicht mehr über sie, als dass sie nett und solidarisch war und eine gute Mutter und Ehefrau? Das, was mir hier alle erzählen? Seit Tagen höre ich nichts als diesen beschissenen Schrott! Für wie blöd halten Sie mich?«

Aus ihrem Gesicht schwand der Ausdruck diffuser Ablehnung. Es wurde klar und kalt.

»Uns gefällt das nicht. Dass Viktor sich nicht abfinden will. Dass er Anna nicht ruhen lässt. Und dass Sie daraus auch noch Gewinn schlagen. Damit wollen wir nichts zu tun haben.«

»Mir gefällt es auch nicht«, sagte ich. »Ich wollte auch nichts damit zu tun haben. Aber er hat sich in der Badewanne die Pulsadern aufgeschnitten, weil er ohne sie nicht leben kann, und ich habe ihm versprochen, sie zu suchen, damit er es nicht noch mal probiert!«

Sie wurde blass, und ihre Augen röteten sich. »Ist das wahr?«

»Rufen Sie ihn an und fragen Sie ihn!«

Sie verschwand im Wohnzimmer, und ich stellte mich in der Küche an den Herd, um mich aufzuwärmen, denn im Zimmer unter dem Dach gab es nur einen Heizlüfter.

Oben schaltete ich das Gerät auf die höchste Stufe, zog mir die Bettdecke über die Schultern, nahm einen Schluck Cognac aus dem Alkoholikerfläschchen, das ich neuerdings bei mir trug, und rief Andreas an. Sein Handy war abgestellt, und seine Sekretärin sagte, er sei in einer Besprechung.

Nach einer Weile hörte ich Schritte auf der Treppe, schwer und unsicher, und dann klang es, als würde sie stolpern. Ich ging hinaus.

Sie hielt sich am Handlauf fest und atmete schwer.

»Kommen Sie runter«, sagte sie. »Ich habe uns was zu essen gemacht.«

Sie hatte den Tisch im Wohnzimmer gedeckt, mit Krabben, geräuchertem Fisch, Wurst und Schinken. Es war das erste Mal, dass ich bei ihr etwas zu essen bekam seit dem ältlichen Rosinenkuchen am Tag meiner Ankunft.

Sie zog ihre Serviette aus einem holzgeschnitzten Serviettenring, faltete sie auseinander, betrachtete sie so genau, als zähle sie die Fäden, und schüttelte den Kopf.

»Armer Viktor. Wie der die Anna liebt. So hat er sie immer geliebt. Man möchte beinahe sagen, zu viel. Wenn es das gibt, zu viel lieben.«

Sie breitete die Serviette auf dem Schoß aus und goss uns Tee ein.

»Und Sie haben zu Hause alles abgesucht nach ihrer … ihrer …« Sie holte tief Luft. »Nach ihr?«

Ich nickte.

»Aber was wollen Sie bei uns? Warum fragen Sie nicht die Leute bei Ihnen zu Hause, mit denen sie befreundet war?«

»Sie hatte keine Freunde. Ihr Mann auch nicht. Die beiden waren ganz aufeinander konzentriert. Der Hausarzt, ihre Gynäkologin, ihre Friseurin, die Geschäftsleute und Verkäuferinnen in den Läden, wo sie einkauften, die Nachbarn im Haus – mehr Leute kannte sie nicht. Ich habe mit allen gesprochen, und sie wussten fast nichts von ihr. Außer dass sie freundlich und umgänglich war, vernünftig, praktisch – und sehr gesund, sagten die Ärzte.«

Sie nickte. »Das war sie immer. Sie war nie krank.«

»Ich war in Berlin«, sagte ich, »und habe mit denen gesprochen, die sie damals gekannt haben, Ende der Fünfziger, als sie dort gearbeitet und ihren Mann kennengelernt hat. Und ich habe mit ihrer Tochter in Stockholm telefoniert. Niemand hat sie gesehen, von ihr gehört, irgendeine Veränderung an ihr wahrgenommen bevor sie verschwand, und keiner hat irgendeine Vorstellung, was passiert sein könnte.«

Sie nickte wieder.

»Aber hier? Sie war schon ewig nicht mehr hier. Sie hat mich seit der Wende immer mal besucht. Das war alles.«

»Sie ist verschwunden. Ihr Mann glaubt, sie wurde entführt. Ich glaube das nicht. Ich kann es mir nicht vorstellen. Vielleicht ist sie auch einfach gegangen. Obwohl ich mir das auch nicht vorstellen kann. Aber falls so was passiert ist, dann muss es irgendwo in ihrem Leben einen Grund dafür geben. Hier hat sie am längsten gelebt, hier kennt sie die meisten Menschen, und wenn, dann weiß hier vielleicht einer, was der Grund sein könnte.«

Sie verzog zweifelnd das Gesicht. Ich fand es auch nicht besonders überzeugend.

Ich sah auf den Witwenring an ihrer Hand. Es gab eine alte Backsteinkirche hier und einen von Rhododendren umwucherten Friedhof mit grau verwitterten Grabsteinen. Ihr Mann lag auch da. Sein Stein war aus rotem Marmor, das Grab mit purpurfarbener Erika bepflanzt, und sie gehörte zu den sparsamen Frauen, die den eigenen Namen schon mal mit eingravieren lassen.

»Ihr Mann hat so schöne Erika auf dem Grab«, sagte ich. »Ich habe bei meinem Efeu gepflanzt …«

»Ihr Mann ist tot? Aber Sie sind doch noch so jung!«

»Was würden Sie tun, wenn es kein Grab gäbe? Wenn er verschwunden wäre und Sie ihn nicht beerdigen könnten? Ihn nicht besuchen und ihm keine Blumen bringen?«

Sie begriff es sofort.

»Ach so. Ja, klar. Ich würde auch nach ihm suchen.«

Sie schob mir Brotkorb und Butterteller hin.

»Bitte«, sagte sie. »Nehmen Sie. Sie haben bestimmt Hunger. Sie sind den ganzen Tag unterwegs gewesen. Und das bei dem Wind. Ich spreche mit den Leuten. Ich sage ihnen, sie sollen mit Ihnen reden. Und zwar ehrlich.«

Der Wind ließ die letzten gelben Blätter der Alleebäume tanzen, das Meer hinter den Salzwiesen war grau und trug weiße

Schaumkronen, und auf einem Zaun saßen Nebelkrähen und sahen aus, als würden sie frieren. Dies waren noch nicht die Stürme, von denen sie hier dauernd sprachen, aber der Wind war schon ziemlich heftig und ziemlich kalt.

Hinter mir hörte ich Motorengeräusch, Kies spritzte, und der grüne Geländewagen hielt neben mir. Er fuhr offenbar immer wie ein Idiot.

Die Beifahrertür wurde aufgestoßen.

»Hilde sagt, Sie wollen zu Brigitte Köhler«, rief er. »Das ist bei dem Wind viel zu weit.«

»Ich gehe gerne zu Fuß«, rief ich zurück.

»Im Sommer ja, jetzt nicht. Steigen Sie ein.«

Er raste die Allee hinunter, als ginge es um unser Leben. Ich sah zu ihm hin. Ich hatte ihn schwarzhaarig in Erinnerung, vielleicht, weil er so finster gewesen war. In Wirklichkeit hatte er kurze rötlichbraune Haare und viele Sommersprossen in einem breiten Gesicht. Er war unrasiert, trug einen knallroten Rollkragenpullover unter dem grünen Parka und einen schmalen Ehering an der linken Hand. Sonderbarerweise hatte ich das Gefühl, ich könnte seinen Geruch wahrnehmen. Seinen ganz eigenen Geruch. Er gefiel mir.

Die Allee zog sich unendlich lange hin, und als wir an ihrem Ende angelangt waren, bog er nach links ab und pflügte durch einen Sandweg dem Meer zu, bis er vor einem weißen Haus in der Nähe der Dünen abrupt auf die Bremse trat.

»Ich fahre Sie wieder zurück«, sagte er. »Brigitte hat meine Nummer. Rufen Sie an, wenn Sie fertig sind.«

Brigitte Köhler stand schon in der Haustür, als ich noch nicht mal das Gartentor geöffnet hatte, und sah mir so beglückt entgegen, als habe sie wie Robinson Crusoe seit Jahren auf ein menschliches Wesen gewartet.

»Das ist schön, dass Sie kommen«, sagte sie, zog mich in den Flur und schob mich weiter Richtung Wohnzimmer. »Ich habe schon so viel von Ihnen gehört. Setzen Sie sich. Da aufs Sofa. Hier ist Kuchen. Und Tee.«

Sie ließ sich graziös in einem mit Blumenstoff bezogenen Sessel nieder und sah mich mit großen blauen Augen an.

»Hilde sagt, wir sollen Ihnen alles sagen, was wir von Anna wissen. Wegen Viktor. Und gut nachdenken, ob uns noch was einfällt. Also! Fragen Sie!«

»Erzählen Sie einfach«, sagte ich und schaltete den Rekorder ein.

Brigitte Köhler hatte etwas Kindlich-Naives und war nicht übermäßig intelligent. Eine Schwätzerin und reichlich dusselig, hatte Hilde Seifert in ihrer direkten Art gesagt, und ich solle ihr bloß nicht alles glauben. Aber sie hatte Anna Svoboda gut gekannt und konnte gut erzählen, und ich lauschte ihr interessiert, bis sie etwas sagte, was ich mehr als interessant fand.

»Frau Svoboda hatte einen Geliebten?«

»Ja, sicher … bestimmt«, sagte sie, und ich spürte ihre Angst, etwas gesagt zu haben, was sie nicht hätte sagen dürfen. »Darüber haben wir damals doch geredet im Betrieb. Hat Ihnen niemand davon erzählt?«

»Doch, natürlich«, sagte ich beruhigend. »Ich möchte es nur von Ihnen noch mal genau hören. Sie haben sie besser gekannt als die meisten, Sie haben ja eng mit ihr zusammengearbeitet in all den Jahren.«

»Genau. Ganz eng. Sie war Zuschneiderin, eine wirklich geniale Zuschneiderin, sie hat alle Schnitte gemacht für die Produktion. Wir waren eine der wichtigsten Produktionsstätten der Republik: VEB Textilkombinat Karputh. Und ich habe die Modelle genäht, an denen wir den Schnitt überprüft und verbessert haben. Verstehen Sie?«

Ich nickte. Sie hatte es mir schon einmal erklärt.

»Und das mit dem Geliebten, was war damit?«

Sie zögerte.

»Wann war das? Was wissen Sie noch darüber? Sie sind eine der wichtigsten Zeuginnen in dieser Sache!«

Das gefiel ihr.

»Lassen Sie mich nachdenken. Dass ich nichts Falsches sage.

Das muss … 67 gewesen sein. Frühjahr 67. Da fuhr sie immer mal nach Weeritz. War ja nichts dabei, warum nicht, aber dann hat sie eine aus dem Betrieb in Weeritz gesehen, mit einem Mann, in einem Park, und hat Anna damit aufgezogen, und Anna ist rot geworden und wütend und hat gesagt, das wäre sie nicht gewesen, das müsste eine Verwechslung sein, und da war es ja wohl klar, oder?«

»Wieso?«, fragte ich.

»Man konnte sie nicht verwechseln! Und sie war sonst nicht so, sie wurde nicht wütend, sie regte sich nicht auf. Sie stand immer irgendwie über den Dingen«, sagte sie. »Aber in dieser Zeit hat sie sich verändert. Sie wurde vergesslich, schreckhaft, schusselig, dünner – Sie wissen doch: Wer liebt, isst nicht. Und sie wurde dauernd rot. Ich habe sie jeden Tag gesehen. Ich weiß, wovon ich rede. Sie war ganz anders als sonst.«

Brigitte Köhler mochte naiv und dumm sein, aber sie konnte gut beobachten. Und gut beschreiben. Es war wirklich das Bild einer verliebten Frau, das sie entwarf. Es konnte aber auch das Bild einer verschreckten Frau sein.

»Und dann?«, fragte ich.

»Das ging eine ganze Weile so … ziemlich lange. Und dann kam Viktor wieder, der war ausgewiesen worden, 66, wegen staatsfeindlicher Hetze, aber das wissen Sie ja sicher, und durfte auch nicht rüberkommen, aber dann kriegte er die Einreiseerlaubnis, und sie wurde schwanger, mit Ingrid. Und ruhiger. Und wieder mehr die Alte.«

Klar, dachte ich, sie durfte ihren Mann wiedersehen, sie bekam ein Kind, natürlich wurde sie ruhiger.

»Wann begann ihre Veränderung?«

»67. So ungefähr im Frühling.«

»Nicht schon 66, als ihr Mann ausgewiesen wurde?«

»Nein«, sagte sie, mit einem kleinen triumphierenden Ton in der Stimme. »Eben nicht.«

»Der Mann in Weeritz, im Park«, sagte ich. »Wer hat die beiden zusammen gesehen?«

Sie überlegte.

»Das war die Gerti. Gertrud Müller.«

»Kann ich mit der sprechen?«

Sie schüttelte den Kopf.

»Die ist tot. An Brustkrebs gestorben, ein halbes Jahr vor der Wende. Auch ärgerlich, nicht? Da passiert endlich mal was, und sie kriegt es nicht mehr mit.«

»Hat sie gesagt, wie der Mann aussah?«

Sie grub sichtlich in ihrem Gedächtnis.

»Doch, ja. Das war ja auch so auffallend. Der war nämlich jünger als Anna. Anna war damals – Moment, lassen Sie mich nachdenken –, also, Anna war dreiunddreißig, und der war ungefähr Mitte zwanzig. Hat Gerti gesagt. Und er war schlank und groß und hatte dunkles Haar. Und Locken ... Er sah aus wie der Zauberkünstler, hat Gerti gesagt. Genau so. Sie hat erst gemeint, er wäre es, hat sie gesagt. Aber das war natürlich nicht möglich.«

»Der Zauberkünstler?«

»Der kam jedes Jahr im Sommer, als wir Kinder waren«, sagte sie, und ihr Gesicht verklärte sich. »Wenn Jahrmarkt war. Auf der großen Wiese, da wo jetzt die Tankstelle ist. Der konnte zaubern! Und er war so ein schöner Mann, groß und schlank, und hatte schwarze Locken und ein schwarzes Bärtchen. Er trug einen Frack und einen Zylinder und einen schwarzen Umhang. Er hinkte, deswegen kam er auch noch im Krieg. Er musste ja nicht zum Militär.«

»Haben Sie von diesem Mann – ich meine, dem aus Weeritz – irgendwann noch mal etwas gehört? Oder von irgendeinem anderen Mann im Zusammenhang mit Anna Svoboda?«

Sie schüttelte den Kopf.

Hilde Seifert weiß bestimmt davon, dachte ich. Sie war Annas beste Freundin. Vielleicht drückt sie sich deshalb davor, mit mir zu reden. Weil sie Anna schützen will oder Viktor oder diesen unbekannten Mann.

»Ich muss gehen«, sagte ich.

»Jetzt schon? Aber es gibt doch noch so viel zu erzählen!«

Ich versprach ihr wiederzukommen und ließ mir die Nummer von Jan Martinek geben.

Es war den ganzen Tag über grau und windig gewesen, aber als er mit quietschenden Bremsen hielt, kam die Sonne heraus und legte einen roten Schein auf die Dünen und das Haus und den Himmel.

Er holperte über den Sandweg, nicht zurück zur Allee, sondern hinunter zum Meer. Dort bog er in den Strand ein, aber nicht in die Richtung, in der Hilde Seiferts Haus lag, sondern nach der anderen Seite.

»Halt! Wo fahren Sie hin? Ich will sofort zu Ihrer Tante. Ich muss unbedingt mit ihr sprechen!«

Er reagierte nicht.

»Fahren Sie zurück!«

Ich packte seine Schulter und schüttelte ihn, aber er fuhr einfach weiter. Ich schrie ihn an, doch sein Gesicht im rötlichen Sonnenlicht blieb unbewegt, er öffnete nur das Fenster, Rauschen, Salzluft und Möwengeschrei drangen herein, und die rasende Fahrt über die glatte graue Fläche am schaumigen Saum des Meeres nahm mich gefangen und ließ mich alles andere vergessen.

Der Strand endete an einer Klippe, er fuhr nach links und holperte über einen Sandweg, bis wir an einen Zaun kamen und ein Tor die Straße versperrte, das er mit einem Schlüssel, der an seinem Schlüsselbund hing, öffnete.

Wir fuhren zwischen verbogenen Kiefern und dürren Büschen hindurch, dann wurden die Bäume vielfältiger und größer und das Unterholz dichter, und wir kamen in einen Urwald aus Baumriesen, von Kletterpflanzen umwuchert. Um die gewaltigen Wurzeln und Stämme gefallener Bäume herum wuchs neues Grün, und dazwischen lagen dunkle Teiche, an deren Ufern Pilze sprossen und gelbe und lilafarbene Blumen blühten.

Er fuhr ausnahmsweise langsam und vorsichtig und sagte sogar etwas: »Alles ehemaliges NVA-Gebiet.«

»NVA?«

»Nationale Volksarmee. War jahrelang streng geheim und abgeschlossen und ist infolgedessen fast unberührt. Keine Ahnung, was sie damit vorhatten. Nun wird es Nationalpark. Der schönste Deutschlands!«

Er hielt an und öffnete die Autotür.

»Kommen Sie!«

Er führte mich auf einen Weg, der allmählich anstieg und steil und steinig wurde. Auf den feuchten Steinen rutschte ich aus, und er streckte mir seine Hand hin, damit ich nicht fiel. Wir stiegen höher und höher, bis er endlich stehen blieb, mir das letzte Stück hinaufhalf und eine ausholende Handbewegung machte.

Unter uns lag glatt und grau das Meer, zu beiden Seiten erstreckten sich Felsen, dunkle, helle, leuchtend weiße, und Wälder, mit Herbstlaub rot und gelb gesprenkelt, und am graublauen Himmel hing die rote Sonne.

Ich merkte, dass ich noch seine Hand hielt, und ließ sie los.

»Auf diesem Weg können wir nicht zurück«, sagte er schließlich. »Das schaffen Sie mit Ihren Schuhen nicht. Wir gehen woanders lang.«

Wir machten einen Umweg, und als wir wieder beim Auto waren, dämmerte es, und als wir das Tor hinter uns ließen, war es dunkel.

»Hilde ist anscheinend nicht da«, sagte er, als er vor dem grünen Haus hielt. »Nirgendwo Licht. Haben Sie einen Schlüssel?«

»Ja«, sagte ich. »Das war sehr schön. Aber nächstes Mal fragen Sie mich, ob ich will.«

Er antwortete nicht, sondern trommelte ungeduldig mit den Fingern auf das Steuerrad. Ich stieg aus und knallte die Autotür zu und hörte den Kies spritzen, weil er so heftig anfuhr.

Im Haus war es kalt, und ich trat in die Küche und sah nach dem Herd. Er war ausgegangen, was ich noch nie erlebt hatte, anscheinend war sie schon länger fort. Ich machte Feuer, damit es wieder warm war, wenn sie zurückkam.

Aber als ich die Küche verließ und das Licht im Flur anknipste, sah ich, dass sie doch da war.

Sie lag am Fuß der Treppe, am Ende des Flurs, auf seinen kalten Fliesen. Blut war ihr aus Nase und Ohren geflossen und getrocknet, ihr Gesicht war glatt und bleich, ihre Augen starrten erstaunt zur Decke, und sie wirkte schrecklich einsam und verlassen.

Tränen schossen mir in die Augen und liefen warm über mein Gesicht. Ich hasse dich, Martinek, dachte ich. Wären wir zurückgefahren, wie ich es wollte, würde sie noch leben. Oder ich wäre bei ihr gewesen, als sie starb. So war sie allein und ist allein gestorben.

Ich setzte mich neben sie und nahm ihre Hand, damit sie wenigstens jetzt nicht mehr allein war.

»Das wundert mich überhaupt nicht«, sagte Dr. Geberg, der Arzt, ein großer alter Mann mit ungepflegtem Bart, in dem Spuren seiner letzten Mahlzeit auszumachen waren, und fettigen Haaren, die über den Hemdkragen wucherten. Er kniete neben der Toten, berührte die getrocknete Blutspur und schob vorsichtig das Haar aus ihrem Nacken.

»Das war zu erwarten. Ich habe ihr so oft gesagt: Sei vorsichtig auf der Treppe, bleib im Zweifelsfall unten! Achte immer darauf, dass du weich fällst! Vertigo! Schwindelanfälle! Sagt man jedenfalls so. Man fällt plötzlich und muss aufpassen, wohin. Ich habe es ihr so oft gesagt! Aber sie hat ja nicht auf mich gehört. Sie hat immer nur gemacht, was sie wollte!«

Hinter seinem Zorn saßen Trauer und die Sorge, sie doch nicht genug gewarnt zu haben.

»Ich weiß«, sagte Martinek. »Ist schon gut, Karl. Du kannst nichts dafür.«

»Und da haben wir nun die Bescherung. Schädelbasisbruch. Genickbruch. Klar.«

Er strich ihr beinahe zärtlich das Haar wieder über den Hals und kam mit einem leisen Ächzen hoch.

»Hilf mir noch, sie rüberzubringen«, sagte Martinek.

»Willst du sie nicht abholen lassen?«

Martinek schüttelte den Kopf. Die beiden trugen sie ins Schlafzimmer und legten sie aufs Bett, und ich breitete eine Decke über sie und suchte nach Kerzen, die ich auf die Nachttische stellte. Nun wirkte sie ruhig und friedlich und als sei alles ganz gut so, wie es war.

Jochen war auch allein gestorben, in seinem Auto, den Kopf auf dem Lenkrad, unter dem Baum, gegen den er gefahren war, an einer einsamen Landstraße. Aber auf dem Tisch in der Leichenhalle hatte er auch ruhig und friedlich ausgesehen, so, als sei ihm gar nichts Schlimmes passiert. Für ihn war das Schlimme ja auch vorbei gewesen. Für mich hatte es gerade erst angefangen.

Das Grauen der Tage und Nächte nach seinem Tod war plötzlich ganz nahe. Ich öffnete das Fenster des Schlafzimmers, machte die Tür hinter mir zu und ging in die Küche.

»Ich besorge Ihnen im Dünenhaus ein Zimmer«, sagte Martinek.

»Und Sie?«

»Ich bleibe hier.« Ein Lächeln ging über sein Gesicht. »Sie hatte Angst davor, scheintot zu sein. Als Kind hat sie mal davon gehört, dass einer in der Leichenhalle wieder aufgewacht war. Oder sogar im Grab. Also habe ich ihr versprochen, dass sie erst mal hier liegt, und dass ich bei ihr bleibe.«

»Ich will auch bleiben«, sagte ich. »Ich kann jetzt nicht alleine in einem Pensionszimmer sitzen. Ich halte die Küche warm und koche Kaffee.«

»Gut. Wenn Sie das wollen.«

Er saß die Nacht über an ihrem Bett, in seiner warmen Jacke, denn das Fenster stand offen, und im Zimmer war es kalt. Zwischendurch kam er in die Küche, trank Kaffee und sprach von ihr.

»Sie war meine zweite Mutter. Meine Mutter starb, als ich acht war. Das war – das war unbeschreiblich schrecklich. Auch für meinen Vater. Er kam überhaupt nicht damit klar. Er hat sich einfach ganz schnell eine neue Frau gesucht, damit er nicht damit klarkommen musste. Das war dann noch schrecklicher. Für meinen Vater war alles wieder in Ordnung, und meine Stiefmutter … Die war an sich nicht übel, aber sie wollte vor allem meinen Vater und eigene Kinder. Was mit mir war, hat sie nicht so interessiert.«

Er blickte hoch und ließ den Blick über mein Gesicht gleiten, als wolle er sehen, ob ich auch begriff, was er mir erzählte.

Ich nickte. Er sah wieder in seinen Kaffeebecher.

»Hilde hat gemerkt, wie beschissen es mir ging, und meinen Vater gefragt, ob ich nicht zu ihr kommen könne. Er würde ja nun mit seiner neuen Frau Kinder haben, und sie hätte keine, und es wäre so schön für sie, wenn der Sohn ihrer verstorbenen Schwester bei ihr sein könnte. Fast wie ein eigenes Kind. Sie war so schlau! Hätte sie gesagt, dass sie mich zu sich holen wollte, weil es mir schlecht ging, er hätte sich nicht darauf eingelassen, weil er das nicht wahrhaben wollte. Aber so … So kam ich zu ihr. Können Sie sich vorstellen, wie gut das war?«

»Oh, ja«, sagte ich.

Er blickte hoch.

»Ist Ihre Mutter auch tot?«

»Nein«, sagte ich. »Ich hatte keinen Vater. Er hat uns verlassen, als ich ein Jahr alt war. Am Anfang war es nicht schlimm, da wusste ich noch nicht, dass etwas fehlte. Aber später im Kindergarten und in der Schule, wenn die anderen Kinder von ihren Vätern abgeholt wurden. Oder wenn ich meine Freundin mit ihrem Vater sah. Oder irgendwelche Mädchen mit ihren Vätern. Und ich habe nicht mal richtig verstanden, warum ich keinen hatte. Das kann man nicht verstehen als Kind.«

»Nein«, sagte er, und seine Augen wanderten wieder über mein Gesicht. »Das versteht kein Kind.«

Er saß noch eine Weile da, dann stand er auf und zog seine Jacke wieder an.

»Bis nachher.«

Am Abend des nächsten Tages wurde der Sarg gebracht. Er war aus gelbbrauner Eiche, mit Beschlägen aus falscher Bronze. Scheußlich.

»Ich mag ihn auch nicht«, sagte er, als er meinen Blick bemerkte. »Aber ihr würde er gefallen.«

»Stimmt«, sagte ich. »Er sieht aus wie ihre Möbel.«

Die Männer vom Bestattungsinstitut legten sie hinein, deckten die Spitzendecke über sie und falteten ihr die Hände, mit sanften routinierten Bewegungen, die sagten: Es ist alles in Ordnung, regt euch nur nicht auf. Ebenso leichthändig und unbefangen schlossen sie den Deckel, trugen den Sarg hinaus und schoben ihn in den Leichenwagen.

Martinek ging langsam zurück ins Haus. Ich folgte ihm, blies die Kerzen im Schlafzimmer aus und schloss das Fenster. Er stand am Küchentisch, trank Kaffee und sah hinaus in den Garten.

»Die Beerdigung ist morgen um zehn«, sagte er. »Ich hole Sie ab.«

Er ging zum Waschbecken und spülte den Kaffeebecher aus.

»Sie können hier wohnen bleiben. So lange Sie wollen. Wenn es Ihnen nichts ausmacht, so alleine. Sonst besorge ich Ihnen doch ein Zimmer. Oder wollen Sie lieber gleich nach Hause fahren?«

»Ich bin dagegen, dass sie fährt«, sagte jemand hinter uns. »Sie ist hier noch nicht fertig.«

Viktor Svoboda stand im Türrahmen, seine alte Ledermappe an die Brust gedrückt, einen großen Koffer aus demselben feinen, abgenutzten Leder neben sich auf dem Boden, und hatte, trotz der ernsten Miene und der dunklen Trauerkleidung, etwas Heiteres an sich. Er machte eine kleine Verbeugung.

»Guten Tag, Frau Wolf. Wie traurig, dass wir uns unter diesen Umständen wiedersehen. Mein Beileid, Jan. Ich habe Hilde sehr gern gehabt. Sie war eine feine Frau.«

»Viktor«, sagte Martinek. »Komm rein. Warum hast du nicht angerufen? Ich hätte dich abgeholt.«

»Du hast genug zu tun. Kann ich hier schlafen?«

»Natürlich. Auf dem Sofa im Wohnzimmer. Oder in Hildes Schlafzimmer, wenn du willst. Sie hätte bestimmt nichts dagegen.«

Svoboda verbeugte sich wieder.

»Es wäre mir eine Ehre.«

3

Es war dunkel geworden, der Wind hatte sich gelegt, und es regnete, schwer und durchdringend. Ich hielt mich eng an die Alleebäume, obwohl sie kahl waren, aber ich wollte wenigstens die Illusion des Beschütztseins haben. Zwischen den Straßenlaternen verdichtete sich die Dunkelheit, und ich beeilte mich, in den Lichtkreis der nächsten Laterne zu kommen.

Die Scheinwerfer eines Wagens schnitten durch das Dunkel, jemand hupte, und die Beifahrertür wurde geöffnet. Es war der gelbe Mercedes des Bürgermeisters. Ich sprang über die Pfütze am Straßenrand und stieg ein.

»Hallo, Herr Zierer. Das ist nett von Ihnen.«

Er antwortete nicht, sondern blickte konzentriert auf die Straße. Sein Gesicht war von auffallender Schönheit, und mit dem grau melierten Schnurrbart und der Kreuzung aus Kapitänsmütze und Schiebermütze, die er immer trug, wirkte er wie ein Held des Widerstands oder der Revolution. Aber er saß ein wenig tief im Fahrersitz, denn er war nicht besonders groß, nicht groß genug jedenfalls für einen richtigen Helden.

Eine Weile war nur das Klopfen des Regens und das Geräusch der Scheibenwischer zu hören, dann räusperte er sich: »So spät noch unterwegs. Bei dem Wetter. Und zu Fuß. Und man fragt sich, wofür das alles. Bei wem waren Sie denn heute?«

Als ob du das nicht ganz genau wüsstest, dachte ich. Ihr wisst doch immer genau, wo ich bin, was ich tue, mit wem ich rede. Und worüber.

»Sie sind ja auch noch unterwegs«, sagte ich. »So spät.«

»Irgendwas ist immer kaputt«, sagte er. »So oder so.«

Er war nicht nur Bürgermeister, sondern auch Elektriker, der einzige im Ort. Er bog in Hildes Einfahrt ein und hielt vor der Veranda.

»Danke.«

»Grüßen Sie Viktor.« Er machte eine kleine bedeutsame Pause: »Und Jan. Der ist doch sicher auch da.«

Viktor trat aus dem Haus unter das Verandadach, sah dem Mercedes nach, nahm mir den Rucksack ab und half mir aus dem nassen Mantel.

»Das Badewasser müsste schon heiß sein. Gehen Sie gleich ins Bad und rein in die Wanne, damit Sie sich nicht erkälten.«

Das wissen sie natürlich auch alle, dachte ich, als ich in der Badewanne lag: dass Martinek jeden Abend hier ist. Ich tauchte den Kopf unter Wasser und wusch mir die Haare. Es klopfte.

»Jan ist da«, rief Viktor. »Und das Essen ist fertig.«

»Fangt ohne mich an«, sagte ich. »Es dauert.«

Viktor war geblieben nach Hilde Seiferts Beerdigung.

»Ich denke, ich sollte bleiben«, hatte er am Abend nach der Begräbnisfeier gesagt. »Wenn es dir recht ist, Jan. So wie es aussieht, muss sich jemand um das Haus kümmern, während Frau Wolf arbeitet. Und abends koche ich, und du kommst zum Essen. Ich koche auch nicht schlechter als Anke. Ich bin sogar ein ziemlich guter Koch.«

Anke war Martineks Frau, von der er getrennt lebte.

»Aber ich bleibe nicht mehr lange«, sagte ich. »Nur noch ein paar Tage.«

»Dann bleibe ich auch nur ein paar Tage«, sagte er. »Und wir fahren zusammen zurück.«

Er war ein sehr guter Koch und eine sehr gute Hausfrau, von der Sorte, die nicht nur putzt, sondern auch Gardinen und Sofakissenbezüge wäscht und frische Blumen hinstellt und so. Er gab sich diesen Tätigkeiten mit Leidenschaft und Begeisterung hin, und ich hatte den Verdacht, dass er vor allem gekommen war, weil er einsam war und sich ein vorübergehendes Zuhause und eine provisorische Familie schaffen wollte, bis seine Frau wieder da war.

»Ich sage Anna zu Ihnen, wenn es Ihnen recht ist«, hatte er gesagt. »Dann habe ich wieder jemanden, zu dem ich Anna sagen kann. Und Sie sagen Viktor, ja?«

Mein Handy auf dem Hocker neben der Badewanne klingelte.

»Ja?«

»Frau Wolf?«, fragte eine Frauenstimme. »Spreche ich mit Frau Wolf?«

»Ja.«

»Hier ist Brigitte Köhler. Erinnern Sie sich an mich?«

»Ja, natürlich.«

»Sie wollten doch noch mal vorbeikommen – haben Sie das vergessen?«

»Nein«, sagte ich. »Um was geht es denn? Ist Ihnen noch was eingefallen?«

»Nichts Besonderes. Aber wir waren noch nicht fertig.« Sie spürte mein Zögern. »Ich bin doch eine Ihrer wichtigsten Zeuginnen in dieser Sache!«

Ach du lieber Himmel, dachte ich. Na gut. Bring's hinter dich. Mach sie glücklich.

»Morgen?«, fragte ich. »Um neun? Passt Ihnen das?«

»O ja«, sagte sie. »Das passt mir sehr gut. Bis morgen, Frau Wolf.«

Ich blieb so lange in der Wanne, bis sich die Haut an meinen Fingerkuppen aufzulösen schien, trocknete mich ab, zog mich an und ging in die Küche.

Martinek saß auf der Eckbank, unter der großen Fotografie, die Hinrich Seifert vor seinem Fischkutter zeigte, und sah mich an, und wie jeden Abend gab es diesen Moment zwischen uns, in dem etwas wie ein elektrischer Stoß durch den Körper geht und der Kopf leer wird und der Körper heiß.

Viktor stellte einen Topf auf den Tisch und auch für mich eine Flasche des ostdeutschen Bieres, das nach seiner und Martineks Meinung das beste Bier der Welt war.

»Ich habe doch gesagt, dass Sie nicht warten sollen«, sagte ich.

»Wir wollten nicht ohne Sie essen«, sagte er und hob den Deckel, »außerdem gibt es Szegediner Gulasch, das wird besser, je länger es kocht.«

Er füllte die Teller.

»War das Gerd Zierer, mit dem Sie gekommen sind?«, fragte er.

Ich nickte. Er aß und kaute und dachte offenbar an seine Frau, denn sein Blick wurde leer und verlor sich in eine ungewisse Ferne.

»Anna mochte ihn nicht besonders«, sagte er. »Damals jedenfalls.«

»Ich mag ihn«, sagte Martinek. »Er tut viel für die Gemeinde. Er war vor der Wende Bürgermeister, und er ist es immer noch, und er hat immer eine klare Linie gefahren, damals wie heute. So was ist nicht einfach. Wahrhaftig nicht.«

»Das spricht für ihn«, sagte Viktor. »Ich werde mit Anna darüber reden, wenn sie wieder da ist.«

Die vertrauensvolle Selbstverständlichkeit, mit der er von der Rückkehr seiner Frau sprach, machte mich krank. Dazusitzen und Martinek anzusehen und dabei Szegediner Gulasch zu essen, machte mich auch krank. Ich legte die Gabel hin.

»Ich habe keinen Hunger«, sagte ich. »Ich bin bloß müde. Ich muss ins Bett.«

Ich ging hinauf, verfolgt von Viktors Drängen, ob ich nicht einen Grog wollte oder Fliederblütentee oder wenigstens eine Wärmflasche, damit ich mich bestimmt nicht erkältete.

Ich schlief schon, als das Telefon klingelte.

»Hier ist Martinek.«

»Hallo.«

»Haben Sie schon geschlafen?«

»Nein.«

»Bringt das was, was Sie da tun?«, fragte er.

»Nein.«

»Aber Viktor weiß das nicht. Er weiß überhaupt nichts von Ihren Ermittlungen.«

»Er will nichts davon wissen«, sagte ich. »Ich habe versucht, mit ihm darüber zu reden. Er will nicht. Er sagt, er will nur, dass ich seine Frau finde, alles andere interessiert ihn nicht. Vielleicht hat er Angst, dass ich etwas erfahre, was nicht in das Bild passen könnte, das er von seiner Frau hat. Oder von seiner Ehe. Oder von seinem Leben. Keine Ahnung.«

»Aha«, sagte Martinek. »Und was ist, wenn Sie hier fertig sind?«

»Das wird schwierig. Ich werde einen Bericht für ihn schreiben und mit ihm reden, und diesmal muss er mir zuhören. Und dann nehme ich ihn mit nach Hause und versuche, irgendwie auf ihn aufzupassen.«

»Sie hätten ihm keine Hoffnung machen dürfen.«

»Ach ja? Er lag mit aufgeschnittenen Handgelenken in der Psychiatrie, und es war klar, dass er es noch mal macht, wenn niemand nach seiner Frau sucht. Was hätte ich tun sollen? Nach Hause gehen und nicht mehr daran denken?«

Er schwieg, als dächte er darüber nach, was er an meiner Stelle getan hätte.

»Nein«, sagte er dann. »Natürlich nicht … Warum, zum Teufel, laufen Sie zu Fuß durch die Gegend? Ich habe Ihnen doch gesagt, Sie sollen Hildes Wagen nehmen.«

»Habe ich auch. Aber er ist in der Werkstatt. Irgendwas war mit der Zündung. Ich hole ihn morgen früh, bevor ich zu Frau Köhler fahre.«

»Passen Sie auf dem Sandweg auf. Da bleibt man leicht stecken.«

Er legte auf.

Ich schob das Handy auf den Nachttisch und schlief wieder ein. Und dann merkte ich, dass ich stecken geblieben war, genau vor Brigitte Köhlers Haus. Ich steckte tief im Sand und kämpfte darum, freizukommen, doch ich sank nur tiefer ein. Vor mir lag weit und dunkel das Meer, und ich sah eine Gestalt, die aussah wie Lots Weib, versteinert und erstarrt, es war Anna Svoboda, sie lebte, ich sah es an ihren großen Augen, die mich angstvoll anblickten. Das Meer schwoll und überschwemmte den Strand und kam in einer schwarzen Woge auf uns zu. Ich sah Anna Svoboda darin versinken, und dann versank auch ich in der endlosen Tiefe, langsam und quälend.

Ich wachte nach Luft ringend auf, und erst als ich die Tapete und die Stiche an den Wänden von Hilde Seiferts Dachzimmer erkannte und das halbrunde Dachfenster, hinter dem es schon grau war, konnte ich wieder atmen. Ich dachte sehnsüchtig an Andreas, er war ein guter Tröster nach schweren Träumen, aber es war erst halb sieben, und ich wollte ihn nicht wecken.

Viktor stand am Herd, goss kochendes Wasser in den Kaffeefilter auf der Thermoskanne und pfiff irgendetwas von Bach, morgens pfiff er immer Bach.

»Anna!«, sagte er. »So früh!«

»Ich bin ja auch früh ins Bett gegangen.«

Er sah mich liebevoll an.

»Haben Sie gut geschlafen?«

Ich nickte, das war einfacher, als ihm von dunklen Träumen zu erzählen.

Draußen war es kalt und neblig, und der Herbstgeruch hatte etwas von Tod und Verwesung. Die Tankstelle mit ihrem weißen Licht schien im Nebel zu schwimmen wie ein modernes Geisterschiff.

»Hildes Wagen?«, fragte die Frau des Tankstellenbesitzers mit gespieltem Erstaunen. »Der ist noch nicht fertig. War das so eilig? Hilde braucht ihn ja nun nicht mehr.«

»Aber ich«, sagte ich. »Er sollte heute fertig sein.«

»Wirklich?« Ihr Erstaunen wurde noch größer. Sie war richtig gut darin. »So schnell geht das bei uns nicht. Da muss man Geduld haben, und wenn man keine hat, dann muss man das lernen.«

Sie musterte mich anzüglich von oben bis unten: »Wo wollen Sie denn unbedingt hin? Nach Hause?«

»Der Leihwagen«, sagte ich. »Sie haben doch einen. Ist der frei?«

»Ich glaube nicht«, sagte sie hoffnungsvoll.

»Horst?«, rief sie durch die offene Werkstatttür. »Ist der Leihwagen frei?«

Horst Gierow tauchte in der Türe auf, groß und breit in einem ölverschmierten Overall, einen Schraubenschlüssel in der Hand. Er fuhr sich mit der anderen Hand über den kahl rasierten Schädel, betrachtete mich düster, nickte und verschwand wieder.

»Da haben Sie ja Glück gehabt«, sagte seine Frau. »Ist aber nicht billig.«

Die schwarzen Alleebäume standen wie Wächter an der Straße zu Brigitte Köhlers Haus. In ihrem Vorgarten ragten noch immer die Malvenstängel und die vertrockneten Sonnenblumen vom letzten Sommer. Seltsam, dass der Wind sie nicht geknickt hatte.

Ich fuhr vorsichtig den Sandweg entlang und parkte den Wagen in der gepflasterten Auffahrt. Schon von Weitem hörte ich Musik. Sie liebte Musik, hatte sie mir erzählt, und hörte sie so laut wie möglich.

Ich klingelte, aber es rührte sich nichts. Ich ging den Weg entlang, der ums Haus herumführte. Aus dem Fenster des Wohnzimmers drang Licht und, noch viel lauter als vorne, der Klang eines Orchesters.

Der Fernseher lief, und sie saß davor, ich sah ihren blondierten Schopf und ihre Hand auf der Lehne. Ich klopfte an die Scheibe und versuchte es mit Telefonieren, doch sie hörte mich nicht, die Musik war viel zu laut. Ich wartete. Es war noch nicht neun, um neun war die Sendung sicher zu Ende.

Aber dann sah ich auf dem Tischchen neben ihrem Sessel eine Flasche Bier und ein Glas und eine Schale mit Erdnüssen. Zum Frühstück? Und warum brannten die Lampen? So dunkel war es nicht.

Ich klopfte heftiger gegen die Scheibe und rief laut, doch sie bewegte sich nicht. Ich griff nach einem der Steine der Beetumrandung und schlug gegen das Glas, bis die Scherben aus dem Rahmen fielen, öffnete den Riegel, drückte gegen die Fensterflügel, sodass die Töpfe mit Alpenveilchen und Orchideen zu Boden krachten, und kletterte hinein.

Brigitte Köhler lehnte im Sessel, den Kopf seitlich an die Rückenlehne gelegt. Ihr Gesicht war bläulich geschwollen, die großen blauen Augen quollen aus den Höhlen, ihr Mund stand offen und zeigte ihre Zungenspitze. Um ihren Hals war ein Stoffstreifen geschlungen, ein Bademantelgürtel aus verwaschenem geblümtem Frottee. Ihre Hände lagen auf den Sessellehnen: zart, faltig, die Nägel sorgsam manikürt und alpenveilchenrosa lackiert.

Um mich herum dröhnte die Musik und steuerte mit Trommelwirbeln und Paukenschlägen einem Höhepunkt zu. Ich tippte auf den roten Knopf der Fernbedienung, die neben ihr auf dem Tischchen lag. Stille fiel über mich her, und während ich in meiner Tasche nach dem Handy suchte, hätte ich beinahe laut geschrien.

Der Himmel vor Hilde Seiferts Wohnzimmerfenstern war grau und leer. Manchmal sah ich eine Möwe hindurchsegeln und hörte ihr Kreischen.

Hier drinnen war nur das Ticken der Wanduhr zu hören. Der Ofen verbreitete außer Wärme einen schwachen Geruch nach Heizöl. Ich lag auf dem Sofa, zwischen Hilde Seiferts schweren gelbbraunen Möbeln und den Fotografien ihrer Vorfahren, ernst blickender Fischkutterbesitzer und Kapitäne und ihrer streng gescheitelten Ehefrauen.

Ich lag seit einer Woche hier. Die meiste Zeit hatte ich hohes Fieber gehabt, sodass ich weder die Möwenschreie noch die Blicke der Vorfahren wahrgenommen hatte. Nur der Ölgeruch hatte mir immer in der Nase gehangen. Ich erinnerte mich auch an Andreas' Stimme, wenn Viktor mir das Handy ans Ohr gehalten hatte, und an Martineks Gesicht über mir, aber das war wahrscheinlich ein Traum gewesen.

Hinter mir öffnete sich die Tür, und Viktor sagte: »Nehmen

Sie bitte Rücksicht auf ihren Zustand. Sie hatte über vierzig Fieber und ist gerade erst wieder halbwegs auf den Beinen. Sie dürfen auf keinen Fall rauchen. Ihre Bronchien sind angegriffen.«

Ich setzte mich auf. Die Frau, die hereinkam, trug Jeans und ein kariertes Jackett über einem hellen T-Shirt und hatte lange braune Haare.

»Rücksichtnahme ist nicht nötig«, sagte ich, »weder auf mich noch auf meine Bronchien.«

Sie gab mir die Hand.

»Marion Rogal, Kriminalpolizei Weeritz. Ich habe kein Problem damit, Rücksicht zu nehmen. Wenn es nötig ist.«

Sie setzte sich an den Tisch, kramte einen Block aus ihrer übergroßen Umhängetasche und wühlte, den Blick auf mich gerichtet, weiter. Sie hatte bräunliche Haut und schöne schlanke Hände mit langen Fingern, und ihre Augen unter dem langen Pony waren schmal und hell.

»Anna Wolf, Privatdetektivin«, memorierte sie laut. »Ermittelt hier im Fall der vermissten Anna Svoboda. Hat die Tote gefunden. Am Tatort kurze Einvernahme durch den Kollegen Hartmut Klar. Danach nicht mehr vernehmungsfähig wegen Lungenentzündung. Vorher hat sie unter den Spuren am Tatort ein Massaker angerichtet, indem sie eines der Fenster eingeschlagen hat und hindurchgeklettert ist und überall Glassplitter, Erde, Pflanzenteile und Tonscherben verteilt hat. Die Spurensicherungsleute haben Anfälle gekriegt.«

Sie zog einen roten Bleistift aus der Tasche, hielt ihn triumphierend hoch und legte ihn auf den Block.

»Was haben Sie sich dabei gedacht? Sie sind doch vom Fach! Waren Sie mal bei der Polizei?«

Ich schüttelte den Kopf.

»Dann sind Sie wenigstens keine Schande für meinen Berufsstand. Und? Was haben Sie sich gedacht?«

Ihre lehrerinnenhafte Art ärgerte mich.

»Nichts, natürlich«, sagte ich, »das ist doch klar. Hätte ich mir was gedacht, wäre es nicht passiert. Ich bin in Panik geraten. Ich habe sie da drin sitzen sehen, so ... hilflos, so allein. Ich wollte ihr helfen. Sie retten. Ich hatte das Gefühl, ich wäre schuld daran, dass sie ... Na ja. Ich weiß, es war dumm.«

Marion Rogal schüttelte den Kopf und schnalzte mit der Zunge.

»Haben Sie noch nie einen Fehler gemacht?«, fragte ich.

Ihr Gesicht veränderte sich abrupt, ihre Augen zogen sich zusammen, und einen Moment lang dachte ich, sie würde mich schlagen. Sie atmete tief durch.

»Gut, gut«, sagte sie, um Gelassenheit bemüht. »Da Sie nicht ansprechbar waren, habe ich mit Herrn Svoboda geredet, und er hat mir höchst seltsame Geschichten erzählt. Er ist davon überzeugt, dass der Tod von Frau Köhler mit dem Verschwinden seiner Frau zu tun hat. Ebenso der Tod von Frau Seifert, der das Haus hier gehört. Ihr Treppensturz war kein Unglücksfall, sagt er, sondern Mord. Der Täter ist in beiden Fällen der Entführer seiner Frau, sagt er, und wenn wir ihn finden, finden wir auch seine Frau. Darum bittet er darum, dass wir dieser Untersuchung höchste Priorität einräumen.«

Sie sah mich an und zog fragend die Augenbrauen hoch.

»Was soll ich davon halten? Muss ich annehmen, dass er nicht ganz bei Verstand ist? Oder was? Und was sagen Sie dazu? Sie sind doch in seinem Auftrag hier, um seine Frau zu suchen.«

»Sein Verstand ist zurzeit ein bisschen eingeschränkt«, sagte ich. »Das finde ich aber normal, wenn der liebste Mensch auf so unbegreifliche Weise verschwindet. Und das in dem Alter, nach so langer Zeit des Zusammenseins.«

Sie nickte und sah aus, als wolle sie etwas dazu sagen.

»Ich habe nie geglaubt, dass Frau Svoboda entführt worden ist. Ich habe nur ermittelt, damit er nicht noch mal versucht, sich umzubringen, und gehofft, dass ihre Leiche in der Zwischenzeit gefunden wird. Nicht hier natürlich. Bei uns zu Hause.«

Sie nickte wieder.

»Und nun ist Frau Köhler tot«, sagte ich. »Gibt es Hinweise, wer sie getötet hat und warum?«

Sie schüttelte den Kopf.

»Nein. Haben Sie einen?«

»Eigentlich nicht. Aber sie wusste etwas aus der Vergangenheit von Frau Svoboda, das vielleicht wirklich etwas mit ihrem Verschwinden zu tun haben könnte.«

»Was?«

Ich erzählte ihr von dem Mann in Weeritz, der angeblich Anna Svobodas Geliebter gewesen war.

»Hat noch jemand, mit dem Sie gesprochen haben, diesen Mann erwähnt?«

»Nur Frau Köhler.«

»Und was ist mit Frau Seifert, der das Haus hier gehört?«, fragte sie. »Dieser Treppensturz. Ihr Tod war ein Unfall, sagt Dr. Geberg, der Hausarzt, der den Totenschein ausgestellt hat.«

»Natürlich war es ein Unfall. Frau Seifert war Anna Svobodas beste Freundin und wusste wahrscheinlich von dem Geliebten, wenn es ihn denn gegeben hat. Vielleicht wollte sie deswegen nicht mit mir reden. Sie hat sich jedenfalls immer davor gedrückt. Nachdem ich bei Frau Köhler gewesen war, wollte ich sie endlich festnageln, und als ich hier ankam, war sie die Treppe hinuntergefallen und tot. Aber das war Zufall, was sonst? Wie hätte denn jemand so schnell wissen können, was Frau Köhler mir erzählt hatte? Und dann hierher rasen und Frau Seifert die Treppe hinunterstoßen?«

»Aha.«

Sie betrachtete mit gefurchter Stirn, was sie geschrieben hatte, und kaute auf dem Ende des Bleistifts herum. Dann sah sie mich mit ihren hellen Augen an.

»Noch was?«

»Das ist alles.«

»Na gut«, sagte sie und fing wieder an, in ihrer Tasche zu kramen. »Reden Sie ruhig weiter mit den Leuten, falls die noch mit Ihnen reden, nach dem, was mit Frau Köhler passiert ist. Und wenn was Interessantes dabei ist, rufen Sie mich an und sagen Sie Bescheid.« Sie hatte gefunden, was sie suchte, und reichte mir ihre Visitenkarte. »Aber nur mich. Eher inoffiziell.«

Ich nahm die Karte und legte sie auf den Tisch.

»Ich bleibe nicht mehr lange. Nur noch bis zu Frau Köhlers Beerdigung. Aber etwas möchte ich wissen«, sagte ich. »Wie ist Frau Köhler gestorben? Ich weiß, Sie dürfen eigentlich nicht, aber ...«

Sie warf ihr Haar zurück und machte ein Gesicht, als gäbe es für sie keine Verbote.

»Sie wurde gegen halb elf mit dem Gürtel ihres Bademantels erwürgt. Von hinten. Es gibt keine Einbruchsspuren – außer Ihren natürlich. Nichts fehlt, soweit wir das beurteilen können. Wir nehmen an, dass sie den Täter kannte und ihn hereingelassen hat. Wir haben keine identifizierbaren Spuren von ihm gefunden. Sie war ein friedlicher, harmoniebedürftiger Mensch und hatte mit niemandem Streit. Keine Konflikte, kein Krach, nichts. Es gibt nicht mal Leute, die sie nicht mochten. Wir haben keine Ahnung, wer es getan haben könnte.«

Sie warf Block und Bleistift in ihre Tasche.

»Das war's«, sagte sie. »Also dann.«

Sie hatte es plötzlich sehr eilig, aber in der Tür wandte sie sich noch mal um: »Erholen Sie sich gut. Sie sehen furchtbar aus.«

Ich hörte die Haustür ins Schloss fallen und den Klang ihrer Schritte auf den Holzbohlen der Veranda. Ich stand auf und sah aus dem Fenster. Sie stand auf dem Kiesweg, eine Zigarette zwischen den Lippen, und wühlte ungeduldig in ihrer Tasche. Sie wühlte weiter, während sie zu ihrem Auto ging, einem ältlichen tschechischen Zweitürer in Schwimmbadgrün.

Ich musste husten, und meine Beine wurden schwach. Ich beeilte mich, wieder aufs Sofa zu kommen, die Augen fielen mir zu, und ich döste, bis jemand meine Schulter berührte.

»Anna«, sagte Viktor. »Wach auf. Dr. Geberg ist da. Komm rein, Karl.«

Dr. Geberg sah ausnahmsweise mal nicht so aus, als würde er unter den Brücken leben. Er war beim Friseur gewesen, Haare und Bart waren gewaschen und gestutzt, und hätte er ein frisches Hemd und einen sauberen Pullover getragen, er hätte ungewöhnlich gepflegt gewirkt.

Er gab zufriedene Geräusche von sich, während er mich abhörte. Dann klopfte er mit dem gekrümmten Zeigefinger auf meine Schlüsselbeine, wie man an eine Tür klopft, nahm meine Hände und betrachtete kritisch meine Unterarme.

»Sie sehen mich an, als wollten Sie mich schlachten.«

»Danke, nein«, sagte er. »Sie sind mir zu dünn. Haut und Knochen. Ihre Lunge gefällt mir, der Rest nicht. Nehmen Sie die Antibiotika zu Ende und achten Sie auf sich. Und essen Sie ordentlich. Viktor kocht doch nicht schlecht.«

Er gab mir die Hand.

»Ade, Frau Wolf. Bis die Tage.«

Ich hörte Viktors Stimme im Flur, dann kam er herein und schloss sorgsam die Tür hinter sich. Er hatte sein Krankenschwesterngesicht aufgesetzt und Hilde Seiferts Küchenschürze umgebunden.

»Leg dich wieder hin. Damit du keinen Rückfall kriegst. Es gibt bald was zu essen.«

Während ich krank gewesen war, hatte er angefangen, mich zu duzen. Ich wollte es nicht, er kam mir zu nahe damit, aber ich schaffte es nicht, es ihm zu verbieten. Nicht, nachdem er mich so aufopfernd gepflegt hatte wie Florence Nightingale.

Ich legte mich hin und zog mir die Decke über den Kopf, damit ich die ernsten Kapitäne an den Wänden und die einsamen Möwen draußen im Himmel nicht sehen musste. Und den Geruch nach Heizöl und Hustensaft und alten Möbeln nicht riechen.

Aber die Bilder und Geräusche in meinem Kopf konnte ich nicht vertreiben: Brigitte Köhlers Gesicht, rötlich-blau, die hervorquellenden Augen, auch so blau, der geöffnete Mund, die Zungenspitze. Die Musik, Trompeten, Trommeln, Pauken, festlich dröhnend. Das blasse Blumenmuster auf dem Frotteegürtel, straff um ihren Hals gespannt. Die zarten faltigen Hände mit den rosa lackierten Nägeln. Das gelockte blondierte Haar über der bläulichen Stirn. Und immer wieder ihr Gesicht.

Nach einer Weile hielt ich es nicht mehr aus. Ich stand auf und stieg langsam die Treppe zum Dachgeschoss hinauf, holte meinen Laptop, stieg noch langsamer wieder hinunter, kroch wieder aufs Sofa und sah meine Berichte von den Gesprächen mit den Leuten von Gradow durch, bis mir etwas einfiel.

Ich ging hinüber in die Küche. Viktor stand am Herd und rührte in einem Topf.

»Viktor«, sagte ich, bevor er anfangen konnte, sorgenvoll an mir herumzunörgeln, »als Ihre Frau zusammen mit Brigitte Köhler beim VEB Textilkombinat Karputh gearbeitet hat: Wer stand den beiden nahe, mit wem hatten sie zu tun? Wer könnte etwas über Ihre Frau wissen, was auch Brigitte Köhler gewusst hat? Eine Kollegin wie Gerti Müller zum Beispiel. Oder Hilde Seifert. Und wenn die etwas wussten, wem könnten sie es erzählt haben? Freund, Ehemann, Geschwistern, Kolleginnen? Und wer von denen lebt noch? Verstehen Sie, was ich meine?«

»O ja«, sagte er. »Das ist sehr gut.«

Sehr gut wäre es gewesen, wenn es mir früher eingefallen wäre, dachte ich.

»Hilde«, sagte er. »Die hatte damals einen Freund. Wie hieß der? Heinz. Heinz Schwend. Und der lebt auch noch, glaube ich. In Wusternhagen. Und sonst? Wen gibt es noch? Lass mich nachdenken. Ich schreibe es dir auf.«

Er musterte mich kritisch: »Leg dich wieder hin. Du bist ganz blass.«

Ich machte mich auf den Weg zur Tür, aber dann drehte ich mich noch mal um: »Viktor? Ich weiß, Sie wollen nichts davon hören. Aber eines muss ich Ihnen sagen.«

»Was?«

»Etwas über Ihre Frau. Ein … ein Gerücht …«

»Nein!« Sein Gesicht lief rot an, und er sprach laut und heftig. »Davon will ich nichts hören. Das ist überflüssig! Unnötig! Begreifst du das nicht? Du sollst sie nur suchen! Such sie, finde sie, und dann lernst du sie kennen und begreifst, wie unwichtig es ist, was die Leute reden! Gerede, Getratsch, Geschwätz! Was soll ich damit? Überflüssig, unnötig!«

Er rührte so ungestüm in dem Topf, dass etwas von dem Gulasch herausspritzte und zischend auf der heißen Herdfläche verglühte. Es roch nach verbranntem Fleisch und Fett, wie auf einem Schlachtfeld.

Nebel hing über dem neuen Friedhof von Gradow und lagerte zwischen Bäumen und Grabsteinen. Wie eine schwarze Schlange bewegte sich der Zug der Trauergäste hinter dem Sarg her, auf dem ein farbenfrohes Gesteck aus Lilien und Gladiolen hin und her schwankte. Es waren die Lieblingsblumen von Brigitte Köhler gewesen.

Zwei Männer gingen dem Sarg voran, der eine hielt eine Geige, der andere ein Akkordeon. Sie spielten eine lieblich hüpfende Melodie im Walzerrhythmus.

»Chopin«, sagte Viktor. »Klingt komisch so, aber sie hat es sich gewünscht.«

Der Zug staute sich am Grab, und dann standen wir im Kreis um den Stein, auf dem der Name von Brigitte Köhlers Mann stand und der ihrer Tochter, die nach der Wende nach Hamburg gegangen und vor zwei Jahren gestorben war. Die Enkel waren nicht gekommen.

Die Musiker spielten und spielten, es schien kein Ende zu nehmen, aber wenigstens spielten sie keine Walzer mehr, sondern getragene, traurige Stücke.

Ich sah auf die Blumen und ihre starken Farben, die vor dem Grau des Nebels und dem Schwarz der Menschen noch stärker waren: Rot in vielen Schattierungen, Gelb, Orange und vor allem ein heftiges Rosa. Auch die Zusammenstellung war heftig, nicht gerade stilvoll, aber naiv und fröhlich, und passte gut zu Brigitte Köhler. So war sie auch gewesen.

Und du bist schuld, dass sie tot ist, sagte die Stimme in mir. Hättest du die Finger davongelassen und nicht in der alten Geschichte herumgestochert, würde sie noch leben. Das ist ziemlich sicher. Du bist schuld. Und nun? Was machst du damit, mit der Schuld? Die wirst du nicht mehr los, die wirst du immer behalten. Tod verjährt nicht. Und lässt sich nicht wiedergutmachen.

Ich sah hoch, in das Gesicht von Anne Meermann, der Besitzerin des Supermarkts von Gradow. Sie starrte mich an, voll Zorn und Abscheu. Ich blickte von ihr weg, aber dann merkte ich, dass mich alle so ansahen, der Leiter und die Angestellten der kleinen Bankfiliale, Horst Gierow von der Tankstelle und seine Frau, Mathis Gentz, dem der Schreibwarenladen gehörte, die Fischer und Bootsbesitzer vom Hafen, die Bernsteinsammler vom Strand und alle die anderen, alle Bewohner von Gradow.

Gerd Zierer, der Bürgermeister, hielt den Blick starr auf den Sarg gerichtet. Seine Frau sah verlegen zu Boden. Ich suchte mit den Augen nach Dr. Geberg und Martinek. Geberg stand auf Viktors anderer Seite, sodass ich sein Gesicht nicht sehen konnte, Martinek ein Stück weiter weg neben seiner Frau, einer zierlichen Blonden, die an ihren Handschuhen nestelte. Er hielt den Blick auf mich gerichtet und tat etwas, was er noch nie getan hatte: Er lächelte mich an.

Endlich schwieg die Musik, und Zierer, der heute Schwarz trug wie alle anderen, trat vor und nahm seine Mütze ab.

»Ich stehe hier«, sagte er, »weil Brigitte in ihrem Letzten Willen bestimmt hat, dass ich die Begräbnisrede halten soll. Das will ich gerne tun, Brigitte, und deiner gedenken und daran erinnern, was für eine gute Nachbarin und Freundin du uns gewesen bist. Und dir sagen, dass wir dich nie vergessen werden.«

Hinter mir schluchzte jemand.

»Ich bin kein großer Redner, Brigitte, das weißt du, aber es war ja vielleicht dein Letzter Wille, dass sich bei deinem Begräbnis niemand langweilen soll.«

Ein paar Leute lachten.

»Darum sage ich nur noch, dass ich dir den ewigen Frieden wünsche. Und dass ich uns anderen, die wir hier in Gradow leben, wünsche, dass wir auch wieder Frieden haben in unserer Gemeinde.«

Er sah zu mir herüber, bevor er an die Grube trat, ein Schäufelchen Erde hinunterwarf und für einen Moment in Andacht verhielt.

Alle gingen am Grab vorbei, nur Viktor und mir gelang es nicht, nach vorne zu kommen, wir wurden immer wieder überholt oder beiseitegeschoben, und schließlich standen wir alleine da, während die anderen in kleinen und größeren Gruppen dem Friedhofstor zustrebten.

Die Friedhofswärter begannen, das Grab zuzuschaufeln, und wir sahen den fallenden Erdklumpen zu und wie die Erde festgeklopft und Kränze und Sträuße darauf arrangiert wurden, und gingen dann auch die Allee hinunter und warteten am Tor, bis sich Auto um Auto zu einer langen Schlange gereiht hatte, die zum Fischerhus fuhr zur Begräbnisfeier. Am Ende stand nur noch Hildes Wagen auf dem Parkplatz.

Wir fuhren schweigend zurück. Viktor sah mit starrem Gesicht auf seinen schwarzen Hut, den er auf dem Schoß hielt und unentwegt strich und bürstete. Ich hielt vor der Auffahrt.

»Steigen Sie hier aus«, sagte ich. »Ich fahre noch zu Heinz Schwend.«

»Ich habe Heinz gesagt, er soll dir was zu essen machen«, sagte er, in einer Art Generalston, in den er sich manchmal flüchtete. »Bis du da bist, ist Mittag. Iss vernünftig. Du weißt, was Geberg gesagt hat.«

Ich hasste diesen Ton. Besonders jetzt.

»Sagen Sie mir nicht, was ich tun soll, und hören Sie auf, mich zu bemuttern! Eine Mutter reicht mir!«

»Wie wäre es dann mit einem Vater?«, fragte er.

»Ich habe keinen, und ich will auch keinen! Und schon gar nicht Sie! Raus mit Ihnen!«

Er war so schnell aus dem Wagen, wie ich es ihm nie zugetraut hätte, und das Letzte, was ich von ihm sah, war sein erschrockenes Gesicht.

Heinz Schwend wohnte in einem winzigen Reihenhaus in einer stillen Straße in Wusternhagen, was nichts besagte, denn Wusternhagen hatte nur stille Straßen. Er war ein kleiner Mann mit dünnem Haar, der sauber gebürstete dunkle Hosen trug und eine sorgfältig geflickte Strickjacke über einem weißen Hemd.

Er bat mich ins Wohnzimmer und servierte stolz das Essen, zu dem Viktor ihn genötigt hatte – Bratwurst mit Kartoffelpuffern und Rosenkohl –, und ich aß es, ohne mir anmerken zu lassen, dass ich Kartoffelpuffer nicht leiden konnte und Rosenkohl hasste.

»So«, sagte er, nachdem er abgeräumt und einen Ständer mit Zahnstochern genau in die Mitte des Tisches gestellt hatte, »was wollen Sie nun wissen?«

»Es geht um die Zeit vor und nach der Ausweisung von Herrn Svoboda«, sagte ich. »Sie waren damals mit Hilde Seifert befreundet. Können Sie sich an etwas erinnern, was sie Ihnen von Anna Svoboda erzählt hat? Privates, Berufliches? Etwas Außergewöhnliches?«

Er war eine Weile still und säuberte seine Zähne mit einem Zahnstocher.

»Ich bin nicht dafür, dass man über so was redet«, sagte er. »Aber Viktor hat mich darum gebeten. Und Sie sagen es ja nicht weiter. Vor allem nicht Viktor!«

»Bestimmt nicht. Nur der Polizei, wenn es helfen kann, das Verschwinden von Frau Svoboda oder den Mord an Frau Köhler aufzuklären.«

»Ja, also ... da war was. Nachdem Viktor wieder im Westen war. Ich weiß das nur von Hilde, und so richtig erzählt hat sie es mir nicht. Sie hat sich Sorgen um Anna gemacht, richtig große Sorgen, deswegen ist ihr immer mal was über die Lippen gekommen. Anna hatte wohl ...«

Er verstummte, und ich konnte sehen, wie er mit sich rang.

»Also, Anna hatte wohl Kontakt zum MfS ...«

»MfS?«

»Ministerium für Staatssicherheit. Sie wollte unbedingt, dass Viktor die Einreiseerlaubnis bekam. Und sie hat zu Hilde gesagt, dafür würde sie auch mit dem Teufel tanzen. Sie hat dann wohl für die gearbeitet, und dabei hat sie sich in den Führungsoffizier verliebt. Ziemlich heftig. Es hatte sie richtig erwischt. Das glaubte Hilde jedenfalls. Können Sie verstehen, dass sie sich Sorgen gemacht hat?«

Durchaus, dachte ich und nickte.

»Das ist alles, was ich Ihnen sagen kann. Mehr weiß ich nicht. Sie hat es dann ja erreicht, dass Viktor rüberkommen durfte. Oder vielleicht war es auch nicht deshalb. Ich weiß es nicht. Und da war es natürlich vorbei mit dem anderen Mann. Und wohl auch mit dem MfS. Und dann kam das Kind, die Ingrid, und alles war wieder in Ordnung.«

Er seufzte tief, erleichtert, das glückliche Ende der Geschichte erreicht zu haben. Ich fragte weiter, aber er wollte nichts mehr sagen. Er werde nie wieder davon sprechen, sagte er, er habe es nur dieses eine Mal getan. Für Viktor. Und ich müsste ihm versprechen, Viktor bestimmt nichts davon zu sagen.

Das tat ich, und zum Dank ließ ich mir noch ein bisschen aus seinem Leben erzählen und ein paar alte Fotos zeigen.

Es fing an zu dämmern, als ich zurückfuhr, und ich schaltete die Scheinwerfer ein. Ich dachte an Anna Svoboda. Ich sah ihr ernstes dunkeläugiges Gesicht von den Fotos vor mir. Oh, Anna, dachte ich, wenn das wahr ist, in was für eine abscheuliche Klemme aus Schuld und noch mal Schuld bist du geraten!

Hildes Haus war dunkel, aber im Herd brannte Feuer, und die Küche war warm. Auf dem Küchentisch lag ein Zettel: »Ich bin bei einem alten Freund. Komme morgen zurück. Achte auf Dich. Viktor. P. S. Es tut mir leid.«

Ich habe ihn erschreckt, dachte ich. Er hat die Flucht ergriffen.

Ich war froh, mal kein liebevoll gekochtes Abendessen essen und davon begeistert sein zu müssen. Ich stellte Käse und Brot auf den Tisch, dazu das Glas mit den Gewürzgurken und eines von den großartigen ostdeutschen Bieren. Dann rief ich Andreas an.

»Wann kommst du nun endlich?«, fragte er. »Heute war doch die Beerdigung, oder?«

»Ja«, sagte ich und erzählte ihm von dem Gespräch mit Heinz Schwend. »Jetzt habe ich endlich etwas, wo ich einhaken kann! Stasi-Mitarbeit, Stasi-Führungsoffizier, das kann ich nachprüfen, den Mann kann ich finden, wenn er noch lebt. Und ich rede noch mal mit ein paar Leuten, jetzt, wo ich endlich weiß, wonach ich fragen muss.«

»Anna! Du bist seit vier Wochen weg. Es reicht.«

»Davon war ich fast zwei Wochen krank!«

»Außerdem gibt es doch jetzt diese Kriminalbeamtin«, sagte er. »Lass die das machen, das ist ihr Job.«

»Nur noch ein paar Tage ... Ich habe den Hinweis aufgetan, ich will selber sehen, was dran ist. Es dauert nicht lange, höchstens bis nächste Woche.«

»Versprochen?«

»Bei meiner Ehre, wie Viktor sagen würde.«

Ich schnitt mir eine dicke Scheibe Brot ab und schichtete Käse darauf und halbierte Gewürzgurken. Das Telefon klingelte.

»Frau Wolf?«

»Ja.«

»Hier ist Elisabeth Zierer.«

Ach, dachte ich. Was für eine Überraschung.

»Sie wundern sich sicher, dass ich anrufe.«

Das könnte man so sagen, dachte ich.

»Ich muss mit Ihnen sprechen«, sagte sie. »Aber das bleibt unter uns, ja? Mein Mann will nicht, dass ich mit Ihnen rede, und die anderen auch nicht. Und ich habe Angst ... vor dem, der ... der Brigitte das angetan hat.«

»Ich sage es niemandem«, sagte ich. »Wann?«

»Am besten gleich. Mein Mann ist noch länger im Fischerhus. Könnten Sie nach Karputh kommen? Die Straße hinter dem Friedhof. Auf der anderen Seite ist eine Laubenkolonie. Da ist jetzt bestimmt niemand.«

Sie war schon da, als ich kam, in den Winkel zwischen einen Trafokasten und die Friedhofsmauer gedrückt, und konnte kaum die Lippen bewegen vor Kälte.

»Warum haben Sie denn nicht im Wagen gewartet?«

»Ich habe ihn woanders geparkt«, sagte sie undeutlich. »Den Wagen kennen zu viele.«

Sie hatte wirklich große Angst, nicht nur vor dem Mörder, sondern auch vor ihrem Mann. Ich konnte mir vorstellen, dass Gerd Zierer furchterregend wütend werden konnte.

»Steigen Sie ein. Wir fahren die Landstraße entlang. Da sieht Sie auch keiner, und wir haben es warm.«

»Sie dürfen das meinem Mann nicht verargen, was er vorhin gesagt hat«, sagte sie, nachdem sie sich aufgewärmt hatte und wieder richtig sprechen konnte. »Er hat nichts gegen Sie. Gradow liegt ihm am Herzen. Er ist schon so lange Bürgermeister hier, und wir waren so eine friedliche Gemeinde, und nun hat er das Gefühl, dass alles kaputtgeht.«

»Ist schon gut«, sagte ich. »Ich verstehe es ja. Ich nehme es nicht persönlich.«

Sie saß still neben mir, während ich durch die Dunkelheit fuhr, und machte den Eindruck, als würde sie am liebsten für immer so dasitzen. Sie war etwa zehn Jahre jünger als ihr Mann, irgendwo in den Fünfzigern, eine hübsche Frau mit dunklen Augen und dunklen Haaren, aus denen das Grau herausgefärbt worden war.

»Und?«, fragte ich schließlich.

Sie räusperte sich.

»Brigitte hat mir erzählt, was sie Ihnen gesagt hat. Das von dem Mann. Und dass es Sie sehr interessiert hat. Es muss ja auch wichtig sein, sonst wäre Brigitte deswegen nicht ...«

»Es ist nicht sicher, dass Frau Köhler deshalb getötet wurde.«

»Wegen was sonst?«, fragte sie, und vermutlich hatte sie recht.

»Ich habe diesen Mann auch gesehen«, sagte sie. »Oft. Er war Annas große Liebe.«

Ich wäre fast von der Straße abgekommen.

»Sie haben ihn gekannt?!«

»Nein, nein! Überhaupt nicht. Aber ich habe ihn gesehen. Und Anna hat von ihm gesprochen. Nicht direkt. Eher indirekt.«

»Erzählen Sie«, sagte ich und fuhr langsamer.

Es war im Sommer 1967, sie war sechzehn Jahre alt, Anna dreiunddreißig, und sie war schwärmerisch in Anna verliebt.

»Wie das so ist in dem Alter. Aber sie war auch so ... so schön und lebendig. Temperamentvoll. Einfühlsam. Sie war wunderbar.«

Das Haus ihrer Eltern stand neben dem, in dem Anna mit Viktor gelebt hatte und jetzt alleine wohnte, und Elisabeth war bei ihr, sooft es ging, wenn Anna aus dem Betrieb kam und kochte oder im Garten arbeitete oder hinter dem Haus in der Sonne saß.

»Nachts stand ich oft noch am Fenster und beobachtete sie, im Garten, oder im Haus, wenn das Licht brannte. Irgendwann habe ich gemerkt, dass sie spät nachts noch wegging. Das hat mich natürlich interessiert, und ich bin wach geblieben. Sie kam immer erst morgens zurück, kurz bevor es hell wurde.«

Manchmal kam ein Mann mit, nie ins Haus, nur in die Laube am Ende des Gartens, und Elisabeth hockte im Gebüsch des eigenen Gartens und schaute und lauschte: Küsse, Umarmungen, geflüsterte Gespräche.

»Wie sah er aus?«, fragte ich. »Wie klang seine Stimme?«

»Ich weiß nicht. So gut habe ich ihn nie gesehen oder gehört.«

»War er sehr schlank? Groß?«

Sie zögerte.

»Im Vergleich zu Anna? Einen guten Kopf größer als sie?«

Anna Svoboda war einen Meter sechzig gewesen, der Mann aus Weeritz bestimmt über einen Meter achtzig. Nach dem, was Gerti Müller erzählt hatte.

»Ich weiß es nicht«, sagte sie unsicher. »Groß schon. Größer als Anna, natürlich. Aber wie groß? Und ich glaube nicht, dass er schlank war. Eher breitschultrig und kräftig. Aber ich weiß es wirklich nicht. Ich habe ihn ja nie richtig gesehen. Es war immer dämmerig, und ich war so aufgeregt. Und ich kann so schlecht schätzen.«

Eben, dachte ich. Das können viele Frauen nicht.

Sie sah auf die Uhr.

»Können wir zurückfahren? Ich muss unbedingt zu Hause sein, wenn mein Mann kommt.«

Ich fuhr so langsam wie möglich und fragte viel. Als wir wieder am Friedhof waren, murmelte sie etwas, schlüpfte aus dem Auto und war verschwunden, bevor ich Auf Wiedersehen sagen konnte. Aber sie wollte mich wohl auch nicht wiedersehen.

Ich schob den Sitz zurück, nahm den Laptop von der Rückbank und notierte, was sie mir erzählt hatte.

In jenem Sommer hatten sie viel von Liebe gesprochen. Es war ein allgemeines Philosophieren über die Liebe gewesen, aber Elisabeth hatte geahnt, dass Anna auch von sich sprach.

»Es gibt nicht nur die eine große Liebe«, hatte sie einmal gesagt. »Glaub es nicht, wenn die Leute das sagen. Die wissen es nicht besser. Es kann passieren, dass plötzlich noch eine da ist. Aber weil du nicht weißt, dass es passieren kann, bist du nicht vorsichtig. Und dann stehst du zwischen zwei Feuern und machst dir am Ende die Liebe, die du hast, kaputt. Man muss rechtzeitig die Finger davon lassen. Wenn man einmal drin steckt, ist es zu spät. Darum sage ich es dir. Damit du später vielleicht mal daran denkst und aufpasst.«

Arme Anna, dachte ich. Du warst so allein mit dir und deinen Schwierigkeiten. Du konntest mit niemandem darüber reden, du hattest dich viel zu schuldig gemacht, doppelt schuldig, des doppelten Betrugs. Da hast du dir Erleichterung verschafft, indem du dem Mädchen von nebenan Weisheiten gepredigt hast, von denen du selber am besten wusstest, wie wenig sie halfen.

»Freundlich«, hatte Elisabeth Zierer gesagt, mit dünner Stimme, hinter der die Tränen saßen, die sie mit Macht unterdrückte, »sie war so freundlich! Ich hatte eine schwere Zeit damals, politisch, mit meinen Eltern ... Ich bekam kaum noch Luft, ich wollte schon fast nicht mehr leben. Nur bei ihr, da konnte ich atmen, da war Platz, da war ... Wärme. Ich weiß nicht, wie ich das ohne sie überlebt hätte. Darum habe ich Sie auch angerufen. Ich habe sie geliebt, ich habe sie nie vergessen, und es tut mir so weh, dass sie tot ist und irgendwo liegt, und dass man sie nicht mal begraben kann. Und ihr Blumen bringen.«

Und dann hatte sie doch geweint.

Ich klappte den Laptop zu und schob ihn auf den Beifahrersitz. Auf dem Rückweg fuhr ich beim Fischerhus vorbei und sah durch das Fenster neben der Tür. Gerd Zierer saß noch beim Skat, mit Dr. Geberg und Heinrich, dem Wirt. Wie oft abends. Seine Frau war längst zu Hause.

Als ich die Haustür aufschloss und in den Flur trat, öffnete sich die Tür der Küche, die nur vom Schein des Herdfeuers erleuchtet wurde, und jemand trat heraus. Mein Herz stolperte vor Schreck.

Das Deckenlicht flammte auf. Es war Jan Martinek.

»Sie haben mich erschreckt! Was machen Sie hier? Was ist los?«

»Das frage ich mich auch schon die ganze Zeit«, sagte er. »Wo ist Viktor?«

»Er ist bei einem alten Freund«, sagte ich. »Morgen ist er wieder da.«

Er kam langsam auf mich zu. Im kalten Licht der Flurlampe wirkten sein Gesicht wächsern und seine Augen schwarz.

»Ich habe solche Angst um dich gehabt«, sagte er. »Ich dachte, dir wäre was passiert. Ich habe schon lange nicht mehr solche Angst um jemanden gehabt.«

Er nahm meinen Kopf in die Hände und küsste mich, heftig, schmerzhaft, gewaltsam.

Ich wollte Nein sagen, wie sehr wollte ich das! Aber es gab kein Nein in mir.

4

Ich blieb noch eine Weile sitzen, nachdem er gegangen war, mit hochgezogenen Knien auf der Küchenbank, die Daunenjacke über die Schultern und um meine Beine gelegt wie ein Zelt, damit die Wärme meines Körpers und der Geruch unserer Liebe ein bisschen länger erhalten blieben.

Dann holte ich Viktors Block von der Anrichte und schrieb: »Lieber Viktor, ich fahre nach Hause. Alles Gute, ich melde mich, Anna. P.S. Der Wagen steht in Weeritz am Bahnhof.«

Ich duschte und wusch mir die Haare, zog frische Sachen an, packte und fuhr nach Weeritz. Der Zug nach Berlin ging erst in eineinhalb Stunden, ich döste im kalten Wartesaal, bis er einlief, setzte mich in ein leeres Abteil, drehte die Heizung auf und machte die Augen wieder zu.

Doch in der Wärme des Abteils konnte ich die Bilder in meinem Kopf nicht mehr anhalten, und sie überfluteten mich mit Macht.

Ich sah Jans Augen, spürte seine warme Zunge in meinem Mund, den Druck seines Körpers an meinem, die Textur seiner Haut unter meinen Fingern. Sein Geruch schien das Abteil zu füllen, seine Stimme und sein Lachen hallten in meinen Ohren. Seine Worte.

»So graue Augen«, hatte er gemurmelt, »so weiße Haut, so helles Haar – du musst eine Elfe sein oder eine Fee oder sonst etwas Zauberhaftes.«

»Du hast mich verzaubert. Wenn es zwölf schlägt, bin ich wieder ein Breitmaulfrosch mit Spaghettihaaren und Schuhgröße einundvierzig und passe nicht mehr in den gläsernen Schuh.«

Er hatte sich aufgesetzt, Holz im Herd nachgelegt und auf seine Uhr gesehen.

»Es ist nach zwölf. Der Zauber bleibt.«

In Berlin musste ich umsteigen und wieder eine Stunde warten, und als ich endlich im Zug nach Hause saß, rief ich Andreas an.

»Ich komme«, sagte ich. »Heute Abend bin ich da. Um zehn nach neun am Hauptbahnhof. Holst du mich ab?«

»He! Spreche ich mit der Frau, die mir gestern Abend gesagt hat, dass sie unbedingt noch bleiben will? Bis nächste Woche?«

»Ja. Aber heute Nacht wurde mir klar, dass ich sofort nach Hause muss.«

»Schön!«, sagte er. »Zehn nach neun. Ich hole dich ab.«

Ich ging in den Barwagen, holte mir ein Käsebrot und einen Becher Kaffee und setzte mich an einen der runden Tische, um nicht mit meinen Gedanken allein zu sein. Aber schräg gegenüber hockte ein Mann hinter einem Bier und starrte mich mit geröteten Augen und dem tiefsinnigen Blick des Betrunkenen an, und ich trug Käsebrot und Kaffee zurück ins Abteil.

»Ich zeige dir den Wald«, hatte Jan gesagt, »du hast eigentlich noch gar nichts davon gesehen. Gerade jetzt ist er so schön. Ach was, er ist immer schön. Ich zeige ihn dir.«

»Bist du jeden Tag da?«

Er hatte den Kopf geschüttelt: »Keine Zeit.«

»Hast du noch mehr Wälder, um die du dich kümmern musst?«

»Schon, aber das machen die Förster.«

»Aber ich dachte, du bist Förster ...«

»Wegen meinem grünen Wagen? Nein, ich bin Landrat. Ich verwalte den Landkreis. Also auch die Wälder.«

Ein Kinderlied war mir eingefallen, das meine Mutter mir vorgesungen hatte, als ich klein gewesen war: »Grün, grün, grün sind alle meine Kleider, grün, grün, grün ist alles, was ich hab. Darum liebe ich alles, was so grün ist, weil mein Schatz ein Jäger, Jäger ist.«

»Gibt es noch mehr Strophen?«, hatte er gefragt, und ich hatte ihm alle vorgesungen, an die ich mich erinnern konnte.

Er hatte noch eine Weile stumm dagelegen, dann war er aufgestanden und hatte seine Kleider zusammengesucht. Er hatte eine schöne elfenbeinfarbene Haut, von der sich die rotbraunen Haare und Sommersprossen klar abhoben, und einen kräftigen breiten Körper.

Er hatte ein schwarzes Etwas entwirrt und genauer betrachtet: »Mit Spitze. Hübsch, aber nicht meiner«, beiseitegelegt und weiter gesucht.

Dann hatte er seine Daunenjacke, auf der wir gelegen hatten, vom Boden aufgenommen und übergezogen, meinen schwarzen Slip in seine Jackentasche gestopft, mich auf den Mund geküsst und war gegangen.

Hitze strömte durch meinen Körper und stieg mir ins Gesicht. Jemand berührte meine Hand. Ich öffnete die Augen.

Die Frau auf dem Sitz gegenüber sah mich besorgt an: »Geht es Ihnen nicht gut? Haben Sie Kreislaufprobleme? Sie sind plötzlich ganz rot geworden.«

Ich schüttelte den Kopf und murmelte etwas von »zu heiß im Abteil«, und sie schaltete die Heizung herunter und drängte mir Traubenzucker auf, und von da an redete sie beinahe ununterbrochen, und ich ließ sie reden und war froh, dass ich nicht mehr zum Denken kam.

»Sie werden doch hoffentlich abgeholt?«, fragte sie, als wir ausstiegen, und da stand Andreas und hielt eine meiner Lieblingsrosen in der Hand – rosa-weiß und zart und süß duftend –, und sie begrüßte ihn lebhaft und verabschiedete sich herzlich von mir.

»Müsste ich sie kennen?«, fragte er.

»Nein. Ich habe sie bis Frankfurt auch nicht gekannt. Jetzt weiß ich alles über sie. Mehr als über meine Mutter. Beinahe mehr als über mich.«

Er legte den Arm um mich und nahm meinen Koffer.

In der Nacht lag ich wach, hörte auf Andreas' Atem und wanderte mit dem Blick die Jugendstilranken der Stuckdecke entlang. Mein Körper war wie zerschlagen, und meine Haut brannte. Der glatte Stoff der Bettwäsche tat gut. Es war die korallenrote, in der wir uns vor vier Jahren zum ersten Mal geliebt hatten. Er hatte sie für heute Abend frisch aufgezogen.

Ich wandte den Kopf zu ihm. Er wurde nächstes Jahr vierzig, aber im Schlaf sah er so unschuldig aus wie ein Kind. Und so verletzlich.

Das Licht der Nachttischlampe fiel auf die blauen Flecken an meinem Bauch und meinen Brüsten. Sie waren schon da gewesen, bevor wir uns berührt hatten, und ich hatte schnell das Licht ausgemacht, damit er sie nicht sah.

Die weiche Höhle zwischen meinen Beinen schmerzte. Es hatte wehgetan, als Andreas in mich eingedrungen war und sich in mir bewegt hatte, ich hatte nur Schmerz dabei empfunden, keine Lust, und alles, was ich gefühlt hatte, war Erleichterung gewesen, dass er nichts davon gemerkt hatte, weil er so lustvoll glücklich gewesen war, wieder mit mir zusammen zu sein.

Ich machte das Licht aus. Ich war todmüde, aber ich schlief nicht ein, sondern blieb in einer kalten grauen Welt zwischen Schlaf und Wachen hängen, in der das Ticken des Weckers und mein eigenes Seufzen überlaut zu hören waren, und in der es nie wieder hell werden würde.

Irgendwann rührte sich Andreas neben mir: »Wach auf, Anna. Es ist nur ein Traum.«

»Ich bin wach«, murmelte ich, »ich bin ja wach.«

Er streichelte mein Gesicht: »Du hast so laut gestöhnt. Ich dachte, du träumst schlecht.«

Als ich am Montagmorgen ins Büro kam, stand ein Strauß gelber Rosen mit riesigen Köpfen auf meinem Schreibtisch.

»Geisha«, sagte Frau Beifuss.

»Geisha?«

»So heißen die Rosen. Schön, nicht? Die sind von Herrn Svoboda. Er hat am Freitag dauernd angerufen. Er hat sich schreckliche Sorgen um Sie gemacht.« Sie reichte mir einen Umschlag. »Den soll ich Ihnen geben. Er ist vorhin gekommen. Mit Eilpost.«

»Liebe Anna«, stand in dem Brief, in Viktors großer geschwungener Schrift, »es tut mir zutiefst leid, was ich gesagt und dass ich Dich damit verletzt habe. Zwar konnte ich nicht wissen, dass es Dich verletzen würde, aber Unwissen ist keine Entschuldigung. Ich war egoistisch und unachtsam und habe eine Grenze überschritten. Ich hoffe, Du bist gut zu Hause angekommen und hast Dich während des Wochenendes ein wenig erholt. Ich möchte Dich nicht mit Anrufen belästigen, aber ich wäre froh, von Dir zu hören und zu erfahren, wie es Dir geht. Von Herzen, Viktor.«

Er konnte Briefe schreiben.

Ich wählte Hilde Seiferts Nummer und ließ es endlos lange läuten. Ihr Telefon war ein DDR-Apparat in Schwarz und Orange, der im Wohnzimmer stand und dessen Läuten Viktor, wenn er nicht gerade daneben saß, nur durch Zufall oder Glück hörte.

Ich wollte schon aufgeben, da wurde doch noch abgehoben: »Svoboda, bei Seifert.«

»Hallo, Viktor. Ich bin's, Anna.«

»Anna!«, sagte er freudig. »Wie geht es dir?«

»Gut. Sehr gut.«

»Oh, da bin ich froh. Und du wirst mir verzeihen, nicht wahr? Nicht sofort. Später. Bevor du wiederkommst. Ja?«

»Es gibt nichts zu verzeihen. Was Sie gesagt haben, war nicht schlimm, und es war auch nicht der Grund, warum ich gefahren bin. Ich musste einfach nach Hause, zu Andreas, so schnell wie möglich.«

»Das verstehe ich ja so gut«, sagte er erleichtert. »Und wie ich das verstehe! Und hör mal, Anna: Schick mir eine Zwischenrechnung, sofort! Ich möchte, dass das erledigt ist, bevor du zurückkommst.«

»Ich komme nicht wieder«, sagte ich. »Ich war schon viel zu lange in Gradow. Sie brauchen mich auch nicht mehr. Das macht jetzt Frau Rogal von der Kriminalpolizei in Weeritz. Sie ist wirklich gut. Ich gebe alle meine Informationen an sie weiter. Und Sie bekommen einen ausführlichen Bericht von mir.«

Er schwieg.

»Ja«, sagte er dann, »das muss ich wohl akzeptieren.«

In seiner Stimme lag Verlorenheit, und sie war echt, aber es schien mir, dass er sie auch ein bisschen einsetzte, um mich zu rühren.

»Willst du mir etwas versprechen?«, fragte er.

»Ja.«

»Denkst du noch mal darüber nach? Du bist hier nicht fertig, Anna. Erst seit du da bist, ist das Ganze überhaupt in Bewegung geraten.«

»Eben«, sagte ich. »Seit ich in den alten Geschichten herumstochere, kommt eine alte Dame nach der anderen zu Tode.«

»Aber das zeigt doch nur, dass du auf dem richtigen Weg bist! So schrecklich es ist«, fügte er eilig hinzu.

Ich seufzte.

Er gab sofort nach: »Lass uns nicht mehr davon reden. Denk nur noch mal darüber nach. In aller Ruhe. Und erhol dich gut. Auf Wiedersehen, Anna.«

Und danke für die Blumen, wollte ich noch sagen, aber da hatte er schon aufgelegt.

Es klopfte, und Herr Fischler steckte den Kopf durch den Türspalt.

»Frau Wolf!«, sagte er, ein breites Lächeln auf dem Gesicht. »Sie sind wieder da! Wie erfreulich.«

»Schön, dass Sie das so sehen. Kommen Sie rein.«

»Geht leider nicht. Bei mir drüben sitzt schon jemand. Aber nachher ist Wochenbesprechung. Bis dann.«

Ich zog die Füße unter die Oberschenkel und blätterte durch die Mappe, in der Frau Beifuss alles zusammengestellt hatte, was wichtig gewesen war: Einnahmen, Ausgaben, abgeschlossene, laufende, neu aufgenommene Ermittlungen. Und ein paar neue Klienten. Dafür, dass die Zeiten schlecht waren und die

Menschen sparsam, auch was die Inanspruchnahme von Ermittlungsbüros betraf, ging es uns gut.

Ich blätterte durch die Berichte. Die Partnerobservation Dr. Hagenkötter / Frau Hagenkötter war abgeschlossen. Ergebnis positiv. Die nette Frau Hagenkötter betrog ihren Mann.

Ich betrachtete die Fotos, die Rolf von ihr und ihrem Geliebten gemacht hatte, in einem Park unter hohen Bäumen. Sie gingen eng umschlungen, schweigend, sprechend, oder waren stehen geblieben und küssten sich. Auf einer anderen Bildserie stiegen sie in seinen Wagen, einen älteren Golf, auf einer Dritten saßen sie an einem sonnigen Tag in einem Biergarten.

Es waren große Schwarz-Weiß-Fotos, gestochen scharf, man konnte jede Kleinigkeit erkennen, auch dass Frau Hagenkötters Gesicht ungeschminkt und von genossener Lust weich und schön war.

Ich schob sie wieder in die Umschlagtasche der Klarsichtmappe. Ich hasste Partnerobservationen. Ich hasste es, dass Leute, die glaubten, betrogen zu werden, zu uns kamen, statt mit ihrem Mann oder ihrer Frau darüber zu reden. Ich hasste es, dass wir dem Mann oder der Frau hinterher spionierten und Fotos machten von etwas, das uns nichts anging, und sie jemandem gaben, den sie auch nichts angingen, und dafür Rechnungen schrieben.

Die Tür wurde geöffnet.

»Besprechung!«, rief Frau Beifuss. »Bei mir!«, fügte sie frohlockend hinzu.

Sie hatte bei der Renovierung das größte Zimmer bekommen, das Chefzimmer, in dem all die Jahre Jochen gesessen hatte und danach eine Weile ich. Sie hatte es so wenig gewollt wie die Renovierung – es war doch sein Zimmer! –, aber nun war sie überströmend glücklich damit.

An die Stirnseite hatte sie Jochens alten Aktenschrank gestellt, rechts und links davon die Schreibmaschinentischchen mit den Rolltüren. Darauf standen Topfblumen, und darüber hingen die billigen Drucke, mit denen er ganz am Anfang den

Flur geschmückt hatte. Es wirkte ein bisschen sonderbar, wie eine Gedenkstätte, aber es war eine hübsche und liebevolle Gedenkstätte.

»Schön«, sagte ich. »Das würde ihm gefallen.«

»Nicht wahr? Das finden Sie auch!«, sagte sie froh.

Rolf saß neben Herrn Fischler und starrte hungrig auf die Platte mit den Gebäckstücken. Er hatte bestimmt noch nichts gegessen. Ich hatte einmal eine kurze schöne Liebesaffäre mit ihm gehabt und wusste, dass er nur Kaffee und Gauloises ohne Filter frühstückte.

»Hallo, Anna.«

Er stand auf und küsste mich auf die Wange.

»Schön, dass du wieder da bist.«

Herr Fischler räusperte sich und gab die Übersicht über die Woche.

»Last, but not least«, sagte er schließlich und machte sein Weihnachtsmanngesicht: »Samstag/Sonntag: die erste von zwei Schulungen der Hausdetektive im Kaufhaus Heiliger. Ein fetter Happen für den Umsatz. Sie müssen mit, Frau Wolf. Herr Heiliger hat ausdrücklich nach Ihnen gefragt. Ohne Chefin keine Schulung, hat er gesagt.«

Ich nickte ergeben. Herr Heiliger war ein sonnenstudiogebräunter Vierziger mit übermäßig schönen implantierten Zähnen, der sich für Gottes Geschenk an die Frauen hielt und von den Frauen erwartete, dass sie das auch so sahen.

»Ach ja«, sagte Herr Fischler, »noch was. Die Sache Hagenkötter. Frau Hagenkötter hat angerufen und wollte wissen, ob wir sie noch observieren. Sie hätte so sehr das Gefühl. Ich habe ihr versichert, dass unser Auftrag beendet ist. Sie war ziemlich aufgeregt. Sie fragte, ob wir wüssten, was wir angerichtet hätten. Sie wären jetzt getrennt, aber ihr Mann sei immer noch außer sich vor Wut und Gekränktheit. Besonders wegen der Fotos. Sie hätte richtig Angst vor ihm … Das glaube ich ihr gern. Er war schrecklich wütend, als er den Bericht sah. So wütend habe ich noch keinen gesehen.«

Er hob die Schultern.

»Was sollen wir machen? Das hat mit uns nichts mehr zu tun. Ich wollte nur Bescheid sagen, falls sie noch mal anruft.«

»Ich hasse Partnerobservationen«, sagte ich. »Lasst uns doch darauf verzichten!«

Rolf schüttelte den Kopf.

Herr Fischler sagte: »Dann müssten Sie auch auf zwanzig Prozent vom Umsatz verzichten. Das können Sie nicht.«

»Ihr Mann hat auch immer gesagt: Partnerobservationen gehören zur dunklen Seite der Profession«, bemerkte Frau Beifuss.

»Aber er hat sie gemacht«, sagte Rolf.

»Eben. They're part of the job«, sagte Herr Fischler, der anscheinend seinen englischen Tag hatte.

In der Mittagspause ging ich zum Friedhof, um nach dem Grab zu sehen. Der Efeu war dicht und dunkelgrün und umrahmte einen Topf mit besonders schönem Heidekraut. Ich legte meine Rose dazu, zündete ein Grablicht an und stand eine Weile da und sah auf den Stein und die Inschrift: Jochen Wolf, 1951–1999.

Die Sonne kam heraus, und ich holte mir im Café neben der Friedhofsgärtnerei ein Sandwich und einen Becher Kaffee und verbrachte die Mittagszeit auf der Bank schräg gegenüber vom Grab.

Du hast das Problem mit den Partnerobservationen auch nicht gelöst, dachte ich. Du hast sie eben gemacht: Part of the job. Die dunkle Seite der Profession. Dabei warst du sonst so streng mit dir, du wolltest immer nur tun, was du verantworten konntest. Mit allen Konsequenzen. Vielleicht hast du ja nie erlebt, dass etwas passierte, was du verantworten musstest.

Aber was mache ich, wenn Dr. Hagenkötter seiner Frau etwas antut, weil wir ihm diese Fotos gegeben haben? Und was ist mit Brigitte Köhler? Die würde noch leben, wenn ich nicht in den alten Geschichten herumgestochert hätte. Wie verantworte ich das?

Ich weiß, ich habe nur meinen Job gemacht. Und Rolf auch, mit den Fotos. Und Fischler. Und du. Aber reicht es zu sagen: Wir haben nur unseren Job gemacht?

Viktor tat, was er konnte, damit ich zurückkam, und weil er Frau Beifuss für sich gewonnen hatte, hatte ich seine fünfte Kolonne mitten in meinem Büro.

»Herr Svoboda hätte gerne seine Zwischenrechnung«, sagte sie. »Er sagt, er kann Ihnen nicht wieder unter die Augen treten, bevor sie nicht bezahlt ist.«

»Er wird mir so bald überhaupt nicht unter die Augen treten«, sagte ich. »Insofern ist es egal. Aber ich schreibe sie. Außerdem ist es keine Zwischenrechnung, sondern die Endabrechnung.«

Er schickte Postkarten, Bücher und hübsche kleine Dinge, dazu herzliche Grüße und gute Wünsche. Nie schrieb er, ich solle wiederkommen, aber was er schickte, war immer etwas, was mir Lust und Sehnsucht danach machte: alte Ansichtskarten von Gradow oder pikante Dosenfischchen, die es nur dort gab, Muscheln und Steine vom Strand und Bernstein, nach dem er nur für mich suchte.

Auch Frau Beifuss trug neuerdings Bernstein, einen großen honigfarbenen Tropfen, der wunderschön aussah zu ihrer weißen Haut und dem roten Haar.

»Der ist doch bestimmt von Herrn Svoboda«, sagte ich.

»Er sagt, Frauen mit rotem Haar müssen Bernstein tragen. Außerdem ist er sehr gut für die seelische Harmonie. Und für meine Leber. Herr Svoboda versteht wirklich was von Steintherapie.«

Das hat er sich eben erst angeeignet, dachte ich. Oder er tut nur so, weil du darauf stehst.

»Es muss ja wirklich herrlich sein da oben an der Ostsee«, sagte sie. »Herr Svoboda sagt, es hat Ihnen so gefallen. Und das Klima ist so gesund. Sie hätten richtig Rosen auf den Wangen gehabt.«

»Ich war nicht zur Kur da.«

»Eben. Das ist es ja. In der Angelegenheit seiner Frau gibt es gar kein Vorankommen mehr, seit Sie weg sind.«

Ich sagte nichts.

»Sie würden hier natürlich fehlen, aber wenn Sie dort so dringend gebraucht werden ... Ich würde auch Überstunden machen.«

Ich sah sie nur an.

Sie neigte ergeben den Kopf und machte sich endlich davon.

Ich sah auf die Steine, die er zuletzt geschickt hatte, einen rötlichen in Form eines Herzens und einen glatten grauen mit einer scharfen Kante. Es war eine Klinge aus Feuerstein, ein Steinzeitwerkzeug, fünftausend Jahre alt.

»Der Leiter des Heimatmuseums hat mir das bestätigt«, hatte er geschrieben und hinzugefügt: »Etwas Besonderes also, nur für Dich!«

Ich wählte die Nummer von Hilde Seifert.

»Viktor«, sagte ich, als er endlich dran ging, »hören Sie auf ...«

»Anna! Bist du das? Wie schön, deine Stimme zu hören. Wie geht es dir?«

»Gut. Viktor, hören Sie auf, mir Sachen zu schicken. Und Frau Beifuss Sachen zu schicken und mit ihr zu telefonieren und sie zu beeinflussen. Ich komme nicht wieder!«

»Das weiß ich doch«, sagte er. »Aber warum soll ich nicht mit Frau Beifuss telefonieren? Sie ist eine sehr kluge und liebenswürdige Frau. Ist dir das eigentlich klar?«

»Ja.«

»Ich habe sie richtig gern. Und warum soll ich dir nichts mehr schicken? Gefällt es dir nicht?«

»Doch«, sagte ich.

»Na, siehst du. Du brauchst mir auch nicht zu antworten. Ich erfahre ja von Frau Beifuss, ob es angekommen ist. Achte gut auf dich, Anna. Bis bald!«

Er legte so rasch auf, dass ich nichts mehr sagen konnte. Ich legte auch auf, packte die Unterlagen zusammen, die ich am Sonntag durchsehen wollte, und sah bei Frau Beifuss rein.

»Ich bin dann weg. Andreas' Familie kommt zum Essen. Der Braten muss in den Ofen.«

»Viel Glück!«

Sie wusste, dass ich keine geniale Köchin war.

Ich machte den Rinderbraten, den der Gourmetjournalist in der Zeitung empfohlen hatte, und hatte das Rezept nicht richtig gelesen oder war vorübergehend geistig umnachtet gewesen, denn das Fleisch musste vier Stunden lang geschmort und immer wieder begossen werden, vom Herstellen der Soße gar nicht zu reden.

Dafür wurde es aber auch sehr gut, Andreas' Mutter und seine Schwester waren überwältigt, und das belebte mich wieder, denn ich war erschöpft vom Kochen und fühlte mich außerdem heimatlos, wie immer, wenn ich mit Andreas' Familie zusammen war. Sie waren so schmalgliedrig und von natürlicher Eleganz und hatten bräunliche Haut und dunkle Locken, und ich saß wie ein Alien unter ihnen, groß, hellhäutig, hellhaarig und irgendwie klobig.

»Köstlich«, sagte Andreas' Mutter. »So etwas Gutes habe ich noch nie gegessen.«

»Unbeschreiblich«, sagte seine Schwester. »Ich wusste gar nicht, dass du so gut kochen kannst.«

Ich servierte den Nachtisch, und Andreas öffnete die Champagnerflasche.

Mein Handy klingelte.

»Geh nicht ran«, sagte Andreas.

»Ich bin gleich wieder da. Das ist bestimmt meine Mutter.«

Die fragen will, ob es mit dem verdammten Braten geklappt hat, dachte ich und ging nach nebenan.

»Mama?«

»Frau Wolf?«, fragte eine Frauenstimme. »Sind Sie das?«

»Ja.«

»Wie gut, dass ich Sie erreiche! Hier ist Elisabeth Zierer. Wissen Sie es schon? Heinrich ist tot.«

»Heinrich, der Wirt? Wie ist das passiert?«

»Er ist ertrunken.«

»Jetzt im Dezember? Im Meer?«

»Nein, im Straßengraben.«

Sie klang so bedrängt und atemlos, als wäre sie auch am Ertrinken. Oder war sie nicht nüchtern?

»Frau Zierer«, sagte ich. »Beruhigen Sie sich. Was ist passiert?«

»Er ist nachts von der Kneipe nach Hause gegangen und in den Straßengraben gefallen, aufs Gesicht, und ertrunken.«

»Ach so«, sagte ich. »Das ist ja schrecklich. Das tut mir aber leid.«

»Es war kein Unfall«, sagte sie mit gesenkter Stimme. »Er ist ermordet worden.«

»Wie kommen Sie darauf?«

»Die Kripo war da. Jemand hat Heinrich auf den Kopf geschlagen und in den Graben gestoßen. Normalerweise wäre er wieder aufgestanden. Aber er war bewusstlos oder benommen von dem Schlag und kam nicht mehr hoch. Deshalb ist er ertrunken.«

Mein Magen zog sich zusammen. Es war nicht vorbei. Irgendwie hatte ich gehofft, es würde vorbei sein, wenn ich fort wäre, wie ein böser Zauber, der mit mir gekommen und mit mir auch wieder verschwunden war.

»Ich habe so furchtbare Angst!«, sagte sie. »Sie haben doch niemandem erzählt, dass ich mit Ihnen gesprochen habe?«

»Natürlich nicht. Nur Frau Rogal, das habe ich Ihnen ja gesagt. Und die redet nicht darüber.«

»Ja, ja«, sagte sie mechanisch. »Ich habe solche Angst, dass er mir auch etwas antut, wer immer es ist!«

»Niemand weiß von Ihnen. Machen Sie sich keine Sorgen.«

Ich rede verdammten Blödsinn, dachte ich. Sie hat recht. Ich hätte auch Angst, wenn ich sie wäre. Scheißangst.

»Kommen Sie wieder?«, fragte sie hoffnungsvoll, als hätte ich die Macht, sie vor dem Bösen zu beschützen.

»Nein. Bestimmt nicht. Aber wissen Sie was? Rufen Sie Frau Rogal an. Jetzt sofort. Haben Sie ihre Nummer? Nein? Moment, ich gebe sie Ihnen.«

Das tröstete sie, und ich war froh, dass ihr Mann nach Hause kam, denn nun legte sie schnell auf.

Die Tür öffnete sich, und Andreas schaute herein: »Kommst du?«

»Ich bin gleich da. Fangt schon mit dem Nachtisch an.«

Ich saß da und sah das Telefon an, als würde es mir sagen, was ich tun sollte, wenn ich es nur lange genug anstarrte, und wählte schließlich die Nummer von Hilde Seifert. Es war das Letzte, was ich tun wollte, aber ich musste wissen, wie es Viktor ging.

Der Hörer wurde fast sofort abgenommen: »Ja?«

Es war Jan.

»Hallo, Jan«, sagte ich. »Hier ist Anna.«

Er sagte nichts.

»Ich wollte wissen, wie es Viktor geht.«

»Beschissen«, sagte er. »Er ist auf dem Boden der Tatsachen gelandet. Er hatte ja doch geglaubt, dass du seine Frau findest, wenn du nur lange genug rumfragst und Staub aufwirbelst und Aufregung verursachst. Und dann bist du einfach verschwunden, und nun ist der alte Heinrich jämmerlich erstickt, in einem kalten, sumpfigen Straßengraben, und Viktor wird klar, dass einer, der so was tut, es auch seiner Frau antun kann. Oder schon angetan hat.«

»Ja«, sagte ich.

Er schwieg eine Weile.

»War's das?«, fragte er dann.

»Ich kann nicht kommen«, sagte ich.

»Hier sitzt ein verzweifelter alter Mann, der – weiß der Himmel, warum – glaubt, dass du ihm helfen kannst. Und der dich liebt. Weiß der Himmel, warum. Und du kannst nicht kommen.«

»Du weißt doch, warum.«

»Nein, weiß ich nicht. Sag's mir.«

»Ich will meine Beziehung zu Andreas nicht kaputt machen«, sagte ich. »Ich liebe ihn.«

»Wie schön«, sagte er. »An mir soll es nicht liegen. Ich fasse dich nicht an.«

»Aber ich dich. Und du mich auch, wenn wir uns wiedersehen. Früher oder später ...«

Es klopfte. Das Gesicht von Andreas' Mutter erschien im Türspalt.

»Anna! Ist etwas passiert?«

»Nein, nein. Ich bin gleich da. Moment noch ...«

Ich wartete, bis sie die Tür wieder geschlossen hatte.

»Ich muss Schluss machen. Grüß Viktor von mir.«

»Den Teufel werde ich tun«, sagte er und legte auf.

Ich ging wieder hinüber in die Küche. Andreas lächelte mir zu.

»Ist irgendwas mit deiner Mutter, Anna?«, fragte seine Mutter.

»Nein, nein. Das war nicht sie, das war etwas Berufliches. Alles in Ordnung«, sagte ich, mehr zu Andreas als zu ihr.

Er lächelte immer noch, aber ich sah, dass er mir nicht glaubte.

5

Ich stand zwischen den Tannen auf dem Weihnachtsmarkt und dachte an Viktor. An Jan. An den Wald am Meer. An Heinrich, den Wirt, hager, grau, trinkfest und gelassen, der bewusstlos im Straßengraben gelegen hatte, während das schlammige Wasser ihm in Nase und Lungen drang.

»Die Frau Gemahlin weilt net wirklich unter uns«, sagte der Weihnachtsbaumverkäufer mit seiner dröhnenden Stimme. »Sie weilt sonst wo auf der Welt, bloß net hier. Hallo, gnä' Frau! Der Herr Gemahl wüsst gern, wie Sie die hier finden.«

»Sehr schön.«

»Aber das ist eine Blautanne! Sie hätten doch gar keine Blautanne gewollt.«

Es ist mir egal, dachte ich.

»Doch, doch«, sagte ich. »Blautannen sind sehr schön.«

Er klagte erfreut über die Unbeständigkeit der Frauen, während er die Tanne verpackte, und wir brachten sie nach Hause und stellten sie in den Weihnachtsbaumständer. Ich hielt sie, Andreas schraubte sie fest, und ich schnitt das Netz ab und entfaltete ihre Zweige. Sie dufteten nach Harz und Feuchtigkeit. Nach Wald und Meer.

»Anna?«

»Ja?«

»Ich muss noch mal weg. Bin bald wieder da.«

Ich wartete, bis er die Wohnungstür hinter sich zugezogen hatte, und rief Marion Rogal an. Vielleicht war sie noch im Büro. Ich ließ es lange läuten. Als ich gerade aufgeben wollte, wurde abgehoben.

»Ja?«

»Frau Rogal? Hier ist Anna Wolf.«

»Hallo, Frau Wolf. Wie geht's Ihnen?«

Beschissen, dachte ich.

»Gut«, sagte ich.

»Was kann ich für Sie tun?«

»Elisabeth Zierer«, sagte ich. »Die Frau des Bürgermeisters von Gradow. Ich habe sie als Zeugin genannt in dem Bericht, den ich Ihnen geschickt habe. Ich mache mir Sorgen um sie. Sie hatte mich angerufen, weil sie große Angst hat, und ich habe ihr gesagt, sie soll sich an Sie wenden. Hat sie das getan?«

Sie dachte nach.

»Oh, ja. Hat sie. Ich habe sie beruhigt. Und ihr meine Handynummer gegeben, damit sie mich jederzeit anrufen kann. Hat sie aber nicht getan. Also geht's ihr gut, würde ich sagen.«

»Danke.«

»Für Sie immer.«

»Und Heinrich?«, fragte ich. »Wissen Sie schon was über den Tod von Heinrich? Der Wirt von Gradow, der im Straßengraben ertrunken ist.«

»Darüber darf ich keine Auskunft geben«, sagte sie mit amtlicher Stimme. »Schon gar nicht einer privaten Ermittlerin, die an Tatorten wütet wie Attilas Horden.«

Sie machte eine deutliche Pause, dann lachte sie, das raue, brechende Lachen der starken Raucherin: »So. Jetzt sind wir g. i., ganz inoffiziell. Denken Sie bitte daran. Wie ist sein Nachname?«

»Keine Ahnung. In Gradow nennen sie ihn nur Heinrich, den Wirt.«

Stille, Rascheln. Tastaturgeklapper.

»Fromm, Heinrich.«

»Heinrich ist erst nach der Wende nach Gradow gekommen«, sagte ich. »Er hat Frau Svoboda nicht gekannt, und er wusste nichts von irgendwelchen alten Geschichten. Ich habe ihn gefragt. Wahrscheinlich hat sein Tod also gar nichts damit zu tun …«

Und ich nichts mit seinem Tod, dachte ich.

»Möglich«, sagte sie. »Oder auch nicht. Wir haben bei ihm, wie bei Frau Köhler, nicht den Hauch eines Hinweises, warum er getötet wurde. Im Grunde ist Ihre abenteuerliche Geschichte ...«

»Nicht meine. Herrn Svobodas.«

»... ist Herrn Svobodas abenteuerliche Geschichte der einzige Erklärungsversuch, den es im Moment gibt. Aber damit kann man natürlich keinem kommen.« Sie verstummte, und ich hörte die Computertastatur klappern. »Insbesondere, nachdem die Überprüfung der Hinweise aus Ihren Gesprächen mit Herrn Schwend und Frau Zierer nichts ergeben hat. Die Hinweise auf diesen Stasi-Führungsoffizier und angeblichen Geliebten von Frau Svoboda.«

»Nichts? Aber was ist mit der Birthler-Behörde? Gibt es da gar nichts über diesen Mann? Oder über Frau Svoboda?«

»Nein«, sagte sie. »Was nichts heißen muss. Nach der Wende wurden massenhaft Personenakten vernichtet. Ich habe außerdem Frau Svobodas männliche Kollegen, Bekannte und Vorgesetzte aus der Zeit um 1967 überprüfen lassen, im Hinblick auf den Geliebten, den Frau Zierer beobachtet hat. Auch nichts. Gar nichts.«

Sie wartete, dass ich etwas sagte, aber ich wusste nicht, was. Ich wusste nicht mal mehr, warum ich sie angerufen hatte.

»Okay«, sagte sie. »Ich muss jetzt Schluss machen, ich will auch mal nach Hause. Morgen ist Weihnachten.«

»Frohes Fest«, sagte ich. »Und danke.«

»Wofür?«, fragte sie knapp. »Tschüss dann.«

Ich holte die Schachtel mit dem Baumschmuck und hängte mechanisch Äpfel und Kugeln und Figuren aus Silberblech an den Baum, fädelte Kringel auf Goldfäden und band sie an die Zweige, klammerte die Kerzenhalter fest und steckte Kerzen hinein.

Schließlich war nur noch der Engel für die Spitze übrig, den meine Mutter zum ersten Weihnachtsfest meines Lebens gekauft hatte. Sein Wachsgesicht war mit den Jahren gelblich geworden und seine Locken verblichen, aber das goldene Kleid aus Samt und Brokat war immer noch schön.

Bei jenem ersten Weihnachten war mein Vater noch dabei gewesen. Im Sommer darauf war er gegangen und hatte ihr einen Brief dagelassen, in dem stand, er könne so nicht leben, er brauche seine Freiheit, er würde irgendwo in Australien oder Neuseeland neu anfangen, und sie würde ihm hoffentlich verzeihen. Sie hatte ihm nie verziehen, er hatte ihr eine Wunde zugefügt, die sich nicht schloss, aber wie zum Trotz hatte sie Weihnachten immer besonders schön und prachtvoll gefeiert, auch wenn wir nur noch zu zweit gewesen waren.

Letztes Jahr hatte sie mir den Engel mitgebracht.

»Für dich«, hatte sie gesagt. »Und deine Familie. So wie Andreas ist, wirst du eine richtige Familie haben.«

So wie Andreas ist, schon, dachte ich. Aber wie bin ich?

Hände legten sich auf meine Schultern, und ich fuhr zusammen.

»Hast du mich nicht reinkommen hören?«

»Nein.«

»Du hast den Baum schon geschmückt«, sagte er. »Das wollten wir doch zusammen machen.«

»Oh, das habe ich vergessen. Es tut mir leid. Ich war so in Gedanken. Hier – der Engel. Das Wichtigste. Steck du ihn auf die Spitze.«

Er hockte sich vor mich und sah mir in die Augen.

»Wo bist du immer in letzter Zeit, Anna?«

»Nirgendwo ... Ich meine, hier. Wo sonst?«

»Machst du dir wegen irgendwas Sorgen? Wegen Viktor?«

»Nein«, log ich. »Dem geht es gut.«

»Was ist es dann? Du bist so anders. So weit weg.«

»Wirklich nicht!«

Ich drückte die Stirn an seine Schulter, damit er mich nicht mehr ansehen konnte, und er legte die Arme um mich. In seiner Wärme wurde mir auch warm, und etwas in mir schmolz und machte Platz in meinem Kopf und meinem Körper.

Ich küsste sein Gesicht und seine Lippen, wanderte mit meinen Händen unter sein Hemd und streichelte seine warme feuchte Haut, öffnete seine Hose und liebkoste sein Glied, streifte meine Jeans ab und schob mich darauf. Er fuhr mit den Händen unter meine Bluse und legte sie auf meine Brüste. Weil ich so weich war, kam ich tief und schön, und ein bisschen später spürte ich sein Pochen in mir wie ein Echo auf mein eigenes Pulsieren.

Ich ließ den Kopf auf seine Brust sinken, und er legte die Hände auf mein Haar.

»Du hast recht«, sagte er. »Du bist doch hier.«

»Ja«, sagte ich. »Weißt du was? Wenn wir zu meiner Mutter fahren: Lass uns länger bleiben. Wir verschwinden aus der Welt und sagen niemandem, wo wir sind, damit uns keiner findet.«

Meine Mutter wohnte mit ihrer Freundin Rosemarie am Bodensee, in einem engen kleinen Siedlungshaus, das Rosemarie von ihrer Tante geerbt hatte, in einer engen grauen Siedlung. Das Einzige, was ich daran mochte, war die Obstbaumwiese hinter dem Haus.

Ich war mir auch nicht sicher, ob ich Rosemarie mochte. Oder sie mich. Sie war Mamas älteste Freundin und hatte mein Leben begleitet, in ihrer aufrechten, lauten, kritischen Art, und ihre Pflichten als Patentante erfüllt, aber es gab nur eines, was uns verband: dass wir beide meine Mutter liebten. Das führte immer wieder zu Anfällen von Eifersucht bei ihr, denn es war klar, dass meine Mutter mich mehr liebte als sie.

Meine Mutter freute sich, dass wir länger blieben, wir machten lange Spaziergänge, sie kochte alle meine Lieblingsgerichte, und wenn ich morgens in ihrem Gästezimmer aufwachte, in dem die Möbel meines Kinderzimmers standen und meine Bücher und mein Teddybär auf der Kommode saß, dachte ich: Gott sei Dank. Gott sei Dank, dass ich hier bin. Dass ich es geschafft habe, wegzukommen.

»Wieso gibst du uns so lange die Ehre, Anna?«, fragte Rosemarie und sah mich mit ihren Eichhörnchenaugen unter dem weißen Pony kritisch an. »Hast du Probleme? Bist du auf der Flucht?«

»Überhaupt nicht«, sagte ich. »Wir wollen bloß ein paar ruhige Tage bei euch verbringen. Stören wir dich?«

»Überhaupt nicht«, machte sie mich nach. »Ich weiß nur gern, was los ist. Wenn ich was nicht verstehe, frage ich eben.«

Meine Mutter wurde ärgerlich: »Hör auf damit. Sie muss ja wirklich glauben, du hättest sie nicht gerne hier. Sie braucht Ruhe. Sie hat viel gearbeitet im letzten Jahr. Und dann war sie auch noch krank, da oben an der Ostsee – wo war das noch mal, Anna?«

»In Gradow.«

»Siehst du!«, sagte Rosemarie triumphierend. »Ich hab's dir doch gesagt: Das ist der Ort, wo Anna gewesen ist. Kürzlich kam was im Fernsehen über Gradow. Sie haben eine tote Frau gefunden, eine ältere Dame, die vermisst wurde, aus einer Stadt irgendwo hier in der Nähe. Und nun hat man sie dort an der Ostsee gefunden, sozusagen am anderen Ende der Welt. Ist das nicht sonderbar?«

»Wann war das? Wann habt ihr das gesehen?«

»Irgendwann letzte Woche. Wart Ihr da schon da? Annette, waren die beiden da schon da? Ich glaube, es war kurz vorher.«

»Ich muss sofort weg!«, sagte ich und stand auf.

»Wohin?«, fragte meine Mutter.

»Nach Gradow.«

Es war Abend, als ich endlich ankam, es regnete, und Hildes Haus war dunkel. Ich ließ den Taxifahrer warten und ging nach hinten. Hinter dem Fenster des Schlafzimmers schimmerte schwaches Licht. Das Küchenfenster war hell erleuchtet. Ich klopfte an die Scheibe.

Jan öffnete.

»Hallo«, sagte ich. »Ich weiß es erst seit gestern.«

»Gut, dass du da bist.«

Im Flur war es kalt und feucht, als wäre das Haus seit Wochen nicht mehr geheizt worden. Nur in der Küche glühte der Herd. Ich setzte Teewasser auf, während Jan meinen Koffer ins Dachzimmer trug.

»Ich habe oben den Heizlüfter angeschaltet«, sagte er und machte die Küchentür fest hinter sich zu. »Das Haus ist eine Grabkammer. Viktor tut nichts mehr.«

»Wie geht es ihm?«

»Dead Man Walking. Schläft nicht, isst nicht, spricht nicht, läuft draußen rum, stundenlang, oder sitzt irgendwo und rührt sich nicht. Er wäscht sich nicht mal mehr. Geberg hat ihm Beruhigungsmittel und Schlaftabletten verschrieben, aber die nimmt er nicht.«

»Was macht er jetzt?«

»Jetzt liegt er auf dem Bett und starrt an die Decke. In dem ungeheizten Zimmer.«

Ich zog meinen Mantel wieder an.

»Ich gehe mal rüber.«

Ich klopfte, lauschte auf Antwort, die nicht kam, und öffnete die Tür. Das Nachttischlämpchen brannte, und da lag er, die Arme neben dem Körper, den Blick an die Decke gerichtet. Sein Haar war wirr, sein Gesicht mager und bärtig. Ich setzte mich vorsichtig aufs Bett.

»Hallo, Viktor.«

Er rührte sich nicht. Ich nahm seine Hand, die kalt und schlaff war.

»Viktor, ich bin es, Anna.«

Keine Regung.

Ich strich über seine Wange.

»Viktor! Hallo! Sag doch was.«

Nichts. Ich blieb sitzen, seine Hand in meiner, und wartete.

Ich saß fast eine Stunde da, und nichts passierte, außer dass ich anfing zu frieren und Lust bekam, ihn anzuschreien. Ich holte Decken aus dem Schlafzimmerschrank und breitete sie über ihn und holte den Heizlüfter herunter und stellte ihn neben sein Bett.

»Ich bin in der Küche«, sagte ich und strich über seine Wange. »Auch heute Nacht. Du brauchst bloß rüberzukommen. Oder ruf mich. Ich lass die Türen einen Spalt offen, damit ich dich höre.«

Jan saß am Küchentisch, Aktenordner und Unterschriftenmappe vor sich. Er klappte sie zu und goss Tee ein.

»Nichts«, sagte ich. »Ich habe ihn zugedeckt und den Heizlüfter reingestellt. Ich schlafe heute Nacht in der Küche. Da ist es warm, und er hat es nicht weit, wenn er mich braucht.«

Er schob mir die Tasse und die Zuckerdose hin.

»Was ist passiert?«, fragte ich. »Ich weiß nur, was in der Zeitung gestanden hat.«

»Ein Mann hat sie gefunden, an einer Stelle, wo normalerweise keiner hinkommt, außer, er weiß, dass da schöne Pilze wachsen. Und schöne Weihnachtsbäume. Nicht weit entfernt ist ein Forstwirtschaftsweg, da kann man den Baum gut wegbringen. Sie lag in einer Mulde zwischen Tannen und Brombeergestrüpp, unter ein bisschen Erde und viel Laub. Ein Mensch wäre dort nie hineingekrochen. Sein Hund hat da herumgeschnüffelt.«

»Wie ist sie gestorben?«

»Jemand hat sie furchtbar zugerichtet. Sie ist wahrscheinlich erschlagen worden. Aber sie wissen es noch nicht ganz genau.«

»Und wann?«

»Vor ungefähr drei Monaten.«

»Mitte September«, sagte ich. »Anfang Mai ist sie verschwunden. Wo war sie die ganze Zeit? Vier Monate lang? Und warum ist sie hierhergekommen?«

»Keine Ahnung.«

»Freiwillig?«, fragte ich.

»Das kann ich mir nicht vorstellen«, sagte er. »Das hätte sie Viktor nicht angetan. Jemand muss sie dazu gezwungen haben.«

»Oh, Jan, Jan! Viktor hat recht gehabt. Er hat immer gesagt, sie ist entführt worden und lebt noch. Wir haben ihm nicht geglaubt und nicht richtig gesucht. Vielleicht hätten wir sie gefunden.«

»Sie war schon tot, als du kamst«, sagte er. »Mach dir keine Vorwürfe.«

»Mach ich auch nicht. Es bringt mich nur um.«

Er sagte nichts, sondern blickte in seine Tasse. Ich sah ihn zum ersten Mal richtig an. Er war gelblich-blass und hatte Schatten unter den Augen, und seine Sommersprossen saßen wie schwarze Punkte auf der Haut. Im hellen Licht der Küchenlampe war eine feine Narbe über der rechten Augenbraue zu erkennen, die sich hinunter zum Kieferknochen zog. Sie gab ihm etwas Verletztes und Verletzliches, und ich hätte gern gewusst, woher sie stammte, aber ich mochte nicht fragen.

»Was ist mit seiner Tochter?«, fragte ich. »Ingrid? Kommt die nicht?«

»Ich habe mit ihr telefoniert«, sagte er. »Sie kriegt demnächst ein Kind. Das fünfte. Sie kommt, so bald sie kann.«

»Na gut«, sagte ich. »Aber sonst kümmert sie sich verdammt wenig um ihn.«

»Stimmt«, sagte er. »Alles, was sie interessiert, ist ihre Familie. Aber man muss fair sein: Ihm liegt auch nicht so daran. Sie haben kein enges Verhältnis. Hat vielleicht damit zu tun, dass sie sich so wenig gesehen haben, als sie ein Kind war.«

Er schob seine Sachen zusammen und stand auf.

»Ich geh dann mal. Geberg kommt morgen früh gegen acht. Er sieht jeden Tag nach ihm. Wenn du was brauchst, ruf mich an. Jederzeit. Hier sind die Nummern: Zuhause, Handy, Amt. Ich sage meiner Sekretärin, dass sie dich durchstellt.«

Er legte den Zettel mit den Telefonnummern auf den Tisch, sah mich an, öffnete den Mund, als wolle er etwas sagen, überlegte es sich anders, hob die Hand, ließ sie wieder fallen und ging.

Ich ging noch mal ins Schlafzimmer, strich Viktor über die

Wange, nahm das Klappbett mit in die Küche und rief Andreas an.

Er war blass geworden, als ich ihm gesagt hatte, ich müsse sofort nach Gradow.

»Das ist nicht dein Ernst.«

»Doch. Sie haben Anna Svoboda gefunden. Tot. Im Wald. Ich muss hin. Wegen Viktor. Und überhaupt. Es ist immer noch mein Fall.«

Er hatte mich eine Weile lang angesehen, mit ruhigem Gesicht, hinter dem er seine Unruhe verbarg.

»Ich wünschte, du würdest nicht«, hatte er dann gesagt. »Ich wünschte so sehr, du würdest nicht. Es ist nicht gut. Tu's nicht, Anna. Bleib hier!«

»Ich bin bald zurück. So bald ich kann. Ich schwöre es dir, Liebster«, hatte ich geantwortet.

Sein Handy war abgestellt, und unter unserer Nummer meldete sich nur der Anrufbeantworter. Ich wartete auf den Piepton.

»Hier ist Anna«, sagte ich. »Ich bin jetzt in Gradow. Und ich bin bald wieder zurück. Bestimmt. Bis dann, Liebster.«

Viktor blieb nun im Bett, seit ich gekommen war, mager und bärtig wie Robinson und stumm, reglos, ungewaschen.

Dr. Geberg kam morgens, fühlte den Puls, maß den Blutdruck und hörte sein Herz ab, wohl mehr, um etwas zu tun, als weil es unbedingt nötig war, stellte ein paar Fragen, die nicht beantwortet wurden, schüttelte den Kopf und sprach davon, dass er ihn einweisen müsse, wenn es nicht bald besser werde.

Jan kam abends, strich über seinen Arm, sagte »Hallo, Viktor« und setzte sich an sein Bett und erzählte ihm etwas, bevor er zu mir in die Küche kam.

Nur Viktor sagte nichts und rührte sich nicht und blickte zur Decke und sah mich nicht an, und das Einzige, was sich änderte, war, dass der Geruch seines Körpers und seiner Kleider in dem warmen Zimmer durchdringend und unerträglich wurde.

»Stinkt wie ein Ziegenbock, der Mann. Ausgerechnet Viktor!«, sagte Dr. Geberg nach einer Woche. »Ich kenne keinen, der so etepetete ist, immer frisch rasiert und pieksaubere Hemden und Deodorant und was weiß ich. Und jetzt so … Aber, na gut, Dreck hat noch keinen umgebracht. Trinkt er genug?«

Ich nickte.

»Alles, was ich ihm auf den Nachttisch stelle.«

»Auch gut. Ich komme morgen wieder vorbei. Ade, Frau Wolf.«

Ich wartete noch einen Tag, dann heizte ich den Boiler und ließ Badewasser ein, legte einen sauberen Schlafanzug und sein Rasierzeug heraus, ging ins Schlafzimmer, machte den Heizlüfter aus und öffnete das Fenster.

»Du stinkst«, sagte ich. »Ich kann stinkende Männer nicht leiden. Ich finde sie zum Kotzen. Wenn du willst, dass ich bleibe, dann wasch dich. Im Bad ist alles fertig. Ich bin in der Küche.«

Ich ließ die Küchentür angelehnt und lauschte, und gerade als ich dachte, er käme nicht mehr, hörte ich seine schlurfenden Schritte im Flur. Ich bezog das Bett frisch und fuhr zum Einkaufen, und als ich zurückkam, lag er schon drin, rasiert und übermäßig nach Seife duftend, und sah mir entgegen. Jetzt, wo er rasiert war, konnte man sehen, wie mager er geworden war und wie graubleich sein Gesicht.

Ich setzte mich auf den Bettrand und strich über seine glatte Wange.

»Schön. Ich habe eingekauft. Energy Drinks, Malzbier. Und was zu essen und richtiges Bier. Das macht dich müde, falls du mal schlafen willst.«

Ich merkte plötzlich, dass ich ihn duzte. Ich versuchte mich zu erinnern, wann ich damit angefangen hatte, aber es fiel mir nicht ein. Er sah mich noch eine Weile an, dann machte er die Augen zu, langsam, als wolle er ausprobieren, ob es noch ging.

Während der letzten Woche hatte es heftig gestürmt und geregnet, doch nun hatte sich der Wind gelegt, es regnete nicht mehr, und das Meer lag glatt wie Blei unter dem grauen Himmel. Der

Strand war bedeckt von Treibholz, Tang und Abfall, der über die Reling vorbeifahrender Schiffe gekippt worden war. Aber im Tang hing der Bernstein, den der Sturm heraufgeholt hatte, und die Bernsteinsammler waren unterwegs und suchten danach.

Ich ging weit, bis zum Wald am Meer, und immer weiter, um nach den Tagen in Viktors Hölle mit ihrem Gestank und der Hitze des Heizlüfters wieder frische Luft zu atmen. Der Wald lag auf einer Landzunge, und der Strand, der um ihn herumführte, war schmal und steinig und verlassen. Nur ein paar Bernsteinsucher waren unterwegs.

Ein alter Mann blickte hoch, sah genauer hin, kam auf mich zu und nahm seine Mütze ab: »Morgen. Feiner Morgen, nicht? Gut zum Sammeln.«

Ich nickte.

»War ein guter Sturm. Hat viel hochgeholt.«

Ich nickte wieder. Er war über siebzig, klein, kräftig und gebräunt, mit vielen Falten in dem breiten Gesicht mit den hohen Wangenknochen und schmalen Augen, das hier viele hatten.

»Sie sind Frau Wolf, nicht?«

Ich ließ es jetzt mit dem Nicken.

»Tut mir leid wegen dem, was da war bei der Beerdigung von Brigitte … Na, Sie wissen schon. War nicht gut.«

Dann stand er da und sah nach rechts und nach links und sagte nichts mehr.

»Ich muss weiter«, sagte ich.

»Wir haben denselben Weg. Ich muss auch nach Hause.« Er lüftete wieder die Mütze: »Peter Gentz.«

Er ging neben mir her, zeigte mir, was er gefunden hatte und welche die besten Stücke waren, schenkte mir eines davon und erklärte, wie er den Bernstein bearbeitete. Er machte Armbänder und Anhänger und kleine Figuren daraus, die sein Sohn verkaufte, in seinem Schreibwaren-, Zeitungen- und Zigarettengeschäft, im Sommer, wenn die Touristen kamen.

»Wie geht es Viktor?«, fragte er.

»Besser«, sagte ich. »Viel besser.«

»Schlimm, nicht? Dass so was passiert. Die Anna und die Brigitte habe ich gekannt, seit wir Kinder waren. Und Heinrich. Der war zwar nicht von hier, aber er war ein guter Mann. Dass der so sterben musste.«

Er sah mich von der Seite an.

»Was meinen Sie denn? Wer macht so was? Und warum? Sie haben doch Ahnung davon.«

»Schon«, sagte ich. »Theoretisch. Aber in der Praxis ist das nicht so einfach. Besonders, wenn man hier fremd ist, so wie ich. Eigentlich müsste jemand wie Sie das viel leichter rausfinden können. Weil Sie die Leute kennen. Es ist ja wahrscheinlich einer von hier.«

Er nickte.

»Ja, ja«, sagte er. »Das ist wohl so. Man muss nur erst zurückrudern und sich die Leute noch mal richtig angucken, wenn man sie schon so lange kennt. Sonst sieht man nur, was man sehen will, und nicht, was nun wirklich passiert.«

Das hatte er schön gesagt.

»Stimmt«, sagte ich, »genau so ist es.«

»Und einer wie ich, der viel rumkommt«, er machte eine Handbewegung den Strand entlang, »immer unterwegs beim Suchen und Sammeln, der sieht 'ne Menge und macht sich so seine Gedanken und zieht so seine Schlüsse.«

Ich legte die Hand auf seinen Arm.

»Haben Sie etwas beobachtet, Herr Gentz? Wissen Sie irgendwas? Hat Ihnen jemand was erzählt?«

Er vermied meinen Blick und sah den Strand rauf und runter und schüttelte schließlich den Kopf.

»Wirklich?«

Er nickte.

»Hören Sie! Wenn Sie was wissen, gehen Sie zur Polizei, bitte! Rufen Sie Frau Rogal an, ich gebe Ihnen die Nummer. Oder sagen Sie es mir. Nicht irgendwem. Und versuchen Sie nicht, selber was rauszufinden!«

Er nickte wieder.

Ich kramte Zettel und Bleistift aus dem Rucksack und schrieb Marion Rogals Handynummer auf und meine dazu.

»Sie können jederzeit anrufen. Bei ihr und bei mir. Tun Sie das? Bestimmt?«

»Ist ja gut«, sagte er, faltete den Zettel zusammen und schob ihn in die Hosentasche. »Bestimmt. Versprochen.«

Er lächelte mich an, und seine Augen verengten sich zu Schlitzen zwischen tiefen braunen Falten.

»Nun machen Sie sich bloß keine Sorgen. Dem Gentz ist noch nie was passiert, nicht auf See, nicht im Krieg, nicht in Gefangenschaft. In Sibirien. Da war wirklich was geboten.«

»Schon, aber ...«

Er wechselte das Thema.

»Besuchen Sie mich doch mal in der Werkstatt«, sagte er, »und bringen Sie den Stein da mit«, er wies auf meine Jackentasche. »Ich schleife Ihnen was Schönes draus. Und ich zeige Ihnen einen Einschluss, so was haben Sie noch nicht gesehen.«

Wir gingen schweigend weiter, bis zum Ort und zur Landungsbrücke.

»Ich muss hier entlang, zur Werkstatt, den Wagen holen«, sagte ich. »Bis bald. Ich komme gern vorbei.«

Er gab mir die Hand.

»Hildes Wagen?«, fragte er. »Mit dem ist immer was. Aber sie wollte nie einen neuen.«

Seine Hand war knochig und trocken und angenehm anzufassen.

Ich ging zwischen den Dünen hindurch, ein Stück Kastanienallee entlang und über den Platz, an dem das Landratsamt lag: ein zierlicher Bau mit Freitreppe und Säulen vom Beginn des letzten Jahrhunderts, heiter und irgendwie unberührt, als hätte es das Jahrhundert mit seinen Kriegen und all dem Blut und den Toten gar nicht gegeben. Der grüne Wagen war davor abgestellt, so vorschriftswidrig wie möglich und mit tiefen Bremsspuren im Sand hinter den Reifen.

In der Tankstelle herrschte starker Betrieb. Vor der Kasse standen die Leute Schlange, und an der Tür zur Werkstatt warteten drei Frauen darauf, ihre Autos abzuholen. Ich stellte mich hinter ihnen an.

Ich dachte an Heinrich. Ich war ein paar Mal mit Viktor im Fischerhus gewesen, wenn Heinrich Kartoffelpuffer auf die Speisekarte gesetzt hatte, die Viktor liebte, und es hatte eine kleine scherzhafte Solidarisierung zwischen uns gegeben, weil wir alle drei aus dem Westen waren.

Heinrich war aus einer Stadt an der Nordsee gekommen, deren Namen er verschwiegen hatte, wie auch alles andere, was seine Vergangenheit betraf. Er war nach der Wende ausgewandert, nicht in ein anderes Land, nur in ein anderes Deutschland, und hatte das Fischerhus gekauft, eine marode Ausflugsgaststätte, und eine richtig schöne Kneipe daraus gemacht, so wie es sie an der Nordsee gab.

»Das ist das Einzige, was mir fehlt«, hatte er mal zu uns gesagt, »die See. Das da draußen ist keine, das ist ’ne Pfütze. Aber sagt es niemandem. Die hier sind glücklich damit, und wir wollen sie doch nicht unglücklich machen.«

Elisabeth Zierer kam herein. Sie sah erschöpft und angestrengt aus und hatte sich, um das zu überdecken, stark geschminkt, wodurch sie noch erschöpfter wirkte. Sie sah niemanden an, wartete stumm und in sich gekehrt, zahlte hastig und verschwand wieder.

Wir hatten kurz miteinander gesprochen, nachdem ich zurückgekommen war.

»Dass es so geschehen ist!«, hatte sie gesagt und mich verzweifelt angeblickt. »Arme, liebe Anna! Das ertrage ich nicht. Wer hat das nur getan? Was ist das für ein Ungeheuer! Und warum?«

Die Polizei hatte den Ort gefunden, an dem Anna Svoboda sich aufgehalten hatte zwischen ihrem Verschwinden und ihrem Tod: eine der vielen ehemaligen Holzfällerhütten, die es im Wald gab. Einige davon waren während der Zeit, als dort NVA-

Sperrgebiet war, zu Jagdhütten ausgebaut worden, für Bonzen, die unbedingt zur Jagd gehen wollten.

In so einer hatte sie gelebt, einigermaßen erträglich wahrscheinlich. Jemand hatte aufgeräumt und sauber gemacht, aber es waren jede Menge Spuren von ihr geblieben: Haare, Hautschuppen, Schnipsel von Fingernägeln, Fingerabdrücke, Exkremente in dem einfachen Plumpsklo.

Das Fenster war von außen gesichert worden, und an der Tür war ein Schloss angebracht gewesen, das entfernt worden war. Anna Svobodas Leiche war mit einem Jogginganzug in den Farben Lila und Pink bekleidet gewesen, und alle, die sie gekannt hatten, waren sicher, dass sie ein solches Kleidungsstück in diesen Farben nie gekauft und nur unter Zwang oder aus Not getragen hätte.

All dies bestätigte die Vermutung, dass sie nicht freiwillig dort gewesen war.

Bremsen quietschten, eine Autotür wurde zugeworfen, und Martinek kam herein, mit dunkler Miene, eine Falte zwischen den Brauen. Er stapfte an den Wartenden vorbei zum Tresen, sprach mit der Frau des Werkstattbesitzers, die hinter der Kasse stand, und stapfte zurück. Als er mich sah, erhellte sich sein Gesicht ein wenig.

»Hallo. Was machst du hier?«

»Ich warte auf den Wagen.«

»Komm. Ich fahre dich. Die sollen dir den Wagen nachher bringen. Ich kümmere mich darum.«

Er fuhr langsam, geradezu bedächtig, und ich sah auf seine Hand an der Gangschaltung – breit, kräftig, mit Sommersprossen, so wie sein Körper – und versuchte das Verlangen in mir zu ignorieren und den Wunsch, er möge immer weiterfahren.

Warum setzt du dich auch zu ihm ins Auto, du Idiotin, dachte ich, straffte den Rücken und blickte geradeaus.

»Was ist?«, fragte er.

»Ich dachte gerade, ich sollte nicht mit dir Auto fahren.«

Er fuhr schneller.

»Wir sind gleich da.«

Er bog in Hildes Auffahrt ein und hielt vor der Veranda. Ich wollte aussteigen, aber mein Körper blieb sitzen, und so saßen wir, während der Motor lief und die Scheiben von unserem Atem beschlugen. Irgendwann kam Viktor aus dem Haus, öffnete die Fahrertür und fragte, warum wir im Auto saßen, statt hereinzukommen.

Die Wohnzimmertür wurde heftig zugemacht, und Marion Rogal kam in die Küche, warf ihr Haar zurück und sah sich um wie eine Ertrinkende nach Land.

»Kann ich hier rauchen?«

»Sicher«, sagte ich und holte den Kristallaschenbecher von Hinrich Seifert aus dem Küchenschrank. »Aber sagen Sie Herrn Svoboda nichts. Er macht sich Sorgen, wenn ich Rauch einatme.«

Sie lachte ihr brechendes Lachen, grub eine Zigarette aus der Packung mit der Todeswarnung, zündete sie an und sog erleichtert den Rauch ein.

»Wollen Sie Tee oder Kaffee?«

»Tee. Möglichst stark.«

Sie schwieg und rauchte.

»Was ist mit ihm?«, fragte sie. »Mit Herrn Svoboda? Er ist irgendwie anders. Er war sehr krank, nicht?«

Ich nickte.

»Hat es was gebracht, das Gespräch?«

»Nichts. Sobald es um seine Frau geht, schaltet er ab. Dann hört er nicht mehr zu oder versteht mich nicht, und es endet immer damit, dass er mir sagt, seine Frau ist verschwunden, und ich soll sie suchen.«

Sie schüttelte den Kopf: »Wird er wieder ganz gesund?«

»Ich weiß nicht«, sagte ich. »Gesund vielleicht schon. Aber ganz? Es kommt mir vor, als ob ihm etwas fehlt. Als ob er etwas verloren hat. Etwas Wichtiges.«

Sie zündete sich die zweite Zigarette am Stummel der ersten an und zog die Augenbrauen hoch.

»Ich weiß nicht, ob ich das verstehe.«

Ich stellte die Teebecher auf den Tisch und schob ihr die Zuckerdose hin.

»Ich auch nicht«, sagte ich. »Es ist nur so ein Gefühl.«

Sie sah mich mit ihren hellen Augen auf eine sehr direkte Weise an: »An Ihren Gefühlen ist bestimmt was dran.«

Dann kramte sie ihren Block aus der Tasche und fand den Bleistift auf Anhieb.

»Also«, sie holte tief Luft, und ich war gespannt, was nun kommen würde, aber sie atmete aus und sagte: »Wir wissen eigentlich nichts.«

Sie schüttelte den Kopf.

»Das ist die sonderbarste Ermittlung, die ich je erlebt habe. Es gibt drei Tote, aber keine Spuren, Hinweise, Beobachtungen, Zeugen. Nichts. Drei Tote und sonst nichts. Außer einem Entführer, der nur in Herrn Svobodas Fantasie existiert, obwohl ich allmählich anfange, auch an ihn zu glauben. An irgendwas muss man ja glauben. Irgendwer muss irgendwas getan haben, sonst wäre das alles nicht passiert. Allerdings gibt es natürlich auch keine Hinweise auf diesen Entführer. Es ist ja der Fall ohne Hinweise. Auch nicht auf Kontakte zu ungewöhnlichen oder fremden Personen, die Frau Svoboda in der Zeit hatte, bevor sie verschwand. Die Kripo bei Ihnen zu Hause hat das noch mal nachgeprüft.«

Sie tat eine übelkeiterregende Menge Zucker in ihren Tee, nahm einen Schluck und zündete sich die dritte Zigarette an.

»Außerdem haben wir einen Stasi-Mann und Geliebten von Frau Svoboda, der nur als Gerücht in der Erinnerung zweier betagter Zeugen existiert, von denen die eine mittlerweile tot ist. Und wir haben die Erinnerung einer Zeugin mittleren Alters an diesen Geliebten, die ihn vor vierzig Jahren in der Morgendämmerung im Garten ihrer Nachbarin beobachtet hat. Wenigstens hat sie seinen schemenhaften Schatten selber gesehen und lebt noch.«

»Und?«, fragte ich.

»Was und?«

»Was wollen Sie nun von mir wissen?«

»Nichts«, sagte sie. »Oder fällt Ihnen etwas ein? Irgendwas Kluges, Zielführendes, Erleuchtendes?«

Nein, dachte ich, nichts, außer dass ich dich erstaunlich finde. Ob die Kripobeamten hier alle so sind?

»Was ist mit der Hütte, in der sie gelebt hat?«, fragte ich.

»Die Kriminaltechniker sind gerade dabei, sie mehr oder weniger auseinanderzunehmen. Sicher ist jedenfalls, dass sie die ganze Zeit dort war. Wir haben in einem Schrank noch ein paar Lebensmittel gefunden – Kekse, Knäckebrot –, die in dieser Zeit gekauft wurden. Immerhin etwas.«

Sie stützte die Ellenbogen auf und starrte in ihren Becher.

»Sie ist schrecklich geschlagen worden. Man fragt sich, wer so was macht mit einer kleinen alten Dame. Oder was sie getan hat, dass einer so eine Wut auf sie hat. Schädelbruch, Rippenbrüche, Gesichtsknochen gebrochen … Er hat sie buchstäblich totgeschlagen. Oder sie. Eine kräftige Frau könnte es auch getan haben.«

Sie öffnete die Zigarettenschachtel, die leer war, blickte tief hinein und stocherte mit dem Finger darin herum, so als ob sie vielleicht doch noch eine Zigarette finden könnte, wenn sie nur gründlich suchte.

»Na gut«, sie zerdrückte die Schachtel in der Hand, »oder auch nicht, wie mein Vater immer sagte.«

»Mein Mann auch.«

»Ach ja?« Sie lachte. »Sie sind verheiratet?«

»Mein Mann ist tot«, sagte ich. »Seit 1999. Fünf Jahre … Aber ich habe allmählich aufgehört, trotzdem noch verheiratet zu sein.«

Sie sah mich wieder so direkt an.

»Ich weiß, was Sie meinen. Das kenne ich. Man ist immer

noch gebunden, auch wenn der andere längst weg ist. Er muss nicht mal tot sein. Bloß weg.«

Sie schnippte die Zigarettenschachtel über den Tisch und saß da und schwieg und sah sich um.

»Schön ist das hier«, sagte sie. »Gemütlich. Beinahe wie zu Hause. In Berlin. Meine Großmutter hat auch so eine Küche. Allerdings ohne den schönen alten Herd. Den hat sie nach der Wende rausreißen lassen. Sie wollte unbedingt eine Einbauküche.«

Sie stand auf.

»Danke für den Tee. Ich komme bald mal wieder vorbei. Und passen Sie auf Herrn Svoboda auf. Er hat so was – ich weiß auch nicht ... Irgendwas, worauf man aufpassen muss.«

Das brauchst du mir nicht zu sagen, meine Liebe, dachte ich, leerte den Aschenbecher ins Herdloch und öffnete das Fenster, damit der Rauch abziehen konnte. Pass du lieber auf dich auf.

Der Entführer. Viktors Fantasiegebilde, das Gestalt annahm. Er musste sie niedergeschlagen oder betäubt oder im Kofferraum eingeschlossen haben. Oder es waren mehrere Entführer gewesen, denn ich konnte mir nur schwer vorstellen, dass eine so energische Frau wie Anna Svoboda sich den weiten Weg vom Westen bis fast zur Ostgrenze der Republik widerstandslos und ohne Aufsehen zu erregen verschleppen ließ.

Aber warum? Warum eine alte Dame mit so viel Aufwand entführen, gefangen halten und schließlich töten? Und selbst wenn es den Stasi-Mann und Anna Svobodas Stasi-Mitarbeit gegeben hatte – wie sollte das der Grund für all das sein, nach vierzig Jahren?

Oder sie war aus eigenem Antrieb gegangen, hatte sich in der Hütte versteckt und versorgen lassen. Warum? Und war dann getötet worden. Warum, warum?

Draußen ging Viktor am Fenster vorbei, in seiner grauen Windjacke, mit gebeugtem Kopf. Er hatte seine rastlosen Wanderungen wieder aufgenommen, Gott sei Dank nicht durch die Gegend, sondern nur durch den Garten: den Weg hinunter zum

Tor, über den Rasen nach hinten zum Gemüsegarten, dessen Wege er genauestens abschritt, und zurück zum Tor, wo er eine Weile zwischen den beiden alten Kastanien stand und über die Felder auf der anderen Seite der Straße Richtung Meer blickte, bevor er die nächste Runde begann.

Gegen Mittag kam er herein und kochte, souverän wie früher, nur dass er manchmal stehen blieb und den Blick verloren durch den Raum schweifen ließ und laut nachdachte: »Gurkengemüse mit Tomatensoße und Fleischklößchen. Aber welches Gewürz? Anna, welches Gewürz?«, so als hätte der Tod seiner Frau nicht nur Löcher in seine Seele, sondern auch in sein Gedächtnis gerissen.

»Rosmarin, Thymian, Oregano«, schlug ich vor, »Dill, Schnittlauch ...«

»Dill«, rief er, »natürlich Dill!«, und sah mich zärtlich an: »Liebe Anna, wenn es dich nicht gäbe.«

Und ich war mir nicht sicher, welche Anna er meinte, obwohl man uns äußerlich nicht verwechseln konnte, aber vielleicht war ihm diese Art von Unterscheidungsvermögen auch verloren gegangen?

Ich hörte Motorengeräusch, Kies spritzte, und der grüne Wagen bremste vor der Veranda. Dahinter hielt der große, alte Volvo von Dr. Geberg. Martinek sprang die Verandastufen hinauf, polterte durch die Diele und öffnete die Küchentür. Sein Gesicht war gerötet, als wäre er weit gelaufen.

»Ich habe Geberg mitgebracht«, sagte er. »Wir wollen mit dir über die Beerdigung reden. Annas Beerdigung.«

Dr. Geberg stand draußen auf dem Rasen und sprach mit Viktor, aber Viktor schüttelte den Kopf und setzte seinen Weg fort.

»Ingrid kommt übermorgen«, sagte Martinek. »Ihr Baby ist da. Das heißt, dass wir Anna endlich begraben können.«

Ich sah ihn an. Seine Augen waren schön, braun mit grünlichen Sprenkeln, und sein Mund auch so schön, breit, voll, mit einer klaren Kontur. Sein Gesicht rötete sich noch mehr, während ich ihn ansah, und ich spürte die Hitze in meinem und seine Wärme und seinen Geruch.

Dr. Geberg kam herein und wies Richtung Fenster: »Was macht er da draußen?«

»Seine Wanderungen«, sagte ich. »Vormittags eine Stunde, nachmittags eine Stunde. So ungefähr. Dabei ist er nicht ansprechbar. Danach ist er so weit wieder normal.«

Er ließ sich mit einem schweren Seufzer auf der Eckbank nieder.

»Das muss ein Ende haben«, sagte er. »Er muss zur Ruhe kommen. Und seine Frau muss unter die Erde. Ein würdiges Begräbnis, ein richtiges Grab. Aber danach? Ingrid fährt wieder nach Schweden zu ihrer Familie. Was machen wir dann mit ihm?«

»Ich kann nicht bleiben«, sagte ich. »Ich muss dringend nach Hause. Ich könnte ihn mitnehmen, zurück in seine Wohnung. Vielleicht wäre das sogar gut für ihn. Ich kümmere mich um ihn … Und es gibt auch eine Nachbarin. Eine Frau Eisenmenger.«

»Ah!«, machte Dr. Geberg.

»Sie ist allerdings scharf auf ihn.«

»Das wäre doch eine gute Lösung!«

»Nicht für ihn. Aber ich fahre auf jeden Fall gleich nach der Beerdigung und nehme ihn mit.«

»Schön!« Er stand wieder auf. »Das ist ein Wort. Dann haben wir es hinter uns.« Er nahm meine Hand und deutete einen Handkuss an. »Ade, Frau Wolf. Danke. Ich kümmere mich um alles. Um das Begräbnis. Um Ingrid. Ade, Jan. Wir telefonieren.«

Sein Volvo fuhr über den Kiesweg davon wie ein Schiff. Jan stand am Tisch und sah durchs Fenster auf den Vorderrasen.

»Dann haben wir es auch hinter uns«, sagte ich.

»Ja«, sagte er.

Ich folgte seinem Blick. Viktor kam vorbei, erst am einen Fenster, dann am anderen, das Gesicht leer und angespannt.

»Ich wünschte, er würde etwas anderes tun«, sagte ich. »Schreien, Rasen, Amoklaufen. Zur Not auch mal jemanden umbringen.«

Jan sagte nichts. Er ging und machte die Küchentür so behutsam hinter sich zu und fuhr so leise davon, dass es mich erschreckte.

6

Ingrid Sörensen, geborene Svoboda, kam den Kiesweg herauf, eine schlanke Frau mit dunkelblondem Haar, dem Gesicht von Anna Svoboda und Viktors Größe und seiner hellen Haut. Ihr Körper sah nicht aus, als hätte sie gerade das fünfte Kind gekriegt, er war schmal und mädchenhaft, aber unter ihren Augen lagen dunkle Schatten, und ihr Gesicht war durchscheinend blass.

Ich blickte besorgt in Viktors Gesicht, denn die Ähnlichkeit mit ihrer Mutter war gespenstisch, aber ich sah nur Freude und klares Erkennen darin.

»Ingrid!«

Er breitete die Arme aus. Sie kam schnell die Verandastufen herauf.

»Papa!«, sagte sie, legte die Arme um seinen Rücken und das Gesicht an seine Schulter.

So standen sie eine Weile, und dann gingen sie, immer noch umarmt, hinein.

Die Luft war warm für Januar, und ich trug einen Pullover, aber ich fror plötzlich und spürte einen starken Schmerz in der linken Seite, sodass ich einen Moment lang kaum atmen konnte.

»Ist was?«, fragte Jan.

»Nein«, sagte ich.

»Soll ich bleiben?«

»Nein.«

Ich ging auch hinein, machte die Haustür leise hinter mir zu und verkroch mich in der Küche.

Viktor hatte das Essen vorbereitet, einen Nudelauflauf, den man nur noch in den Ofen zu schieben brauchte, aber ich wusste nicht, für wie lange und bei welcher Temperatur, und ich mochte nicht stören, um ihn zu fragen.

Ich stand am Fenster und sah auf den Rasen und das Tor und hörte das Ticken der Wanduhr und hätte viel darum gegeben, ihn draußen mit leerem Gesicht seine Runden drehen zu sehen, statt zu wissen, dass er glücklich mit seiner Tochter im Wohnzimmer saß.

Schließlich hielt ich das Warten in der Küche, in der auch alles zu warten schien, die Stühle, der Herd, der Auflauf, nicht mehr aus. Ich fuhr hinüber zum Wald am Meer, an eine Stelle, die Viktor mir gezeigt hatte, wo Anna und er oft hineingegangen waren, bevor die NVA davon Besitz ergriffen und alles umzäunt hatte.

Den Zaun gab es noch, aber er war aufgeschnitten worden. Ein Pfad führte durch Unterholz und kleine Tannen in eine Art Hain aus hohen alten Bäumen mit Efeu an den Stämmen und Mistelbüschen in den Kronen.

»Das sind Eschen«, hatte Viktor gesagt, »die haben starkes Holz. Die Germanen dachten, die Welt würde von einer Esche getragen, die sie Yggdrasil nannten, und solange sie stand, glaubten sie, gibt es die Welt.«

Die Sonne schien durch die laublosen braunen Äste, es war beinahe warm, auch weil es ganz windstill war, und ein paar Vögel, die sich in der Jahreszeit irrten, zwitscherten heftig.

Viktor hatte mir auch gezeigt, in welche der alten Holzfällerhütten Anna und er gegangen waren, wenn es regnete oder sie sich lieben wollten.

Ich ging vom Weg ab, um Viktors Hütte zu finden, durch dichtes Gehölz und stachelige Büsche, an denen rote Früchte hingen, und fand sie schließlich, am Rand einer Lichtung, ein bisschen schief an einen toten Baum gelehnt. Ich schob den Holzriegel hoch und öffnete die Tür. Drinnen gab es eine Bank und ein kleines Fenster, das mit einem Holzladen verschlossen war. In einer Ecke, auf einer Steinplatte im Holzboden, hatte einmal ein Ofen gestanden. Das Loch für das Ofenrohr war noch in der Wand.

Ich setzte mich auf die Stufe vor der Tür und versuchte, ausnahmsweise mal an nichts zu denken, vor allem nicht an Anna Svoboda und ihren Tod. Aber Viktor fiel mir ein, wie er beim Abendessen von der Hütte gesprochen und Jan, wie er gelacht und von seiner Hütte erzählt hatte.

»Aber da war es doch schon NVA-Gebiet«, hatte Viktor gesagt.

»Viktor! Das hat es nur spannender gemacht – durch den Zaun zu kommen und nicht von einer Patrouille erwischt zu werden! Jeder Junge in Gradow hatte seine Hütte im Wald, wo er mit den andern geraucht oder gewichst hat. Oder sein erstes Mädchen geküsst. Wenn sie sich traute, mitzukommen.«

Oder seinen ersten Mord begangen, dachte ich, und seine erste Entführte versteckt. Der Mörder hat Anna Svoboda wahrscheinlich in seine Hütte gebracht, aus gedankenloser Gewohnheit oder weil er den Weg dahin am besten kennt und weiß, wie man hinkommt, ohne erwischt zu werden. Er hat es schließlich geübt, mit Unterstützung der Nationalen Volksarmee.

Jan, zum Beispiel, dachte ich. Jeder kann es gewesen sein, der von hier ist und den Wald am Meer gut kennt. Jan kennt ihn auswendig. Es wäre für ihn kein Problem gewesen, jemanden dort zu verstecken und zu versorgen. Und schließlich umzubringen.

Aber warum? Frag nicht warum, Anna. Keiner weiß, warum.

Oder Viktor, dachte ich. Alle glauben ihm, dass er seine Frau so sehr geliebt hat, aber es gibt keine Zeugen dafür, denn sie haben ganz zurückgezogen gelebt, all die Jahre nach der Wende. Vielleicht hat er irgendwann angefangen sie zu hassen, weil er erfahren hat, dass sie ihn betrogen hat, damals vor vierzig Jahren?

Ich sprang auf und machte mich auf den Rückweg, durch das Gehölz und die Büsche mit den roten Beeren, und ging langsam und konzentriert, damit ich mich nicht verirrte. Auf einmal schien es mir, als ob die Geräusche beim Gehen, das Knacken der Äste und Rascheln der Blätter, sich verdoppelt hätten, als wäre ich nicht allein, als ginge noch jemand durch den Wald. Ich blieb stehen und sah mich um, aber da war niemand, und ich hörte auch nichts mehr.

Ich ging weiter, und wieder war das doppelte Geräusch zu hören, jemand ging hinter mir, keine Frage, und blieb dabei geschickt verborgen, bestimmt kannte er den Wald sehr gut, viel besser als ich. Und ich war ganz alleine mit ihm, und er konnte mit mir tun, was er wollte.

Angst packte mich, ich fing an zu laufen, durch das dichte Gehölz und die stacheligen Büsche, und achtete nicht mehr auf den Weg, sondern nur auf das Echo meines Laufens hinter mir, das mir zeigte, dass er immer noch da war.

Ich rannte und rannte, immer weiter, weil ich Angst davor hatte, stehen zu bleiben, und dann sah ich plötzlich die Eschen mit ihren starken Stämmen und mächtigen Kronen und den Weg, an dem sie standen, auf dem ich gekommen war, und als ich ihn erreichte und keuchend anhielt und lauschte, war es endlich still hinter mir. Hallo, Yggdrasil!

Ich blieb stehen, um wieder Luft zu bekommen. Hinten, wo der Weg zwischen Bäumen verschwand, tauchte eine Gestalt auf, breit, dunkel, ein Mann. Mein Herz stolperte. Jetzt kam er von der anderen Seite. Und ich hatte nicht mehr die Kraft davonzulaufen.

Ich wartete und dachte an meine Pistole. Ich hatte sie nicht mitgenommen. Natürlich nicht. Sie lag unter meinen Pullovern im Kleiderschrank in Hilde Seiferts Dachzimmer.

Der Mann kam rasch näher, er ging schnell, er lief fast, und dann sah ich, dass es Jan war, und mein Herz stolperte wieder.

»Du hast mich so erschreckt! Was machst du hier?«

»Das frage ich dich! Du bist einfach verschwunden! Bist du verrückt, allein hier herumzulaufen? Was soll das?«

Seine Augen waren schwarz, sein Gesicht gerötet, und ich spürte die Hitze, die von ihm ausging.

»Das geht dich gar nichts an«, sagte ich und ging weiter.

Er packte mich am Arm.

»Lass mich!«

Er griff nach meinem anderen Arm.

»Lass mich los!«

Er schloss seine Arme um meinen Rücken und presste mich an sich. Ich zappelte und trat und stieß ihm das Knie zwischen die Schenkel und hörte ihn nach Luft schnappen vor Schmerz und Überraschung.

Er ließ mich los und schlug mir ins Gesicht, und ich fiel und schlug hart auf dem Boden auf. Es wurde dunkel, ich hörte Laub rascheln und roch den Geruch von feuchter Erde.

Jemand sprach mit mir, etwas wurde über mich gedeckt, und ich öffnete die Augen und blickte in das Astgewirr der Eschen und in Jans Gesicht.

»Was ist passiert?«

»Ich habe dich geschlagen, und du bist gefallen«, sagte er. »Bleib ganz ruhig liegen. Tut dir was weh?«

Ich schüttelte den Kopf.

»Beweg dich nicht. Vor allem nicht den Kopf.«

»Warum?«, fragte ich.

»Ich habe dich festgehalten. Du wolltest dich losmachen und hast mir das Knie in die Eier gestoßen. Du hast Kraft. Es hat verdammt wehgetan.«

»Warum hast du mich festgehalten?«

»Weil ich nicht wollte, dass du an mir vorbeigehst. Weil ich nicht will, dass du überhaupt gehst. Nach Hause, zu deinem Freund.«

Ich strich über seine Wange.

»Tu das nicht.«

Er bewegte abwehrend den Kopf und suchte in den Taschen der Jacke, die er über mich gebreitet hatte, nach dem Handy.

»Ich rufe Geberg an. Er soll kommen und dich holen. Oder die Sanitäter schicken.«

»Lass das. Mir geht es gut.«

Er suchte weiter. Ich griff nach seiner Hand.

»Nicht!«

Er wollte seine Hand wegziehen, aber ich hielt sie fest und hängte mich mit dem ganzen Gewicht meines Körpers daran, damit er mich nicht abschütteln konnte.

»Ich hab gesagt, ich tue es nicht«, sagte er. »Ich habe gesagt, ich fasse dich nicht an.«

»Doch«, sagte ich. »Ich will es!«

Er schüttelte heftig den Kopf.

»Ich befehle es dir!«

In seinen Augen glomm etwas auf: »Wirklich?«

Ich nickte.

Er legte sich neben mich ins Laub und nahm mich in die Arme, und ich fühlte seine festen Muskeln und seine weichen Lippen und seinen warmen Atem und dachte: endlich.

Anna Svobodas Begräbnis war das vierte seit Oktober. Ich hatte gehofft, es würde mir allmählich nichts mehr ausmachen, aber an manches gewöhnt man sich einfach nicht.

Viktor und Ingrid gingen hinter dem Sarg, groß und schmal und dunkel in den schwarzen Mänteln. Ich folgte ihnen mit Dr. Geberg und richtete meinen Blick und meine Gedanken fest auf den Rosenstrauß, der auf dem Sargdeckel lag, damit ich nicht daran denken musste, dass es darunter keine gefalteten Hände und kein vom Tod geglättetes Gesicht gab, sondern die verwesten, obduzierten und tiefgekühlten Reste eines Menschen, der viel lebendiger gewesen war als die meisten anderen und viel schrecklicher gestorben.

Es gab keine Trauerfeier, keine Rede, keine Musik. Viktor hatte es nicht gewollt. Wir folgten dem Sarg in gespenstischem Schweigen, nur das Scharren der vielen Füße war zu hören und das Schluchzen von Elisabeth Zierer.

Am Grab wurde der Sarg hinabgelassen, und wir standen in stummer Unsicherheit, bis Gerd Zierer sich von seiner Frau löste und Ingrid und Viktor die Hand schüttelte. Erleichtert taten es ihm die anderen nach, was eine Weile dauerte, denn viele waren gekommen, nicht nur aus Gradow, sondern auch aus der Umgebung, und nicht nur aus Trauer und Mitgefühl, sondern auch aus Neugier und Sensationslust.

Schließlich standen nur noch wir vier dort. Viktor trat an die Grube und sah hinunter, wir warteten, und ich wagte kaum zu atmen.

Endlich sagte er »Anna«, als spräche er mit seiner Frau, und Ingrid trat neben ihn und strich über seinen Arm, aber er wandte sich zu mir und streckte mir die Hand hin. Ich nahm sie, wir gingen zum Wagen, und Dr. Geberg fuhr uns nach Hause und ließ uns am Tor aussteigen, weil er noch einen Patientenbesuch machen musste, bevor er Ingrid zum Flughafen brachte.

»Ich gehe dann ein bisschen, Anna«, sagte Viktor. »Ich brauche Bewegung.«

Er knöpfte den Mantel zu, strich mir über die Wange und begann seine Runde, die große, vom Tor durch den Garten und zurück.

Wir sahen hinter ihm her.

»Es tut mir leid«, sagte ich.

»Macht nichts«, sagte sie. »Wirklich nicht.«

Ihr Deutsch hatte eine leicht skandinavische Färbung.

Wir gingen ins Haus, ich kochte Kaffee, und dann saßen wir in der Küche und unterhielten uns, freundlich und etwas angestrengt, und warteten auf Dr. Geberg.

»Les enfants sont pour les mariages malheureuses«, sagte sie plötzlich, nachdem wir eine Weile geschwiegen hatten.

»Wie bitte?«

»Das habe ich irgendwo gelesen«, sagte sie. »Kinder sind etwas für unglückliche Ehen. Irgendwie sehr französisch. Und so falsch, jedenfalls bei mir. Ich bin sehr glücklich mit meinem Mann, und wir haben fünf Kinder und sind dadurch noch viel glücklicher. Aber bei meinen Eltern hat es gestimmt. Die waren alleine glücklich. Die brauchten nur sich, die brauchten kein Kind.«

»Sie meinen, sie haben Sie nicht geliebt?«

»Doch … schon. Vielleicht tue ich ihnen auch Unrecht, die Umstände waren ja sehr schwierig. Bei meinem Vater vor allem. Wir haben uns so selten gesehen, wir haben gar keine richtige Beziehung zueinander bekommen. Es ist für ein kleines Kind sehr schwer, wenn der andere immer wieder verschwindet. Für einen Erwachsenen wahrscheinlich auch.«

»Und Ihre Mutter?«

Ihre Augen schweiften durch den Raum. Sie war nicht mehr so blass, und die Schatten unter ihren Augen waren kaum noch zu sehen. Die vier Tage ohne ihre große glückliche Familie hatten ihr gutgetan.

»Mit meiner Mutter, das war seltsam. Es war oft sehr schön mit ihr, besonders wenn wir alleine waren. Sie konnte so herzlich sein. So liebevoll. Aber wenn mein Vater da war, war sie weit weg, nur bei ihm. Sie hat ihn sehr geliebt, wirklich. Das war klar. Nur ich wusste nie so recht, woran ich mit ihr war. Manchmal dachte ich, sie liebt mich. Und manchmal war es, als ob sie mich … Hasst ist zu viel gesagt. Nicht will, vielleicht.«

Sie trank langsam ihren Kaffeebecher leer. Dann stellte sie ihn auf den Tisch, mit einer festen sachlichen Bewegung.

»Sie müssen nicht denken, dass ich unglücklich war«, sagte sie, mit fester, sachlicher Stimme. »Bestimmt nicht. Ich hatte keine schwere Kindheit. Sie waren immer sehr freundlich und fürsorglich, die beiden.«

Draußen ging Viktor vorbei, groß und dunkel, mit leerem Gesicht, wie ein Bote aus einer anderen Welt, aus einem Universum des Unglücklichseins.

»Damit Sie keinen falschen Eindruck bekommen.«

»Keine Sorge«, sagte ich.

»Und sagen Sie meinem Vater nichts davon. Es war wirklich nicht schlimm.«

Der Volvo von Dr. Geberg hielt vor der Veranda, und sie stand erleichtert auf.

»Danke für alles! Wenn irgendetwas mit meinem Vater ist, rufen Sie mich an. Ja?«

Sie umarmte mich, so erleichtert war sie.

»Ich freue mich so auf zu Hause. Auf meine Familie! Sie müssen mich mal besuchen kommen. Mit meinem Vater vielleicht, wenn Sie Lust haben?«

Ich blieb in der Küche und sah zu, wie sie Viktor umarmte, draußen auf dem Rasen. Dr. Geberg hielt ihr die Autotür auf, und sie winkte noch einmal, bevor sie einstieg und die Tür zuschlug, fest und erleichtert.

Ich räumte die Kaffeebecher weg. Draußen hatte Viktor wieder begonnen, seine Runden zu drehen, den Kopf gesenkt und die Hände in den Taschen des Mantels vergraben.

Der Flur in Jans Haus war breit und lang und sehr hell, denn die Kerzen in den alten Wandleuchtern aus Weißblech brannten und gaben ein blendendes Licht. An den Querbalken der Decke schwebten vorne ein hölzernes Segelschiff und weiter hinten ein präparierter Fisch, eine Art Hai, und ein kleines ausgestopftes Krokodil, lauter Dinge, die Jan auf dem Dachboden gefunden hatte und die vermutlich dem ersten Besitzer des Hauses, einem Kapitän, gehört hatten.

Ich löste mich aus seiner Umarmung und zog meine Jacke an.

»Bring mich noch ein Stück«, sagte ich. »Bitte.«

»Ich will nicht, dass uns jemand sieht.«

»Hier sieht uns bestimmt niemand. Um diese Zeit sowieso nicht.«

Es war schön, mit ihm durch die Nacht zu gehen, auf dem Weg, der hinter seinem Haus durch ein Wäldchen führte, das »Plantage« hieß und aus Birken und immergrünen Büschen bestand, die manchmal würzig dufteten.

Er hatte meine Hand genommen und ging mit sicheren Schritten, unbekümmert um die Dunkelheit, denn er kannte den Weg, er kannte jeden Weg in Gradow. Nur vom Himmel über dem

Meer kam ein zarter Schein, so als ob jemand hinter einem dunklen Glas ein Licht entzündet hätte.

Es war nicht weit bis zu der Abzweigung, die zum Friedhof führte. Hinter dem Friedhof lief eine schmale Straße an Feldern vorbei in Richtung von Hildes Haus, auf der ich nachts nie jemanden traf, auch tagsüber nur selten, und wenn doch, dann sah es so aus, als sei ich auf dem Friedhof gewesen.

Er nahm mich in die Arme.

»Warte«, sagte ich. »Riech mal.«

Vom Meer kam weicher, salziger Wind.

»Komm, noch ein Stückchen am Strand entlang! Da sieht uns auch niemand.«

Wir gingen den sandiger werdenden Weg weiter, zwischen den Dünen hindurch und am Meer entlang, in seinem Rauschen und seinem Wind.

Weit vorne lagen die Landungsbrücke und die Straße unter den gelben Monden der Straßenbeleuchtung. Wir gingen langsam, um die Zeit miteinander zu dehnen, und es hätte ewig dauern müssen, bis wir sie erreichten, aber dann waren wir schon dort, wo das Licht allmählich heller wurde. Er legte seine Arme um mich und hielt mich lange fest.

»Bis morgen«, sagte er. »Ich rufe dich an.«

Ich hob die Stirn von seiner Schulter und sah aufs Meer. Die Brandung trug etwas mit sich, etwas Großes, Graues, die Wellen wiegten es den Strand hinauf und wieder zurück und wieder hinauf.

»Sieh mal«, sagte ich. »Ist das ein Fisch, was da schwimmt, ein großer toter Fisch?«

Er wandte sich um, und als wolle das Meer uns einen Gefallen tun, hob die Brandung den Körper, drehte ihn und spülte ihn uns vor die Füße.

»Das ist kein toter Fisch«, er hockte sich hin und betastete die Gestalt, »das ist ein toter Mensch. Hilf mir!«

Wir zogen den Toten ein Stück den Strand hinauf. Jan holte

eine kleine Stablampe aus der Innentasche seiner Jacke und leuchtete das Gesicht ab.

Das Licht glitt über gelbliche Haut, in der die Falten nicht mehr so deutlich sichtbar waren, und kurz geschnittenes Haar, das dunkler wirkte, als hätte das Wasser das Grau herausgeschwemmt. Es war Peter Gentz, der Bernsteinsammler.

»Oh, nein«, ich kniete mich neben ihn, nahm seinen Kopf in die Hände und streichelte sein Gesicht. »Oh, Gott, nein! Nein, nein, nein!«

Eine kräftige Welle überschwemmte den Strand und die Beine des Toten und durchnässte meine Schuhe.

Jan versuchte mich hochzuziehen.

»Bleib ganz ruhig«, sagte er, »reg dich nicht auf.«

»Lass mich doch! Ich rege mich gar nicht auf.«

Ich bettete den Kopf des Toten in den Sand und nahm seine Hände – kräftige knochige Hände – und legte sie aufeinander.

»Komm, steh auf, Anna. Du gehst jetzt nach Hause. Du warst gar nicht hier. Ich kümmere mich um alles. Mach dir keine Sorgen.«

»Ich mache mir keine Sorgen! Ich will nicht nach Hause. Ich bleibe hier!«

»Du gehst.« Er griff nach meiner Hand und zog mich hoch und in Richtung Dünen. »Da drüben ist ein Weg zu Hildes Haus. Er ist ziemlich dunkel, aber ich gebe dir die Lampe.«

»Ich will nicht«, sagte ich. »Ich will nicht gehen. Ich will bei ihm bleiben und auf die Polizei warten. Hast du dein Handy dabei?«

»Geh jetzt endlich!«

»Aber warum, Jan? Warum soll ich gehen?«

»Weil ich es will«, sagte er.

»Nein!«

»Dann bringe ich dich weg.«

Er umfasste meine Hand so fest, dass es wehtat, und zerrte mich hinter sich her durch die Dünen. Ich wehrte mich und trat nach ihm und machte mich schwer, doch er zog mich immer weiter. Es war unklar, wer von uns beiden auf Dauer gewinnen würde, und es würde Stunden dauern, bis wir das herausfanden, den ganzen Weg bis zu Hildes Haus lang, während der Tote alleine am Strand lag, vom kalten schwarzen Wasser umspült.

»Okay, verdammt noch mal«, sagte ich. »Du hast gewonnen. Ich geh ja schon. Geh zurück und kümmere dich um ihn.«

Er drückte mir die Taschenlampe in die Hand, die von seinem Griff schmerzte, und verschwand im Dunkeln.

Ich fand den Weg, er war schmal und steinig, und der kleine Lichtschein der Lampe half mir wenig. Ich stolperte und fiel immer wieder, bis ich das Sträßchen am Feldrand erreichte und in der Ferne die Allee sehen konnte, an der Hildes Haus lag. Das letzte Stück ging ich durch die Felder, und als drei Wagen mit Blaulicht heranrasten, zwei Streifenwagen und ein schwimmbadgrüner tschechischer Zweitürer, duckte ich mich, bis sie vorbei waren, bevor ich die Straße überquerte.

Ich öffnete leise die Haustür, machte kein Licht und ging durch den dunklen Flur hinauf ins Dachgeschoss.

Oben war es kalt, aber ich glühte. Ich stellte mich auf die Zehenspitzen und sah durch das Fenster in Richtung der Stelle, wo wir Peter Gentz gefunden hatten, und versuchte etwas zu erkennen, irgendetwas, einen Schimmer vom Blaulicht vielleicht, obwohl ich wusste, dass ich von hier aus unmöglich etwas sehen konnte.

Es fuhren noch mehr Wagen die Straße entlang, die sonst um diese Zeit still war, und ich blieb am Fenster stehen und wartete, bis alle wieder zurückgefahren waren, der schwarze Leichenwagen, die Streifenwagen, der graue Wagen der Spurenfachleute, der schwimmbadgrüne Zweitürer.

Ich holte das Alkoholikerfläschchen Cognac aus der Kommodenschublade, trank so viel davon, dass mein Kopf leer wurde, legte mich in das kalte Bett und fiel in einen grauen Schlaf ohne Farben und Träume. Aber Schatten waren da. Peter Gentz, der mir Bernstein schenkte und mich anlächelte und sagte: »Nun machen Sie sich bloß keine Sorgen«, und meine Hand in seine nahm, warm und trocken. Andreas auf dem Bahnsteig, die dunklen Locken auf dem Kragen der Lammfelljacke, das Indianergesicht ruhig und klar, die Rose in der Hand. Jan, wie er vorhin gekommen war, über mir, und sich festgesaugt hatte an meinem Gesicht mit seinem erregten Blick. Und seine dunkle Gestalt am Strand, wütend und gewalttätig. Warum?

Es war plötzlich sehr kalt geworden. Die Vögel verstummten, Reif überzog Erde, Bäume, Dächer, und das Meer war grau und träge und verbreitete einen eisigen Hauch.

Das Dachzimmer wurde zum Kühlschrank, und ich zog ins Wohnzimmer, wo Viktor den Ofen warm hielt, und schlief auf dem Sofa.

»Komm endlich nach Hause, Anna«, sagte Andreas. »Du wolltest gleich nach der Beerdigung fahren. Was machst du da noch? Mir reicht's allmählich. Du wirst bloß wieder krank in dem alten Haus ohne Heizung. Bring Viktor mit, wir kümmern uns hier um ihn.«

»Das geht nicht. Er kann noch nicht weg von hier«, log ich. »Ich kann ihn doch nicht zwingen. Aber ich kann ihn auch nicht alleine lassen.«

»Verdammt«, sagte er, »verdammt. Ich verstehe dich nicht, Anna.«

Natürlich nicht.

»Ich verstehe Sie nicht, Frau Wolf«, sagte auch Herr Fischler, »wir brauchen Sie hier. So viele Überstunden, wie wir machen, können Sie gar nicht zahlen.«

»Doch«, sagte ich, »keine Sorge. Ich komme, so bald ich kann. Im Moment geht es nicht. Herr Svoboda schafft es noch nicht. Und ich kann ihn nicht alleine lassen.«

»Nächstenliebe und Kundenpflege in allen Ehren. Aber man kann es auch übertreiben«, murrte er.

Ich ging jeden Tag zu Jan, oft zweimal, in seiner Mittagspause und später am Abend. Manchmal traf ich Elisabeth Zierer auf der Straße beim Friedhof. Sie pflegte Anna Svobodas Grab mit leidenschaftlicher Verzweiflung und nickte mir mit einem kleinen verschwörerischen Lächeln zu, denn sie glaubte, ich sei auch wegen Anna dort.

Sie hatte das Grab reich bepflanzt, mit Blumen in Rot und kräftigem Rosa, denn dies waren Annas Lieblingsfarben gewesen. Als es kalt wurde, erfroren sie und lagen schlaff und bräunlich unter einer Schicht von Raureif, und das rosafarbene Windrad, das in der Erde steckte – Anna hatte Windräder geliebt –, wirkte deplatziert und beinahe ordinär über den toten Blumen.

»Das macht nichts«, sagte plötzlich eine Stimme neben mir.

Ich zuckte zusammen. Es war Elisabeth Zierer.

»Tut mir leid«, sagte sie und berührte meinen Arm. »Ich wollte Sie nicht erschrecken. Machen Sie sich keine Gedanken wegen der Blumen. Das ist nicht wirklich schlimm. Es lässt sich ja wiedergutmachen. Ich pflanze einfach neu.«

»Trotzdem schade«, sagte ich.

Sie machte eine abwehrende Handbewegung.

»Nun ist Peter auch tot«, sagte sie. »Peter Gentz. Er hat mir gezeigt, wie man Bernstein sammelt. Da war er noch jung. Und ich noch ein Kind. Er konnte gut mit Kindern. Er war nett. Nein, gut. Er war ein guter Mensch.«

Sie sah mich von der Seite an. »Das ist ein Fluch, wissen Sie. Lauter gute Menschen sterben: Anna. Brigitte. Hermann, der Wirt. Und jetzt Peter. Das ist ein Fluch, glauben Sie mir.«

Sie wartete auf Antwort, aber was hätte ich darauf sagen sollen?

»Und der, der das tut, steht auch unter dem Fluch. Das ist vielleicht auch ein guter Mensch. Aber so ein Fluch ist wie eine schwarze Wolke, die über uns allen hängt, und die einen müssen töten, und die anderen müssen sterben. Brigitte. Hermann. Peter. Und wer weiß, wer noch …«, sie hielt inne. »So ist es. Glauben Sie mir. Das ist die einzige Erklärung, warum alle diese guten Menschen sterben mussten. Und wissen Sie: Der,

der das tut, der stirbt ja jedes Mal auch, wenn er es tut. Ist das nicht schrecklich?«

Sie versuchte, eine der Pflanzen herauszureißen, aber der Boden war zu hart gefroren. Ich sah auf das Windrad und hätte am liebsten laut geschrien.

»Machen Sie sich keine Gedanken«, wiederholte sie. »Das ist nicht wirklich schlimm. Ich pflanze einfach neu. Dann ist alles wieder gut. Ich hatte vergessen, dass noch nicht Frühling ist.«

Sie hatte tiefe, dunkle Ringe unter den Augen, wie eingemeißelt, und trug ein teures Seidenkopftuch, dessen edle Farben in einem seltsamen Gegensatz zu ihrem verhärmten Gesicht standen. Sonst hatte sie immer nur erschöpft gewirkt, jetzt sah sie aus wie steingewordenes Unglück.

»Ich muss weiter«, sagte ich.

»Ich auch. Ich muss zu meinem Mann. Er liegt im Krankenhaus. Er hatte einen Herzinfarkt.«

»Wann?«

»Gestern früh. Gleich nach dem Aufstehen. Ganz plötzlich. Heute machen sie eine Untersuchung, um herauszufinden, wie schlimm es ist.«

Ich sagte: »Alles Gute«, und dass sie ihn grüßen solle und wollte nur kurz den Arm um sie legen, aber sie lehnte sich schwer an mich und drückte ihre Stirn an meine Schulter.

Ich legte auch den anderen Arm um sie und hielt sie fest und streichelte ihren Rücken, bis sie den Kopf hob und nickte und lächelte, als wolle sie sagen: Danke, nun ist es besser.

Auf meinem Weg durch die Felder telefonierte ich mit Marion Rogal, und als ich nach Hause kam, ging ich gar nicht erst hinein, sondern holte den Wagen aus der Garage und fuhr nach Weeritz.

Die Kriminalpolizei Weeritz residierte in einem Gebäude, bei dessen Anblick man Lust auf Dynamit bekam. Es war einer dieser geraden grauen Bauten, die es auch im Westen gibt, die aber, obwohl Sozialismus eigentlich viel schöner ist als Kapitalismus, im Sozialismus noch viel hässlicher sind.

Das Büro von Marion Rogal lag am Ende eines halbdunklen Ganges im dritten Stock, war nicht viel größer als eine Rollstuhlfahrertoilette und roch wie ein Aschenbecher.

»Hallo, hallo«, sagte sie, als ich den Kopf durch den Türspalt steckte, und warf ihr Haar nach hinten. »Rein mit Ihnen. Ich habe schon länger keinen wirklich netten Menschen mehr gesehen. Schön, dass Sie kommen.«

Sie zündete sich eine Zigarette an. »Setzen Sie sich. Geben Sie her«, sie streckte die Hände nach dem Papierstapel aus, der auf dem einzigen anderen Stuhl lagerte. »Was treibt Sie her?«

»Ich wollte Ihnen etwas sagen«, sagte ich. »Über Peter Gentz.«

Sie machte eine auffordernde Bewegung mit der Hand, und ich erzählte ihr von dem Treffen am Strand.

»Schneller ging es nicht?«, fragte sie, als ich fertig war. »Der Mann ist seit drei Tagen tot, wir fragen uns und andere, warum er eine Beule am Kopf hat und ertrunken ist, ob ganz von alleine oder mit Unterstützung, und Sie brauchen drei Tage, um uns an Ihrem Wissen teilhaben zu lassen. Das weist ja doch immerhin in eine Richtung. Warum nicht gleich?«

Weil der Mann, wegen dem ich immer noch hier bin, sich so komisch benommen hat, als wir ihn gefunden haben, dachte ich, und weil ich Angst habe, dass er etwas damit zu tun hat.

Sie zündete sich die nächste Zigarette an, sog den Rauch tief ein und stieß ihn mit ärgerlichem Schnauben wieder aus.

»Gibt es noch was, was Sie mir nicht gesagt haben?«

»Nein.«

Noch ein Grund, warum ich nicht früher gekommen bin, dachte ich: Ich lüge dich an, nur weil er es will.

Sie nahm auf, was ich gesagt hatte und ließ es mich unterschreiben.

»So«, sagte sie. »Nun erzähle ich Ihnen auch was. Die kriminaltechnische Untersuchung der Hütte, in der Frau Svoboda untergebracht war, hat etwas ergeben. Die frischen Fingerspuren dort stammten von Frau Svoboda und einer anderen Person. Die Abdrücke dieser anderen Person haben wir auch bei Frau Köhler gefunden. Wir können die Person nicht identifizieren, weil wir die Abdrücke nicht in der Datei haben, aber immerhin: Wir haben einen eindeutigen Zusammenhang zwischen den beiden Fällen. Und so was wie eine richtige Spur! Davon gibt's in diesem Fall ja nicht viele.«

Sie seufzte tief, stand auf und steckte die Zigarettenschachtel in die Brusttasche ihrer Jeansjacke.

»Kaffeepause! Wollen Sie mitkommen? Ich kann Ihnen auch was bieten: Es gibt neuerdings eine Cafeteria im Haus. Superneu und superschön.«

Die Cafeteria war im Plastik-Designer-Stil der Neunziger gehalten, und wenn sie die schön fand, dann hatten wir verschiedene Geschmäcker. Allerdings musste man einem Menschen, der sich ständig in diesem Gebäude aufhielt, mildernde Umstände zugestehen.

»Arbeiten Sie schon lange hier?«, fragte ich.

Sie schüttelte den Kopf.

»Berlin. Versetzt«, sagte sie, kurz und gleichmütig, aber ihr Gesicht sagte: in die Verbannung geschickt. Ans verdammte verfluchte Ende der Welt.

Der Kaffee war gut. Sie hatte sich von der Theke eine Handvoll Zuckerbeutelchen mitgebracht und eins nach dem anderen hineingeleert, bis er vermutlich nicht mehr gut war.

»Wie geht's Herrn Svoboda?«, fragte sie.

»Den Umständen entsprechend gut. So sagt man doch. Er hat ein Loch in der Seele. Ein großes. Dafür geht es ihm wirklich ganz gut.«

»Ich weiß, was Sie meinen«, sagte sie und betrachtete die Asche ihrer Zigarette sehr genau. »Manchmal pfeift der Wind ganz schön da durch. Und es dauert, bis es wieder zuwächst.«

Ich hatte bei ihr immer das Gefühl, als würden wir uns schon lange kennen und könnten über alles reden.

»Hoffentlich wächst es bei ihm noch zu«, sagte ich. »Da bin ich mir nicht sicher.«

»Schön, dass Sie sich so um ihn kümmern. Sie hätten sicher auch was anderes zu tun.«

Ihr hätte ich gerne gesagt, dass es für mich nichts anderes zu tun gab als das, was ich hier tat, und dass es nichts mit Viktor zu tun hatte.

»Na gut.« Sie stand auf. »Ich muss dann wieder. Ich komme bald mal bei Ihnen vorbei.«

Viktor saß in der Küche, hatte den Abendbrottisch gedeckt und wartete auf mich.

»Tee?«, fragte er.

»Tee«, sagte ich, setzte mich unter das Bild von Hinrich Seifert und seinem Fischkutter und erzählte ihm von Elisabeth Zierer und dem Herzinfarkt ihres Mannes und den erfrorenen Blumen auf Annas Grab.

Er ging nie dorthin, er war zuletzt bei der Beerdigung da gewesen. Für ihn war sie nicht dort. Dort stand nur ihr Name.

»Elisabeth ist ein gutes Mädchen«, sagte er. »Sie liebt Anna so. Wer liebt Anna nicht?«

Der, der sie umgebracht hat, zum Beispiel, dachte ich.

Ich hätte es ebenso gut laut sagen können, er hätte es an sich abgleiten lassen, wie er alles an sich abgleiten ließ, was mit ihrem Tod zu tun hatte. So wie er meine Ermittlungen ignoriert hatte oder die Frage, wer schuld sein könnte an ihrem Verschwinden. Er hatte immer nur einen Gedanken gehabt: dass sie zu ihm zurückkam.

Er nahm nun zur Kenntnis, dass sie nicht mehr kommen würde. Jan und Dr. Geberg waren im gerichtsmedizinischen Institut gewesen, zu einer Art Identifizierung, und hatten ihm ihren Ehering mitgebracht, in dem sein Name eingraviert war, eine Haarsträhne und die goldene Kette, die sie getragen und die er ihr geschenkt hatte.

Er hatte lange über diesen Dingen gesessen, dann hatte er sie sorgfältig verstaut und betrachtete sie nun jeden Tag, so wie er jeden Tag ihre Briefe und Zettel las.

Er nahm auch zur Kenntnis, dass sie tot und begraben war, aber er nahm es nicht an. Es war eine ferne Tatsache, die nichts mit ihm zu tun hatte. In seinen Gedanken lebte sie weiter, atmend, warm und wirklich.

Ich wusste, wie das ging. Ich hatte es in den Monaten nach Jochens Tod auch so gemacht.

»Nicht wahr?«, sagte er und schob mir die Butter hin. »Alle lieben Anna.«

Er ging hinüber ins Wohnzimmer und hörte eine Weile Musik, so wie er es mit seiner Frau abends immer getan hatte, dann kam er zurück in die Küche.

»Ich habe noch mal eingeheizt, damit du heute Nacht nicht frierst«, sagte er.

»Schlaf gut«, er strich über mein Haar. »So schönes Haar hast du, Anna«, und ich war mir mal wieder nicht sicher, wen er meinte, sie oder mich, obwohl es keine Ähnlichkeit gab zwischen meinen glatten hellen Haaren und ihren lockigen dunklen.

Ich wartete, bis ich ihn aus dem Bad kommen und die Schlafzimmertür schließen hörte, dann zog ich meine Daunenjacke über und ging.

Jans Haus war ein altes Fachwerkhaus, das auch so aussah, mit schiefen Fenstern und bräunlichem Putz zwischen wettergegerbten Balken, nicht adrett renoviert wie die im Westen. Es war lange Landratswohnung und später Lagerhaus gewesen und nach der Wende verfallen, bis er es gekauft hatte. Er hatte es notdürftig renoviert und war nach der Trennung von seiner Frau eingezogen.

Es gab keine Klingel, nur einen metallenen Klopfer in Gestalt eines Widderkopfes, der silberfarben bemalt und ziemlich hässlich war. Die Tür öffnete sich, bevor ich ihn betätigen konnte.

»Dass du endlich da bist«, sagte Jan.

Er zog mich herein, gab der Tür einen Tritt, dass sie zufiel, und nahm mich in die Arme. Ich drückte das Gesicht an seine Schulter, und es war wie immer, wenn ich abends kam: Als hätte ich den Tag nur gelebt, um ihn endlich zu sehen. Als lebte ich überhaupt nur dafür.

»Komm rein und zieh das verdammte Ding aus«, sagte er.
»Ich habe ja nur Jacke im Arm.«

Die Küche war ein großer Raum mit einem gemauerten Herd, vielen Fenstern und einem alten Sofa mit geschwungener Rückenlehne, über dem Fotos seiner Töchter hingen. Auf dem Tisch lag sein Laptop zwischen Akten und Klarsichthüllen und einem Glas Rotwein. Überall standen brennende Kerzen, die Tür zu der kleinen Schlafkammer nebenan war offen, um die Herdwärme hereinzulassen, und auch hier brannten Kerzen, noch mehr als in der Küche.

An der Wand neben dem Bett hingen noch mehr Fotos seiner Kinder und Bilder, die sie für ihn gemalt hatten, und das Bettzeug war frisch bezogen mit etwas Blaugeblümtem mit Spitze.

»Mhm«, sagte ich, »neu?«

Er schüttelte den Kopf und wies auf einen Stapel Bettbezüge, der auf dem Stuhl lag.

»Habe ich heute bei Hilde geholt. Ich dachte, du hättest gern mal was Frisches statt der ungewaschenen Sachen.«

»Das ist mir völlig egal, solange du drin liegst.«

Er knöpfte meine Jacke auf und meine Bluse und ließ seine Hände einen Moment auf meinen Brüsten ruhen. Dann öffnete er meine Hose, griff unter meinen Slip, schob ihn hinunter und half mir, herauszusteigen. Als ich ganz nackt war, legte er behutsam die Arme um mich wie um einen kostbaren Besitz und liebkoste mich, meine Brüste, meinen Rücken und meinen Bauch. Er schob seine Hand zwischen meine Schenkel, während die andere über meinen Hintern wanderte, und die Wärme in dem kleinen Raum, der Geruch der brennenden Kerzen und das Glühen in mir verschmolzen zu einem Fest des Feuers.

Seine Finger drangen in mich ein, ich schrie auf und öffnete die Augen und sah über seine Schulter hinweg im schwarzen Viereck des Fensters ein Gesicht und Augen, die mich anstarrten.

»Jan!«

Seine Antwort war ein lustvoller Laut.

»Jan, da ist jemand, am Fenster!«

Er hielt inne und wandte sich um.

»Wo?«

»Da!«

Er ließ mich los und ging zum Fenster. Ich zog die Bettdecke um mich. Er öffnete das Fenster und den Laden und sah hinaus.

»Da ist niemand. Und der Laden war zu.«

»Wirklich? Ich habe es doch gesehen … War er verriegelt?«

»Nein«, sagte er, »nur angelehnt. Aber wer sollte hier reinschauen? Hier kommt keiner vorbei, und selbst wenn, von außen sieht man kein Licht. Die Fensterläden in der Küche sind auch zu.«

Er zog den Laden wieder zu und schloss das Fenster. Es war sehr klein, nur eine verglaste Luke, denn der Raum war früher Abstellkammer gewesen.

»Du hast dich getäuscht. Das war eine Spiegelung in der Fensterscheibe. Die Kerzen, das Flackern …«

Er griff sich in den Nacken und zog Hemd und Pullover über den Kopf.

»Ich hole uns noch was zu trinken.«

Ich schob mir ein Kissen unter den Kopf und betrachtete die Fotos seiner Kinder an der Wand. Dora und Jeanette. Sie waren ihm sehr ähnlich mit ihren flächigen Gesichtern, den dunklen Augen und dem ernsten Blick, nur dass Jeanette die hellen Haare ihrer Mutter hatte.

Daneben hing eine Zeichnung von ihr, mit kühnen Strichen und starken Farben: Große schwarze Wölfe mit gefletschten Zähnen und gelben Augen saßen im Halbkreis um ein kleines Mädchen in einem roten Kleid. Es war ein Bild aus einem ihrer Bilderbücher, das sie nachgemalt und mit einer Widmung versehen hatte: »Das Mädchen und die Wölfe, für meinen Papa von Jeanette.«

Arme Jeanette, dachte ich. Was für große schwarze Wölfe

hast du schon, in deinem Alter. Aber ist das ein Wunder, wenn Papa plötzlich weggeht und woanders wohnt und man überhaupt nicht versteht, warum, und sich fragt, was noch Schreckliches passieren wird, wenn so was passieren kann? Und wer noch alles weggeht. Mama womöglich?

Jan stellte ein Glas Rotwein auf den Tisch neben dem Bett, zog seine Hose aus und kam zu mir unter die Decke.

Ich wies auf das Bild: »Wie geht die Geschichte aus?«

»Habe ich vergessen. Gut wahrscheinlich. Es ist ein Kinderbuch. Da müssen die Geschichten gut ausgehen.«

Ich legte den Kopf auf seine Schulter.

»Was ist eigentlich mit dieser Kommissarin? Marion Rogal? Warum ist die versetzt worden?«

Ich spürte Spannung in seiner Schulter und dass er mich ansah.

»Wie kommst du darauf? Hast du mit ihr gesprochen?«

»Ja. Ich habe sie zufällig getroffen.«

»Ach so«, er legte den Kopf wieder zurück. »Sie hat Scheiße gebaut. Sie hat angefangen zu saufen, hat den Job irgendwie laufen lassen und eine Verhaftung verschlampt, und der Kerl hat jemanden überfallen und angeschossen. Wäre nicht passiert, wenn er im Knast gesessen hätte, wie er sollte. Beurlaubung, Disziplinarverfahren, Innendienst! Aber weil sie sehr gute Beurteilungen hat, hat man ihr eine Chance gegeben und sie nur runtergestuft und versetzt.«

»Und warum? Ich meine, warum hat sie getrunken?«

»Keine Ahnung«, sagte er. »Das ist doch egal. So was geht einfach nicht. Dafür gibt es keine Entschuldigung.«

Aber einen Grund, dachte ich und sah auf Jeanettes Bild. Wölfe zum Beispiel, die einen anstarren, wenn man nachts wach liegt, oder einem am Tag folgen wie graue Schatten. Sie verschwinden, wenn man trinkt. Vorübergehend jedenfalls.

7

Die alte Frau Grabowski ging über die Straße. Seit dem Tod ihres Mannes vor über dreißig Jahren trug sie Schwarz. Mittlerweile war sie fast neunzig und sah aus wie eine der kleinen alten Frauen in italienischen Städten, die auch immer Schwarz tragen. Sie ging langsam und unsicher, das tat sie sonst nicht.

Ich hielt und stieg aus.

»Geht es Ihnen nicht gut?«, fragte ich. »Soll ich Sie nach Hause fahren?«

»Nein, nein. Das ist nichts. Das sind nur die schlechten Nachrichten. Lieschen ist tot.«

Sie hatte mehrere Katzen, und alle trugen solche Namen: Mariechen, Annettchen, Lieschen. Sie war am Anfang eine der wenigen gewesen, die mit mir geredet hatten, und bei dieser Gelegenheit hatte sie mir alle ihre Katzen vorgestellt.

»Welche war Lieschen?«, fragte ich. »Die Schwarze?«

»Lieschen? Elisabeth. Die kennen Sie doch. Die Frau vom Gerd.«

»Vom Bürgermeister?«

Sie nickte.

»Woher wissen Sie das?«

»Anne Meermann hat es mir gerade erzählt. Ach, Frau Wolf! Ich habe sie seit ihrer Geburt gekannt, sie war als kleines Mädchen oft bei uns, ihre Großmutter war meine Nachbarin. Sie hat so einen bösen Tod gehabt. Sie ...«

Ich ließ sie stehen und rannte zum Auto und raste davon, aus dem Ort und die Landstraße entlang, durch Dörfer und Ortschaften, bis ich eine Sirene hörte und ein Streifenwagen mich überholte und zum Halten brachte.

Zwei Polizisten stiegen aus, die zu viel fernsahen, denn sie gingen wie die Cops in amerikanischen Filmen. Der eine war schon älter, mit Bauchansatz, der andere jung und so gut trainiert, dass sein Uniformhemd über der Brust spannte.

»Steigen Sie aus«, sagte der eine. »Ihren Ausweis. Führerschein und Fahrzeugpapiere.«

Er sah sich alles genau an, während der andere mich betrachtete, sein Gesicht meinem näherte, die Luft einsog, den Kopf ins Wageninnere steckte und auch dort schnüffelte.

»Frau Wolf, zur Zeit Gradow«, sagte der erste. »Sie fahren wie eine Irre. Macht man das bei Ihnen zu Hause so?«

Ich schüttelte den Kopf.

»Warum hier? Denken Sie, hier ist es egal? Denken Sie, hier können Sie tun, was Sie wollen?«

Ich schüttelte wieder den Kopf.

»Sofortiger Entzug der Fahrerlaubnis«, sagte der andere. »Und Anzeige.«

»Da würden wir uns aber unbeliebt machen«, sagte der erste. »Wir wollen uns doch beliebt machen. So wie Frau Wolf sich beliebt macht.«

»Aber nicht so, wie Frau Wolf das tut«, sagte der andere und sah mir ins Gesicht, als fasse er mir zwischen die Beine. »Das ist nichts für uns. Die Nummer überlassen wir lieber Frau Wolf.«

»Was soll das?«, fragte ich. »Wovon reden Sie?«

Er trat dichter an mich heran. In seinem gesunden rosigen Gesicht saß ein Ausschlag an der Oberlippe, rot entzündet, mit gelblichen Bläschen.

»Also kein Entzug der Fahrerlaubnis«, sagte der erste schnell. »Nur Anzeige. Und Geldstrafe und Punkte in Flensburg.«

Er holte eine Mappe aus dem Auto und begann ein Formular auszufüllen. Es dauerte eine Weile, denn er verschrieb sich immer wieder, weil es ihn nervös machte, wie der andere mich anstarrte.

Als sie endlich weg waren, fing ich an zu zittern. Der Durchschlag des Formulars flatterte mir aus der Hand, und ich setzte mich ins Auto und wartete darauf, dass das Zittern aufhörte und ich zurückfahren konnte. Ein Stück weiter stand ein Verkehrsschild, auf dem das springende Reh im roten Dreieck zu sehen war. Das Schild verschwamm vor meinen Augen, und es sah aus, als ob das Reh durch blutigen Regen sprang.

Anne Meermann gehörte der Supermarkt, der auch Post, Reinigung, Schuster und Schlüsseldienst war. Sie war Metzgermeisterin und dirigierte ihr Geschäft von der Fleischtheke aus, und weil gerade nichts los war, war sie dabei, ihre Messer zu schärfen. Sie ließ ein Filetiermesser am Wetzstahl auf- und abtanzen und blickte mich kühl an.

»Frau Grabowski hat mir gesagt, dass Elisabeth Zierer tot ist«, sagte ich.

Sie nickte.

»Wie ist das passiert?«

Sie hörte nicht auf mit dem Schleifen.

»Sie hat sich aufgehängt. An einem Balken auf dem Dachboden. Mit einer Hundeleine. Sie haben früher mal einen Hund gehabt.«

»Sie ist nicht ermordet worden?«

Sie schüttelte den Kopf, prüfte die Schneide des Messers mit dem Finger, legte es beiseite und griff nach dem nächsten.

»Wirklich nicht? Oh, Gott sei Dank!«

»Ach nee«, ein Funkeln trat in ihre Augen, »dafür bedanken Sie sich? Und dann noch bei dem?«

»Nein«, sagte ich. »Aber ich dachte, sie ist auch ermordet worden.«

»Und so finden Sie's besser?«

»Nein! Beides ist schrecklich.«

Sie ließ den Blick durch ihr Geschäft schweifen und überlegte.

»Doch. Es ist besser! So hat man es selber in der Hand. Das ist viel besser. Daran habe ich noch gar nicht gedacht.«

Sie wurde mitteilsamer.

»Sie sagen, es war zu viel für sie. Diese Morde, und wie sie Anna Svoboda gefunden haben und den alten Gentz. Als Wasserleiche. Und dann der Herzinfarkt von Gerd. Das hat sie nicht mehr geschafft, sagen sie. Ich weiß nicht. Mir kommt das komisch vor. So war sie nicht. Sie war 'ne Empfindliche, das ist schon richtig. Aber sie war auch zäh. Sie hielt eigentlich 'ne Menge aus.«

Kunden kamen, denen sie sich zuwandte, und ich holte mir noch zwei Trinkerfläschchen hochprozentigen Rum, der ein viel besseres Schlafmittel war als Cognac, und fuhr nach Hause.

Es war dunkel geworden, Sprühregen fiel, der Schneematsch auf der Straße verfestigte sich allmählich, weil es kälter wurde, und bald würde es sehr glatt sein. Die Heizung in Hildes Wagen funktionierte nicht mehr richtig, und ich fror, aber vor allem von innen.

Als ich aufschloss, wurde die Haustür aufgerissen. Viktor sah im Licht der Außenlampe aus wie ein Geist.

»Wo bist du gewesen? Wir haben uns Sorgen gemacht!«

»Wer ist wir?«

»Jan und ich. Er ist vorhin vorbeigekommen, um zu sagen, dass Elisabeth tot ist. Ich wollte dich anrufen, aber ...«

»Ich weiß, dass sie tot ist. Deswegen war ich ja so lange weg. Ich bin durch die Gegend gefahren.«

»Warum bist du denn nicht nach Hause gekommen?«, fragte er.

»Hätte das was geändert?«

»Nein, aber ...«

»Lässt du mich erst mal rein?«

Er trat zurück, und ich machte die Tür hinter mir zu. Das Telefon schrillte, und er verschwand im Wohnzimmer.

»Sie ist gerade gekommen«, hörte ich ihn sagen. »Ja ... Ja, sie wusste es schon ... Ja, ich sage es ihr ... Anna? Jan will dich sprechen.«

Der Hörer lag auf dem Brokatdeckchen des Telefontisches.

»Ja?«

»Ich komme spät nach Hause«, sagte er. »Ich muss mich um Gerd kümmern. Der ist am Ende. Ich rufe dich an. Auch wenn es sehr spät wird?«

»Ja«, sagte ich, »egal wann.«

Viktor hatte Tee gemacht.

»Was möchtest du essen?«

»Nichts.«

Ich holte eines der Fläschchen aus meinem Rucksack und tat einen Schuss Rum in meine Tasse.

»Die arme Elisabeth«, sagte Viktor. »Anna hat sie so gern gehabt.«

»Und der arme Gerd! Er liegt mit einem Herzinfarkt im Krankenhaus, und seine Frau bringt sich um. Aber den hatte Anna nicht so gerne. Viktor! Es gibt so viele Menschen auf der Welt außer Anna, tot oder lebendig! Kannst du ausnahmsweise mal nicht nur von Anna reden und nicht nur an Anna denken?«

Er nahm meine Frage ernst.

»Nein«, sagte er, »kann ich nicht.«

Ich griff nach dem Teebecher und stand auf.

»Ich halte das nicht mehr aus. Ich gehe rauf.«

»Geh doch ins Wohnzimmer. Da ist es warm.«

Ich schüttelte den Kopf.

»Nimm wenigstens den Heizlüfter mit rauf.«

Ich knallte die Tür hinter mir zu.

Oben setzte ich mich aufs Bett, zog die Bettdecke über die Schultern, tat einen weiteren Schuss Rum in den Tee, nahm das Handy vom Nachttisch und hörte die Mailbox ab.

Andreas war darauf, zweimal. Beim zweiten Mal war seine Stimme kalt vor Wut.

»Was ist, Anna? Du bist nicht zu erreichen, du rufst nicht zurück. Melde dich!«

Morgen, dachte ich, morgen.

Ich trank den Tee in kleinen Schlucken und wartete auf die Wirkung des Rums, aber sie kam nicht. Mein Herz wurde nicht leicht und mein Kopf nicht leer.

Ich hatte einmal einen Erhängten gefunden, bei der Ermittlung in einem Betrugsfall. Er hatte an der von Rosen überwucherten Pergola neben seiner Terrasse gehangen, und ich war gegen ihn gestoßen, gegen etwas Weiches, das sich schaukelnd bewegt hatte. Sein Kopf hatte zur Seite gehangen, auf eine steife, endgültige Art, wie bei einer abgeknickten Blume, sein Gesicht war blau angelaufen und sein Mund geöffnet, als bäte er um Hilfe oder um Vergebung. Tränen waren mir in die Augen geschossen, vor Schrecken und vor Mitleid.

Ich dachte an Elisabeth Zierer, wie sie frierend an der Friedhofsmauer gelehnt und dann im Auto um Anna Svoboda geweint hatte, an ihr zartes, angestrengtes Gesicht und an den Dachboden und die Hundeleine und warf den Becher an die Wand.

Er zerbrach in viele kleine Scherben, von denen mir einige ins Gesicht flogen wie Hagelkörner. Ein brauner Fleck breitete sich auf der Tapete aus.

Ich nahm einen großen Schluck aus dem Fläschchen und ging nach unten. Die Küche war dunkel. Im Wohnzimmer knisterte der Ofen. Ich zog meine Jacke an und verließ leise das Haus.

Draußen war es eisig. Die schwarzen Alleebäume ragten in einen klaren kalten Himmel, an dem der Mond hing und Myriaden funkelnder Sterne.

Das wird sie nie wieder sehen, dachte ich, und die Sonne nicht und das Meer nicht, und sie wird den Frühling nicht mehr riechen und den Sommer nicht und den Herbst …

Ich ging schneller, um der würgenden Trauer zu entgehen, und als ich in den Weg zu Jans Haus einbog und sah, dass in der Küche Licht brannte, fing ich an zu laufen. Ich fiel fast gegen die Haustür und griff nach dem Türklopfer, und sein Schlagen dröhnte laut.

Die Tür wurde aufgerissen.

»Verdammt, was soll – Anna! Ich dachte, du schläfst schon, weil du nicht ans Telefon gehst.«

Er zog mich in den Flur und weiter in die Küche.

»Du bist ja halb erfroren.«

»Wie geht es Zierer?«

»Schlecht«, sagte er. »Na klar. Nach einem Infarkt brauchst

du Ruhe. Was du nicht brauchst, ist, dass deine Frau sich umbringt. Hätte sie an ihn gedacht statt an sich …«

»Wer sich umbringt, denkt an niemanden mehr, schon gar nicht an sich! Sie hat keine Schuld! Sie hat es nicht mehr ausgehalten. Das verstehst du nicht!«

»Ist ja gut.« Er streifte mir die Jacke von den Schultern und legte die Arme um mich. »Was ist los mit dir? Warum regst du dich so auf?«

»Wegen Elisabeth. Viktor nervt mich. Und vorhin hat mich die Polizei angehalten.«

»Warum?«

Ich erzählte es ihm.

Er ließ mich so plötzlich los, dass ich fast gefallen wäre.

»Scheißtypen! Was fällt denen ein? Die kriegen was zu hören! Aber warum fährst du auch wie eine Irre?«

»Wegen Elisabeth! Das weißt du doch!«

»Das geht nicht. Das kannst du nicht machen. Mach das nie wieder!«

»Du fährst immer so.«

»Das ist was anderes!«

»Warum? Weil du Bonze bist und ich Volk?«

»Nein, verdammt! Weil …«

Er brach ab und drehte sich weg.

»Warum?«

Er schüttelte den Kopf.

»Lass, Anna, lass. Vergiss es.«

»Aber …«

»Nein, nein. Lass uns nicht mehr davon reden … Ach, verdammt, verdammt, verdammt!«

»Jan!«

Er schüttelte wieder den Kopf und blieb so stehen, den Rücken zu mir, das Gesicht zum Fenster, hinter dem die Dunkelheit lag. Ich wartete eine Weile, dann hob ich meine Jacke vom Boden auf.

Er wandte sich um.

»Nein, geh nicht, bitte.«

Er nahm mir die Jacke weg.

»Komm zum Sofa«, sagte er. »Komm, meine Kleine.«

Er bettete mich in seinen Arm und zog die Wolldecke, die auf der Lehne hing, über uns.

Wir hatten noch nie einfach so beieinandergelegen. Etwas löste sich in mir, und Tränen stiegen mir in die Augen und liefen über meine Wangen. Ich drehte mich zu ihm und wischte sie an seinem Pullover trocken.

»Liebes«, sagte er.

Ich legte die Hand auf sein Gesicht. Es war ganz nass.

Es war, als hätte der Tod von Elisabeth Zierer die Welt verdunkelt. Die Morgendämmerung kam immer langsamer und die Nacht immer schneller, und dazwischen schien es gar nicht richtig hell zu werden.

Ich hatte den Wohnzimmertisch ans Fenster geschoben, den Laptop heruntergeholt und alles, was ich über Anna Svoboda hatte, und fraß mich hindurch, auf der Suche nach etwas, was ich übersehen oder nicht verstanden oder nicht zu Ende gedacht hatte, während sich draußen der graue Tag nur entwickelte, um schnell in eine lange schwarze Nacht überzugehen.

»Elisabeth Zierer?«, hatte Andreas gesagt. »Wer ist das?«

Ich hatte es ihm erklärt.

»Und sie beziehungsweise ihr Suizid ist der Grund, warum du nicht nach Hause kommst? Beziehungsweise die Tatsache, dass du es nicht erträgst, dass sie sich umgebracht hat, und nach dem Verantwortlichen suchen musst?«

Wenn er redete, als ob er einen Schriftsatz fürs Gericht formulierte, ging es ihm schlecht.

»Ja.«

»Erst musst du wegen Viktor in diesem verdammten Kaff bleiben und nun wegen ihr. Wie lange soll es diesmal dauern?«

»Ich weiß es nicht. Wie soll ich das wissen?«

Er schwieg.

»Mir gefällt das nicht«, sagte er. »Etwas daran stimmt nicht. Aber ich weiß nicht, was. Ich kann den Finger nicht darauf legen. Komm nach Hause, Anna.«

Ich wollte ihn unterbrechen, aber er ließ mich nicht.

»Erzähl mir nicht wieder dasselbe. Ich habe es gehört und will es nicht noch mal hören. Ich will überhaupt nichts mehr hören. Ich will nur noch, dass du kommst. Sofort!«

Er hatte aufgelegt, bevor ich etwas hatte sagen können, und ich hatte seine Nummer gewählt, aber er hatte nicht abgehoben, auch nicht, als ich auf den Anrufbeantworter gesprochen hatte.

An einem der grauen Tage fuhr ich zu Marion Rogal. Während der Fahrt lichtete sich der Nebel, und in Weeritz leuchteten das blaue Wasser des Hafens und das Backsteinrot des Domes in der klaren Luft.

Marion Rogal telefonierte, als ich die Tür zu ihrem Büro öffnete, winkte heftig mit der Hand und wies auf den Stuhl neben ihrem Schreibtisch.

»Hallo, hallo«, sagte sie, nachdem sie aufgelegt hatte, »nett, Sie zu sehen. Ich wollte schon lange mal wieder bei Ihnen vorbeikommen. Um was geht's? Aber nur zwei Sätze. Ich habe keine Zeit.«

»Ein bisschen mehr als zwei Sätze«, sagte ich, »bitte.«

Sie verdrehte die Augen, wählte eine Nummer und teilte jemandem mit, dass sie ohne sie anfangen sollten. Dann suchte sie auf ihrem Schreibtisch nach Zigarettenschachtel und Feuerzeug und zündete sich eine Zigarette an.

»Und?«

»Erinnern Sie sich an Frau Eisenmenger, die Nachbarin von Herrn Svoboda?«, sagte ich. »Sie hatte mir von Herrenbesuchen bei Frau Svoboda erzählt. Sie haben das nachprüfen lassen, und dabei ist nichts rausgekommen. Warum?«

Sie sah im Computer nach.

»Sie hat strikt bestritten, Ihnen so was erzählt zu haben.«

»Ich weiß es ganz genau«, sagte ich.

»Glaube ich Ihnen. Aber was soll ich machen, wenn die Zeugin es bestreitet? Ihr Daumenschrauben anlegen? Folter ist verboten.«

»Warum lügt sie? Ist es ihr peinlich, dass sie spioniert hat?«

Sie zuckte mit der Achsel.

»Der Kollege bei Ihnen zu Hause hat auch durch den Spion gesehen. Er verzerrt stark, und der Flur ist ziemlich dunkel. Auch deshalb hat er sie nicht stärker unter Druck gesetzt. Vermutlich könnte sie sowieso keine vernünftige Beschreibung liefern.«

»Trotzdem«, sagte ich. »Ich rede noch mal mit ihr.«

»Gut, gut.« Sie stand auf. »Machen Sie mal. Jetzt muss ich aber wirklich.«

Sie schüttelte mir die Hand mit ihrem festen Griff. Sie hatte Haar und Pony schneiden lassen, sodass man ihr Gesicht sehen konnte und die schönen Augenbrauen, die lang waren und fast gerade. Mit dem kinnkurzen Haar und den hellen Augen unter diesen Brauen sah sie aus wie eine Kriegerin.

»Schön sehen Sie aus mit der neuen Frisur«, sagte ich.

Sie wurde rot.

»Wirklich? Finden Sie?«

Auf der Rückfahrt fuhr ich am Geraer Platz vorbei, wo Anna Svoboda mit dem großen dunkelhaarigen Mann gesehen worden war, der ihr Führungsoffizier gewesen war und ihr Geliebter. Den kleinen Park, in dem sie sich getroffen hatten, gab es noch.

Die alten Mietshäuser, die den Platz an drei Seiten umgaben, waren damals auch schon da gewesen. Ihre Läden waren bis auf einen Zeitungsladen und eine Bäckerei nicht mehr in Betrieb. An der vierten Seite stand ein mehrstöckiger Plattenbau mittlerer Scheußlichkeit, der 1966 bestimmt noch nicht existiert hatte.

Auf einer Parkbank saß ein alter Mann und hielt sein Gesicht in die Sonne. Ich versuchte, mir Anna Svoboda und den großen dunklen Mann vorzustellen, auf einem der Wege, einer der Bänke, aber es gelang mir nicht.

Ich ging hinüber zu dem Plattenbau. Seine Fenster waren dunkel und ohne Gardinen, wie leere Augenhöhlen. Unter den Klingelknöpfen neben der Haustür standen keine Namen mehr, und in den Ecken des Vorplatzes hatte der Wind Haufen von welken Blättern und Zeitungspapier zusammengeweht.

Auf meinem Weg zurück zum Auto kam ich an der Bank vorbei.

»Da stand früher mal 'ne Kirche«, sagte der alte Mann. »Die haben sie weggerissen, um das Ding da hinzustellen. Jetzt steht es leer. Vielleicht reißen sie das jetzt weg und stellen wieder 'ne Kirche hin. Gibt ja wieder mehr Bedarf.«

»Wohnen Sie schon lange hier?«, fragte ich.

Er nickte.

»Seit 71.«

Nicht lange genug, dachte ich.

Er musterte mich.

»Sie sind nicht von hier, oder?«

»Ich komme aus Gradow«, sagte ich.

»Ach so. Ich hätte gedacht, Sie sind von viel weiter her.«

Er schloss wieder die Augen und legte den Kopf zurück, während eine Wolke die Sonne verdunkelte und den Platz mit kaltem grauem Licht überzog.

Ich ging weiter, und einen Moment lang erschien mir alles vollkommen sinnlos, mein ganzes Tun und Treiben, noch dazu an einem Ort, der mein Land war und doch fremd und anders, unter Menschen, die aussahen und sprachen wie ich und für die ich doch fremd und anders war. Und sie für mich.

Die Sonne kam wieder heraus, und während ich nach Gradow zurückfuhr, dachte ich darüber nach, welche Daumenschrauben es für Rita Eisenmenger geben könnte. Sie war tough, aber irgendwelche Daumenschrauben gab es für jeden Menschen.

Vor Hildes Haus parkte der alte Volvo von Dr. Geberg. Er saß bei Viktor in der Küche.

»Na?«, sagte er. »Wie war es bei der Polizei? Gibt es was Neues? Die haben doch die Hütte untersucht.«

Ich schüttelte abwehrend den Kopf. Er schien mich nicht zu verstehen.

»Die Hütte im Wald, Sie wissen schon«, sagte er. »Sie haben sie beinahe auseinandergenommen. Ich habe es ja gesehen. Sie müssen doch was gefunden haben.«

»Welche Hütte?«, fragte Viktor.

Ehe Geberg den Mund wieder auftun konnte, stand ich auf.

»Ich weiß überhaupt nicht, wovon Sie reden.«

»Wo gehst du hin?«, fragte Viktor.

»Ich muss mal telefonieren.«

Ich setzte mich im Wohnzimmer an das Telefontischchen und wählte die Nummer von Frau Eisenmenger.

»Eisenmenger!«

Sie gehörte zu den Menschen, die sich mit Ausrufezeichen melden.

»Anna Wolf«, sagte ich. »Ich war mal bei Ihnen, um Akten für Herrn Svoboda zu holen. Als er im Krankenhaus lag. Erinnern Sie sich?«

»Natürlich erinnere ich mich!«, sagte sie. »Wie geht es Herrn Svoboda? Stehen Sie noch in Kontakt mit ihm?«

»Das kann man wohl sagen«, sagte ich. »Er sitzt nebenan.«

»Ach, wirklich? Na so was.«

Sie klang äußerst pikiert.

»Wie geht's ihm denn?«

»Ganz gut«, sagte ich. »Ich wollte Sie was fragen, Frau Eisenmenger. Sie haben mir doch von den Herrenbesuchen bei Frau Svoboda erzählt ...«

»Ich? Nie im Leben. Wie kommen Sie darauf?«

»Die Männer, die Sie vor Frau Svobodas Wohnungstür gesehen haben ...«

»Ich habe keine Ahnung, wovon Sie reden«, sagte sie. »Ich habe Ihnen nie so was erzählt. Sie haben anscheinend Halluzinationen. Sie sollten sich mal den Kopf untersuchen lassen.«

»Ich werde das in Erwägung ziehen«, sagte ich. »Bis bald.«

»Hoffentlich nicht. Grüßen Sie Herrn Svoboda, wenn Sie ihn sehen sollten.«

Sie legte auf, auch mit Ausrufezeichen.

Ich ging zurück in die Küche. Die beiden stritten über irgendwas. Geberg saß breit und gelassen auf der Bank, Viktor gestikulierte heftig. Sein Gesicht unter dem weißen Haar war gerötet, seine Augen leuchteten blau, und man konnte wieder sehen, was für ein schöner Mann er war, auch wenn er immer noch viel zu dünn war.

Er warf einen Blick auf die Wanduhr und unterbrach sich mitten im Satz. Elf. Zeit für die Gedenkstunde.

»Du liegst ganz falsch, Karl, glaube mir«, sagte er. »Darüber reden wir noch. Ein andermal. Du musst mich jetzt entschuldigen.«

Er brachte Geberg hinaus, aber ich hielt ihn auf, als er in sein Zimmer gehen wollte.

»Tust du mir einen Gefallen, Viktor?«

»Natürlich. Nachher.«

»Nein, jetzt. Bitte. Es geht ganz schnell.«

Er folgte mir widerwillig ins Wohnzimmer.

»Ruf Frau Eisenmenger an und sag ihr …«

»Aber die will ich nicht anrufen. Auf keinen Fall. Warum sollte ich?«

»Bitte. Es ist wichtig. Tu's für mich.«

Er sah mich zweifelnd an.

»Es geht ganz schnell. Du rufst an und sagst, ich hätte dir erzählt, dass wir miteinander telefoniert hätten, und du wolltest dich mal melden. Dann redet sie sowieso. Und du sagst ganz wenig und machst schnell Schluss.«

Die Vorstellung sagte ihm zu, und ich reichte ihm den Hörer und diktierte die Nummer.

Das Gespräch verlief genau so, wie ich es mir vorgestellt hatte. Sie redete, er gab mit dumpfer Stimme einsilbige Antworten und sagte bald, dass er nun aufhören müsse.

Dann passierte das, worauf ich gehofft hatte.

Er reichte mir den Hörer und sagte: »Sie will dich sprechen.«

»Was hat er?«, fragte sie. »Geht es ihm nicht gut?«

»Schlecht geht es ihm. Ganz schlecht.«

»Hat er den Tod seiner Frau noch nicht verarbeitet?«

»Das auch nicht«, sagte ich. »Aber das ist nicht das Problem. Er möchte so gerne nach Hause. Das Schlimmste hat er hinter sich, seine Frau ist begraben, was soll er hier noch? Er braucht seine gewohnte Umgebung. Aber die Polizei lässt ihn nicht. Sie betrachten ihn als Verdächtigen. Als stark Verdächtigen.«

»Aber das ist doch ...«

»Ja. Eben. Deswegen habe ich Sie ja angerufen und nach den Herrenbesuchen bei Frau Svoboda gefragt. Die könnten etwas damit zu tun haben. Wenn wir in der Richtung weiterkämen, würde ihn das entlasten. Dann könnte er wahrscheinlich hier weg.«

Sie brauchte nur einen Augenblick, um zu begreifen und die Kehrtwende zu vollziehen, und sie hielt sich gar nicht erst mit Erklärungen oder Entschuldigungen auf. Ich mochte sie nicht, aber ihre Konsequenz hatte Stil und gefiel mir.

»Ich habe die mehr gehört als gesehen, in unserem Flur ist es ja nicht so besonders hell ...«

»Wie oft?«

»Den Größeren einmal, glaube ich. Doch, da bin ich sicher. Und den Kleineren? Öfter. Zweimal, dreimal.«

»Aha. Einen Größeren und einen Kleineren. Denken Sie nach. Und bleiben Sie dran. Ich lasse Sie einen Moment allein. Ich hole das Tonbandgerät. Wir nehmen Ihre Aussage gleich auf.«

Elisabeth Zierers Begräbnis sollte groß und prächtig werden, hatte ihr Mann entschieden, obwohl er nicht dabei sein würde, weil er noch im Krankenhaus lag.

»Jammerschade«, sagte Anne Meermann, die für die Verköstigung zuständig war. »Nun hat er gar nichts davon. Das wird ein Büfett, sage ich Ihnen. Frag mich nicht, Anne, hat er gesagt, mach. So schön wie möglich. Und groß. Spar bloß nicht.«

»Warum nur? Das verstehe ich nicht«, sagte ich. »Er darf doch raus, im Rollstuhl bestimmt.«

Sie hob die Schultern mit einem Was-begreifen-wir-schon-von-unserem-Nächsten-Gesichtsausdruck.

»Sein Bruder vertritt ihn bei der Beerdigung. Manfred. Der lebt in Sassin. War schon ewig nicht mehr hier. Ist bei der Regierung, an hoher Stelle. Wäre fast mal Minister geworden. Jetzt kommt er her und macht das alles für Gerd. Wurde auch Zeit, dass er mal was für ihn tut. Gerd hat viel für ihn getan.«

Sie schnitt schwungvoll ein Stück Teewurst ab.

»Ist früh von der Schule, hat 'ne Lehre gemacht, gearbeitet und mitgeholfen, dass Manfred studieren konnte. Er war immer wie ein Vater zu ihm, dabei ist er gar nicht so viel älter, ein paar Jahre bloß, aber der Vater ist gefallen, gleich nach Manfreds Geburt, da hat Gerd sich verantwortlich gefühlt für den Kleinen – noch was?«

Ich schüttelte den Kopf.

»Was der heute alles ist, Rechtsanwalt und Politiker und ganz was Großes in Sassin, das verdankt er Gerd, sage ich Ihnen.«

Sie reichte mir die Tüte mit dem Aufschnitt über die Theke.

»Bis dann. Essen Sie nichts. Das wird vielleicht ein Büfett.«

Sie war selten so gesprächig, und ich hätte ihr gerne länger zugehört, aber ich hatte keine Zeit mehr. Ich holte noch ein Kilo Zucker und fuhr nach Hause.

Marion Rogal saß schon in der Küche und rauchte.

»Wo ist Herr Svoboda?«

»Er hat mich gebeten, ihn zu entschuldigen.«

Sie verzog das Gesicht und schnippte die Asche ihrer Zigarette ins Herdloch.

»So hat er sich ausgedrückt.«

Ich sah auf die Uhr.

»Ach so. Gedenkstunde.«

»Gedenkstunde?«

»An seine Frau. Davon lässt er sich nicht abhalten.«

Ich stellte den Aschenbecher auf den Tisch, setzte Teewasser auf, füllte eine Schüssel mit Zucker und schob sie neben den Aschenbecher.

»Was haben Sie mit Frau Eisenmenger gemacht? Sie fließt über vor Kooperationsbereitschaft. Dabei ist sie eigentlich eine von den zähen Zeugen.«

»Ich habe die richtigen Daumenschrauben gefunden. Aber keine, die wehtun. Daumenschrauben der Hoffnung.«

»Die tun manchmal am meisten weh«, sagte sie. »Die Kollegen bei Ihnen zu Hause haben mit ihr geredet und Zeichnungen machen lassen. Zwei Männer, einer schlank und größer, zwischen 1,80 und 1,90, der andere mittelgroß, zwischen 1,70 und 1,80, sportlich-ländlich gekleidet. Der größere im Anzug. Der Kleinere trug eine Baseballmütze. Sie konnte sein Gesicht nicht sehen und weiß auch nichts über seine Haarfarbe. Sie meint aber, er sei eher vom dunklen Typ. Der Größere war blond und hatte ein schmales Gesicht. Alter bei beiden: nicht mehr jung, aber auch nicht alt. Zwischen Ende dreißig und Mitte fünfzig, meint sie. Ungefähr.«

»Das ist doch gar nicht so schlecht«, sagte ich.

»Auch nicht gut. Aber vielleicht gut genug, um sie wiederzuerkennen. Man hat ihr – Sie behalten das für sich, ist das klar?«

Ich nickte.

»Ich habe Filmaufnahmen machen lassen bei der Beerdigung von Frau Svoboda. Von allen Trauergästen. Die hat man Frau Eisenmenger gezeigt. Sie hat sich die Aufnahmen dreimal angesehen, aber niemanden identifizieren können. Auch nicht mit Fragezeichen. Dabei waren eigentlich alle da. Na gut, die beiden müssen ja nichts damit zu tun haben. Wir filmen heute bei Frau Zierers Beerdigung noch mal. Wenn er von hier ist, muss er eigentlich hingehen: Sie war sehr beliebt, ihr Tod ist tragisch, ihr Mann ist Bürgermeister. Und alle sind eingeladen. Da bleibt keiner weg. Hoffentlich.«

Sie wühlte in ihrer Tasche und förderte eine Klarsichthülle zutage.

»Das sind die Zeichnungen. Sie können sich ja auch mal umschauen.«

Ich zog die Blätter aus der Hülle. Ein größerer schlanker Mann im dunklen Anzug mit kurzen blonden Haaren. Ein kleinerer, auch schlank, mit Mütze und einer Art Parka über einem karierten Hemd. Sein Gesicht war nur angedeutet, und das des anderen wirkte schematisch und maskenhaft, wie meist auf Polizeizeichnungen. Ich würde sie bestimmt nicht wiedererkennen, es sei denn, sie zogen sich genauso an wie auf der Zeichnung und tippten mir auf die Schulter und sagten: »Hallo, wir sind's.«

Sie tat eine Riesenmenge Zucker in ihren Tee und zündete sich eine weitere Zigarette an.

»Schön ist es bei Ihnen«, sie sah sich in der Küche um. »Der gemütlichste Ort in diesem Teil des Landes.«

»Was ist mit Ihrer Wohnung?«

»Die ist noch nicht eingerichtet. Ich habe die Umzugskisten noch nicht ausgepackt.«

»Wie lange sind Sie denn schon hier?«

Sie brauchte nicht nachzudenken.

»Ein Jahr und zwei Monate. Fast zweieinhalb.«

»Ist es so schlimm, dass Sie nicht mal auspacken?«

Sie rührte schweigend im Teebecher und sah mich unbewegt an, und ihr unausgesprochenes Ja füllte den Raum. Während sie mich ansah, veränderte sich ihr Gesicht. Sie rührte weiter, mit heftigen Bewegungen, und schleuderte den Löffel auf den Tisch.

»Sie wissen es doch! Warum fragen Sie dann? Das ist zum Beispiel schlimm. Alle wissen es, und alle denken daran, wenn sie mich sehen. Aber glauben Sie, einer spricht mal mit mir darüber? Ich merke, dass sie daran denken, ich spüre, wie sie mich ansehen, so wie Sie eben – aber sie tun, als wäre alles in Ordnung. Als wäre nichts. Das ist schlimm! Das ist nicht auszuhalten!«

Sie drückte die Zigarette aus, hastig und fahrig, und der Stummel qualmte weiter.

»Und dann überlegen sie, warum hat sie gesoffen? Und sie tratschen, und einer kennt einen in Berlin, und dann erzählen sie Geschichten, Scheißgeschichten, und an die denken sie auch, wenn sie mich sehen. Und glauben Sie, einer fragt mich mal, warum? Oder was wirklich war? Bloß nicht, dann könnten sie ja nicht mehr so tun, als wäre nichts! Als wäre alles in Ordnung!«

Sie rieb den qualmenden Stummel im Aschenbecher, griff nach der Zigarettenschachtel, warf sie in ihre Tasche und stand auf.

»Warum?«, fragte ich.

»Ach, Scheiße«, sagte sie und wandte sich zur Tür.

»Bitte«, sagte ich, »warum?«

Sie blieb stehen. Ich sah auf ihren Rücken in dem karierten Jackett.

»Meine Freundin hat mich verlassen. Wir waren über zehn Jahre zusammen. Sie war die Frau meines Lebens. Ich wollte immer mit ihr zusammenbleiben. Das war so klar für mich. Aber sie ist gegangen. Eines Tages, einfach so. Nicht wegen einer anderen, oder weil ich ihr wehgetan habe. Nein, nein. Weil sie nicht mehr mit mir zusammen sein wollte. Weil ich ihr nicht mehr gut genug war. Wahrscheinlich. Sie hat es nicht so gesagt. Aber so war's wohl.«

Sie schwieg und wartete auf Antwort. Ich wusste nicht, was ich sagen sollte.

»Das ist keine Entschuldigung«, sagte sie. »Es gibt keine Entschuldigung.«

Ach ja, dachte ich, diese verdammten Heldensätze: Ich übernehme die Verantwortung, es war allein mein Fehler, es gibt keine Entschuldigung.

»Aber einen Grund gibt es«, sagte ich. »Und das ist doch wohl einer. Was für ein fetter schwarzer Wolf!«

Sie drehte sich um und sah mich misstrauisch an.

»Was?«

Ich erzählte ihr von Jeanettes Bild mit den Wölfen.

»Und als Sie Ihren Wolf in Alkohol ersäufen wollten, haben Sie sich noch mehr Wölfe angeschafft. Jetzt haben Sie ein ganzes Rudel, das Sie anschaut, wenn Sie nachts wach werden. Man wird immer ungefähr um dieselbe Zeit wach: die Stunde der Wölfe. Wenn es sehr schlimm ist, folgen sie einem auch tagsüber, wie Schatten.«

Sie lachte laut. Ich hatte sie noch nie lachen sehen.

»Stimmt«, sagte sie. »Genau so ist es. Und es sind wirklich ziemlich viele. Vor allem nachts.«

Sie lachte weiter, sie konnte nicht damit aufhören, und schließlich war es nur noch ein japsendes Kichern, in dem sich die Spannung entlud, unter der sie stand.

Die Tür öffnete sich, Viktor steckte den Kopf herein und blickte irritiert von ihr zu mir.

»Die Beerdigung«, sagte er. »Kommst du?«

Ich nickte, und er machte die Tür wieder zu.

»Gut, gut«, sagte sie keuchend. »Ich verschwinde schon.«

Sie nahm meinen Kopf in die Hände und küsste mich auf die Wangen und war dann ganz schnell draußen.

Ich holte Jacke und Tasche und folgte ihr.

Viktor stand wartend neben Hildes Wagen, in seinem schwarzen Mantel, den breitkrempigen schwarzen Hut in der Hand, das Gesicht unter dem weißen Haar blass und leer, wie meist seit Anna Svobodas Tod.

8

Während der Beerdigung begann es zu regnen. Die Kränze und Sträuße welkten unter dem eisigen Nass, die Trauergäste zogen ihre Mäntel enger um sich, und es war, als solle die Hoffnungslosigkeit, die Elisabeth Zierers Tod bestimmt hatte, auch über ihr Begräbnis verfügen.

Aber im Gemeindesaal war es warm und trocken, und Anne Meermann hatte ihr Bestes getan, um den diskreten sozialistischen Charme, der hier überlebt hatte, durch Dekoration zu vertreiben. Blumen bedeckten und verzierten alles, was man damit bedecken und verzieren konnte, das bleiche Glas der Kugellampen war mit gelbem Krepp umwickelt, und an der Stirnseite des Saales gab es ein Rednerpult und ein großes Foto von Elisabeth, von üppigen Blumensträußen umwuchert.

Manfred Zierer stand mit gefalteten Händen daneben. Er war ein schlanker Mann mit kurzem grauem Haar und einem schmalen Gesicht, das nicht so schön war wie das seines Bruders, aber eindrucksvoll mit der geraden Nase und den kräftigen Augenbrauen. Er wartete geduldig, bis alle saßen, trat hinter das Pult und hielt die Totenrede.

Er sprach mit der Geläufigkeit des Politikers und hatte eine angenehme Stimme, aber was berührte, war, wie er von Elisabeth und ihrem Leben mit seinem Bruder erzählte, und wie er, indem er dies tat, beschrieb, wie sie gewesen war. Es wurde still im Saal, kein Wort, kein Husten oder Räuspern war zu hören, nicht mal ein Schluchzen, obwohl viele Frauen weinten.

»Und nun, meine lieben Freunde«, sagte er, »lassen Sie uns trotz des großen Schmerzes ein Fest feiern, ein Fest der Liebe zu Elisabeth. Das wünscht sich mein Bruder, und den Wunsch, meine ich, können wir ihm erfüllen.«

Stille folgte und ein Moment des Innehaltens, dann machte Erleichterung sich breit, Stühle wurden gerückt, Kuchenplatten und Kaffeekannen herumgetragen, und am Büfett bildete sich eine Schlange.

Ich saß mit Viktor und Dr. Geberg an einem der kleineren Tische und aß Streuselkuchen. Viktor trank Kaffee, und Geberg rauchte einen seiner scheußlich riechenden Zigarillos und sah sich im Saal um und wartete darauf, dass die Schlange am Büfett kürzer wurde, damit er sich etwas Gehaltvolleres holen konnte als Kuchen.

»Alle da«, sagte er. »Keiner fehlt. Bloß die paar, die zu krank sind, um zu kommen. Und Stefanie Schierke. Die kriegt gerade ihr Kind.«

Ich sah zu Martinek hinüber. Er saß am Tisch von Manfred Zierer, zusammen mit seiner Frau und seinen Töchtern. Dora, die ältere mit den dunklen Haaren, lauschte auf sein Gespräch mit Zierer, und Jeanette stopfte sich mit Kuchen voll, als wäre sie am Verhungern, während ihre Beine unter dem Tisch in ständiger Bewegung waren.

»Eine nette Familie, nicht?«, sagte Dr. Geberg.

Ich zuckte zusammen.

»O ja.«

»Wird Zeit, dass die beiden wieder zusammenkommen«, sagte er. »Schon der Kinder wegen. Das darf man keinem Kind antun, dass es ohne seinen Vater aufwächst.«

Ich nickte mechanisch.

»Das ist fast so was wie ein Verbrechen. Müsste bestraft werden. Finden Sie nicht?«

»Aber nein«, sagte ich. »Wie sollte das gehen?«

Er lachte verlegen.

»Sie haben recht. Manchmal geht es mit mir durch. Dann rede ich Unsinn.«

Er stand auf.

»Die Fleischtöpfe Ägyptens sind jetzt zugänglicher, scheint mir. Ich werde mich mal versorgen.«

Ich folgte ihm und machte eine Runde durch den Saal.

Es gab viele Männer, die groß, schlank, blond waren, und es gab auch viele mittelgroße und kräftige vom dunklen Typ – Martinek zum Beispiel. Heute trugen alle dunkle Anzüge, aber wenn sie nicht zu einer Beerdigung gingen, waren die meisten hier sportlich-ländlich gekleidet – Martinek zum Beispiel.

Es war sinnlos. Vielleicht würde Frau Eisenmenger bei irgendjemandem eine Ähnlichkeit erkennen. Vielleicht hatten die beiden Männer gar nichts mit der Sache zu tun. Vielleicht waren sie Staubsaugervertreter. Vielleicht hatte Anna Svoboda einen Staubsauger kaufen wollen.

»Essen Sie was«, sagte Dr. Geberg, als ich mich wieder setzte, und wies auf einen großen Teller mit Aufschnitt. »Ich habe für uns alle mitgebracht.«

Er winkte der Kellnerin.

»Wollen Sie ein Bier? Oder Wein?«

Manfred Zierer trat an den Tisch.

»Frau Wolf? Guten Abend«, sagte er mit seiner angenehmen Stimme. »Karl? Herr Svoboda? Ich setze mich einen Moment dazu, wenn es euch recht ist.«

Er zog einen Stuhl heran, bestellte die Getränke und reichte Viktor über den Tisch hinweg die Hand.

»Mein Beileid. Ihr Verlust ist so groß. Dafür kann man gar keine Worte finden. Ich wüsste jedenfalls nicht, welche.«

Er wandte sich zu mir.

»Ich freue mich, Sie kennenzulernen. Ich habe schon viel von Ihnen gehört.«

»Ich freue mich auch«, sagte ich unwillkürlich.

Er hatte die Fähigkeit, Floskeln so zu gebrauchen, dass man den Eindruck hatte, es seien keine, sondern der Ausdruck eines tiefen Gefühls.

»Und du, Karl? Wie geht es dir? Was macht die Praxis? Bist du noch aktiv?«

»Und ob«, sagte Geberg. »Von den jungen Kollegen will ja keiner her.«

»Wie geht es Ihrem Bruder?«, fragte ich.

Sein Gesicht verlor etwas von der glatten Liebenswürdigkeit.

»Nicht gut. Gar nicht gut«, sagte er. »Er kommt nicht richtig auf die Beine. Er müsste längst wieder zu Hause sein. Aber er ist nicht mehr der Jüngste, und nun der Tod von Elisabeth – es nimmt ihm den Lebensmut.«

»Natürlich«, sagte Viktor. »Das ist doch klar. Sie war ein feines Mädchen. Meine Frau hatte sie auch so gerne.«

Manfred Zierer stand wieder auf.

»Danke, dass ihr gekommen seid. Ich hoffe, ihr bleibt noch. Und alles Gute!«

Er winkte uns zu und ging zum nächsten Tisch.

»Ist mir gar nicht aufgefallen, dass Gerd Elisabeth so geliebt hat«, sagte Geberg. »Der war doch fast nie zu Hause. Viel gearbeitet und ständig unterwegs und abends stundenlang Karten gespielt. Weiß ich doch, ich war ja dabei.«

»Das kannst du nicht sagen, Karl«, protestierte Viktor. »Natürlich hat er sie geliebt. Das zeigt nicht jeder so. Du warst nie verheiratet, du weißt nicht, wie das ist.«

»Wer seine Frau liebt, der will mit ihr zusammen sein. Und der zeigt es auch!«

Ein Streit entspann sich zwischen den beiden alten Männern, und ich hörte nicht mehr hin und trank vom meinem Wein und sah in den Saal.

Es war sehr warm geworden, Schwaden von Zigarren- und Zigarettenrauch lagerten zwischen den gelben Lampen, und das Durcheinander von Reden und Lachen hatte den Geräuschpegel der Behaglichkeit. Eine Stimmung von Leichtigkeit, beinahe Fröhlichkeit herrschte, wie oft bei Begräbnisfeiern, nicht weil man den Toten nicht geliebt hätte oder seinen Tod feierte, sondern weil man nach dem Schrecken und dem Schmerz erst mal aufatmete, mithilfe der anderen und des Alkohols.

Als wäre es vorbei, dachte ich. Aber mit der Beerdigung ist es nie vorbei, und hier schon gar nicht, denn irgendwo hier sitzt der und trinkt und redet und lacht, der an Elisabeth Zierers Tod schuld ist, weil er Anna Svoboda umgebracht hat und Brigitte Köhler und Peter Gentz und Heinrich, den Wirt.

Der Tisch, an dem Martinek mit seiner Familie gesessen hatte, war leer. Wahrscheinlich brachte er die Kinder ins Bett. Ich sah auf die Uhr. Danach würde es zu spät sein, um noch ins Amt zu gehen. Er war sicher bald zu Hause.

Jemand streifte meine Schulter, stellte ein Glas Bier auf den Tisch und setzte sich neben mich.

»Jan!«, sagte Geberg. »Du kommst gerade recht! Wenn man eine Frau liebt, dann will man doch immer mit ihr zusammen sein, oder? Und der ganzen Welt zeigen, dass man sie liebt! Denkst du nicht auch?«

Er war mittlerweile ziemlich beschwipst, und sein Gesicht zwischen den fettigen grauen Haaren und dem wuchernden Bart war bläulich-rot angelaufen.

»Hallo«, sagte Jan leise und berührte unter dem Tisch meine Hand.

»Ich denke«, sagte Viktor und hob den Zeigefinger, »dass Liebe so verschieden ist wie die Menschen, die lieben. Da gilt nicht für alle dasselbe! Liebe ist kein physikalisches Gesetz!«

Er war auch nicht mehr nüchtern.

Jans Finger strichen über die Innenfläche meiner Hand.

»Wie kommt ihr denn darauf?«

»Nicht ablenken!«, rief Geberg. »Antworten!«

Eine Kellnerin kam heran, winkte jemandem, wies auf unseren Tisch und rief: »Hier! Hier sitzt Frau Wolf! Da ist ein Herr für Sie, Frau Wolf«, sagte sie und ging weiter.

Ich sah hoch. Es war Andreas. Von seiner Jacke perlte der Regen, sein Haar war nass und sein Gesicht starr vor Erschöpfung.

»Da bist du also«, sagte er. »Habe ich dich endlich gefunden.«

Er blickte in die Runde und machte eine ironische Verbeugung.

»Darf ich mich vorstellen? Andreas Moratt. Ich lebe mit ihr. Normalerweise. Wenn sie sich nicht gerade entschließt, woanders zu leben.«

Ich wollte aufstehen.

»Bleib sitzen«, sagte er. »Ich will deine Lustbarkeiten nicht stören. Ist hier noch frei?«

Er wies auf den Stuhl zwischen Jan und Geberg, setzte sich, ohne eine Antwort abzuwarten, und sah zu Viktor.

»Sie sind sicher Viktor. Entschuldigung, Herr Svoboda. Sie nennt Sie immer Viktor. Ich habe schon so viel von Ihnen gehört. Stimmt sogar mal, der dumme Spruch. Ich höre wirklich viel von Ihnen.«

Er wandte sich zu Geberg.

»Und Sie? Wer sind Sie?«

Geberg nickte ruckartig: »Geberg.«

»O ja, Dr. Geberg. Von Ihnen habe ich auch viel gehört. Sie haben sie behandelt, als sie krank war. Sie hätten sie nach Hause schicken sollen. Das wäre das Gesündeste gewesen.«

Ich sagte: »Andreas, bitte ...«

»Und Sie?«, sagte er zu Jan. »Von Ihnen habe ich noch gar nichts gehört, glaube ich. In welcher Beziehung stehen Sie zu Anna?«

»Ich bin Jan Martinek«, sagte Jan. »In keiner.«

»Ach tatsächlich? Da sitzen Sie scheinbar so vertraut neben ihr, in Wirklichkeit aber ganz und gar beziehungslos? Wie geht das? Das müssen Sie mir erklären.«

Jan lachte.

»Hören Sie mal, junger Mann«, sagte Geberg. »Darüber können Sie morgen mit ihm reden. Sie sind völlig am Ende. Sie müssen ins Bett und ausschlafen und zu sich kommen. Kümmern Sie sich um ihn, Frau Wolf! Der fällt ja gleich um.«

»Ja«, sagte Andreas. »Kümmere dich um ihn, Frau Wolf.« Er schob polternd den Stuhl zurück und stand schwankend auf. »Er fällt wirklich gleich um.«

Ich machte das Bett im Dachzimmer für uns, und in der ersten Nacht schlief er tief und regungslos in meinem Arm, während ich nur hin und wieder einnickte. Er war dünner geworden, und seine Muskeln waren nicht mehr so kräftig wie früher.

Er hatte drei Tage Zeit. Er hatte seiner Sekretärin gesagt, sie solle alle Termine bis Freitagabend absagen, hatte, weil der Flug nach Weeritz nur zweimal die Woche ging, den Zug nach Berlin genommen, einen Wagen geliehen und war nach Gradow gefahren. Sonntagnachmittag musste er wieder zurück, denn die Gerichtsverhandlung am Montag konnte er nicht absagen.

In der zweiten und dritten Nacht schliefen wir miteinander, und es war so gut wie immer, mit ihm zu schlafen, seinen schmalen Körper zu spüren, seine ausgedehnten Küsse, sein Glied in mir, seine sanften festen Stöße, und sein leises Seufzen zu hören, wenn er kam.

An den Tagen taten wir, als wäre nichts, suchten am Strand nach Muscheln und Steinen und fuhren nach Weeritz mit seinem blauen Hafen und roten Dom, nach Karputh und Wusternhagen. Wenn wir abends zurückkamen, hatte Viktor gekocht, und nach dem Essen saßen wir zusammen und tranken Wein oder das gute ostdeutsche Bier.

Sonntagmorgen zeigte ich ihm den Wald am Meer. Wir stellten den Wagen ab und gingen am Strand entlang, bis wir zur Sandstraße und zum Tor kamen und durch die Kathedrale aus silbernen Buchen und endlich in den Urwald mit den Riesenbäumen und Kletterpflanzen und den gefallenen Stämmen mit ihren gewaltigen Wurzeln.

»Schön«, sagte er. »Schön ist das. Wir müssen wieder herkommen. Im Sommer vielleicht?«

Er drehte sich um und sah mich an. Etwas wie eine Bitte lag in seinem Blick.

Ich legte mein Gesicht an seine Schulter. Er legte seine Arme um meinen Rücken.

»Ich muss dir was sagen. Ich ... kann nicht mitfahren. Ich muss hierbleiben.«

»Wie lange?«

»Ich weiß es nicht.«

Er ließ mich los und trat zurück.

»Ist es wegen ihm?«

»Ja«, sagte ich.

»Ist er besser als ich?«

»Wie meinst du das? Im Bett?«

»Zum Beispiel. Und überall sonst.«

Darüber hatte ich noch nicht nachgedacht. Ich tat es nun. Er wandte sich ab und betrachtete die Bäume und Kletterpflanzen und das Laub auf dem Boden.

»Nein«, sagte ich. »Weder im Bett noch sonst.«

»Warum dann?«, fragte er.

»Ich weiß es nicht. Ich muss ihn sehen. Und ich kann nicht weg von ihm.«

Er wandte mir wieder sein Gesicht zu. Es war ruhig und unbewegt.

»Liebst du mich?«

»Ja.«

»Und ihn?«

»Ich weiß es nicht.«

Das war nicht wahr. Ich liebte Martinek auch. Jedenfalls kam es mir so vor. Ich war mir nicht sicher, ob ich überhaupt noch wusste, was Liebe war.

Er sah mich eine Weile an. Dann streckte er die Hand aus.

»Lass uns zurückgehen. Ich fahre jetzt gleich.«

Ich nahm seine Hand, und wir gingen zum Wagen und fuhren zurück, und er packte seine Sachen und sagte Viktor Auf Wiedersehen und warf die Reisetasche auf den Rücksitz und setzte sich hinters Steuer.

Ich ging neben ihm in die Hocke, legte die Hände auf sein Gesicht und küsste ihn.

»Pass gut auf dich auf. Dass dir nichts passiert.«

»Du auch«, sagte er. »Steh auf. Lass mich die Tür zumachen.«

Er blickte sich nicht mehr um, sondern fuhr mit hoher Geschwindigkeit über den Kiesweg zur Straße.

Ich rannte zum Tor und sah ihm nach, solange ich das Auto sehen konnte. Tränen saßen hinter meinen Augen und in meiner Kehle. Ich wünschte, ich könnte mitfahren, dachte ich, aber ich kann nicht. Ich kann einfach nicht.

»Was heißt hier nicht können«, sagte meine Mutter in solchen Fällen. »Nicht können ist nicht wollen. Was man will, das kann man auch. Und das Richtige tun kann man immer.«

Stimmt nicht, dachte ich. Manchmal kann man es nicht.

Viktor stand unter dem Verandadach und sah mich an, wie er mich die ganzen letzten Tage angesehen hatte, wachsam und besorgt.

Ich ging an ihm vorbei und holte meine Jacke.

»Wo gehst du hin?«, fragte er.

»Spazieren«, sagte ich. »Warte nicht auf mich. Vor heute Abend bin ich bestimmt nicht zurück.«

Ich saß neben Marion Rogal in einem kleinen Filmvorführraum im Polizeipräsidium. Sie duftete nach Parfüm, und sein Geruch war im Halbdunkel noch stärker wahrnehmbar als vorhin im Hellen. Es roch gut, nach Holz und herber Süße, aber es irritierte mich. Sie hatte noch nie nach Parfüm gerochen. Irgendwie passte es nicht zu ihr.

Auf der Leinwand zogen die Gesichter der Trauergäste bei Elisabeths Begräbnis vorbei, erst beim Betreten und Verlassen des Friedhofs, dann in der Eingangshalle des Gemeindesaales.

»Ich habe den Film rübergeschickt zu den Kollegen bei Ihnen zu Hause. Frau Eisenmenger hat ihr Bestes getan«, sagte Marion Rogal. »Aber sie hat keinen erkannt. Beim besten Willen nicht.«

Sie schwieg, und wir sahen weiter auf die Bilder. Manfred Zierer kam als einer der Letzten in den Saal, neben Martinek und seiner Frau, und Zierer und Martinek unterhielten sich lebhaft miteinander. Martineks Frau war zart und zierlich und sehr hübsch.

Der Film war zu Ende, das Licht ging an. Sie nahm die Kassette aus dem Gerät und hatte es eilig, in ihr Büro zu kommen und auf dem Schreibtisch nach Zigarettenschachtel und Feuerzeug zu suchen.

Sie atmete erleichtert den Rauch aus, ließ sich in den Drehsessel fallen und wandte sich dem Computer zu.

»Ich habe noch mal alles zusammengestellt, was wir haben: Hinweise auf Personen, die in Zusammenhang stehen könnten mit Verschwinden/Tod von Frau Anna Svoboda«, las sie vom Schirm ab.

»Erstens: zwei männliche Personen zwischen Mitte dreißig und Mitte fünfzig, die in der Zeit vor Frau Svobodas Verschwinden am 3. Mai diesen Jahres vor ihrer Wohnungstür gesehen wurden. Beschreibung bekannt. Zeugin Rita Eisenmenger, Nachbarin. Beobachtet durch den Spion ihrer Wohnungstür. Zu folgenden Zeitpunkten: den Größeren einmal, etwa Anfang März diesen Jahres. Den Kleineren vermutlich dreimal, einmal Ende März und zweimal im Lauf des April.«

Sie blickte, den Aschenbecher suchend, um sich.

»Zweitens: eine männliche Person Mitte zwanzig, die im Frühjahr 1967 zusammen mit Frau Svoboda in einem Park in Weeritz gesehen wurde. Beschreibung bekannt. Zeugin Gerti Müller, Arbeitskollegin, verstorben. Zeugin Brigitte Köhler, Arbeitskollegin, verstorben. Aus dem Verhalten von Frau Svoboda wurde geschlossen, dass dieser Mann ihr Geliebter war. Der Schluss erscheint logisch. Außerdem könnte er ihr Führungsoffizier beim MfS gewesen sein. Zeuge Heinz Schwend, damals Verlobter von Hilde Seifert, der besten Freundin von Frau Svoboda. Frau Seifert ist auch verstorben ...«

Sie sah genauer auf den Bildschirm.

»Und was steht hier? Zauberkünstler Ausrufezeichen, Frau Wolf fragen. Ach so. Was war mit diesem Zauberkünstler? Darüber stand etwas in Ihrem Bericht, was ich nicht verstanden habe.«

»Er sah aus wie der Mann in Weeritz«, sagte ich. »Zum Verwechseln ähnlich, hat Gerti Müller gesagt. Es war ein Zauberer, der jeden Sommer kam, wenn Jahrmarkt war. In den dreißiger, vierziger Jahren, als sie Kinder waren. Er muss faszinierend gewesen sein. Frau Köhler war immer noch ganz verklärt, als sie von ihm erzählte.«

»Aha.« Sie sah wieder auf den Schirm. »Drittens: eine männliche Person unbekannten Alters, die im Sommer 1967 in der Morgendämmerung mit Frau Svoboda in ihrem Garten gesehen wurde. Es gibt keine Beschreibung. Beobachtet vom Nachbargarten aus. Zeugin Elisabeth Zierer, damals sechzehn Jahre alt, seit Kurzem verstorben. Man kann mit Sicherheit annehmen, dass es sich bei diesem Mann ebenfalls um den Geliebten von Frau Svoboda handelt. So. Das ist alles.«

Sie stand auf.

»Ich hole uns was zu trinken. Draußen im Flur steht ein Automat. Kaffee oder Cola? Limo und Mineralwasser sind gerade aus.«

Cola ist mörderisch.

»Kaffee, bitte.«

Während sie draußen war, betrachtete ich das Zimmer. Es quoll über von Akten, Büchern und Papieren, aber die Wände waren leer. Nur über dem Schreibtisch hing ein Kalender und daneben das gerahmte Foto eines Hundes. Er lag mit überkreuzten Pfoten auf einem roten Teppich, sein Fell war hell und lockig, und seine schwarzen Augen blickten so interessiert und aufmerksam, als würde er gleich das Maul auftun und einen Kommentar abgeben zu dem, was hier geschah. Oder mich fragen, wie es mir ging.

Sie kam wieder herein und stellte zwei Pappbecher auf den Tisch.

»Ein netter Hund«, sagte ich. »Ihrer?«

Sie schüttelte den Kopf, und in ihrem Gesicht tauchte für einen Moment ein heftiger Schmerz auf.

»Ich sollte das nicht hier hängen haben«, sagte sie, »ich weiß. Aber ...«

Sie sah auf das Bild und lächelte wie jemand, der an ein verlorenes Paradies denkt.

»Er heißt Kashgar. Schöner Name, nicht? Den habe ich ausgesucht. So heißt eine Stadt an der Seidenstraße. Da waren wir, als er geboren wurde.«

Der verklärte Ausdruck in ihrem Gesicht erinnerte mich an etwas. Ich trank von dem Kaffee, er war ätzend und bitter, und in dem kleinen Raum war die Luft so schlecht, dass mir übel wurde. Ich stand auf und kippte das Fenster, und dabei fiel es mir ein: Brigitte Köhler, wie sie vom Zauberkünstler erzählt hatte.

»Der Zauberkünstler!«, sagte ich. »Er sah genauso aus wie der Mann aus Weeritz. Wenn wir ein Foto von ihm hätten, hätten wir ein Bild von dem Geliebten von Frau Svoboda! So wie er damals ausgesehen hat. Daraus ließe sich konstruieren, wie er heute aussieht. Wir wissen, wann und wo dieser Zauberer aufgetreten ist, wir müssten doch seinen Namen rausfinden können. Im Rathaus in alten Akten, bei Künstleragenturen ... Und die alten Leute, die ihn damals gesehen haben, als sie Kinder waren, von denen weiß vielleicht auch einer, wer er ist. Verstehen Sie?«

»Schon«, sagte sie. »Nur, ob's was bringt? Aber gut, ich lasse es recherchieren. Mal sehen, was dabei rauskommt.«

Sie zündete sich eine Zigarette an.

»Stört Sie der Rauch? Wir können das Fenster auch ganz aufmachen.«

»Nicht nötig«, sagte ich. »Ich muss sowieso gehen.«

Sie sah auf die Uhr.

»Ich auch. Wollen wir noch irgendwo was trinken?«

»Eigentlich gern. Sehr gerne. Aber es ist schon spät. Und bis ich in Gradow bin ...«

Nebel kam vom Meer, während ich zurückfuhr, und legte sich schwer auf die Straße. Ich fuhr mitten hinein und wurde immer langsamer, und als ich den Wagen neben Hildes Haus abstellte, war es nach zwei. Viktors Fenster war dunkel, und ich schloss leise die Autotür und machte mich auf den Weg zu Jans Haus.

Auch hier lag dichter Nebel, der wie mit feuchten Fingern meine Haut und mein Haar berührte. Während ich durch die Felder ging, schimmerten noch die gelben Monde der Straßenbeleuchtung in der weißlichen Ferne, aber als ich in das Sträßchen am Friedhof einbog, wurde es grau um mich herum, und wäre ich den Weg nicht schon so oft gegangen, ich hätte ihn nicht mehr gefunden.

Es war ganz still, denn es wehte kein Wind, und der Nebel schluckte jeden Laut, das Motorengeräusch der Autos drüben auf der Straße, das Meeresrauschen in der Ferne, das Huschen der Tiere und Knacken der Äste. Es war, als wäre ich allein auf der Welt.

Dann war plötzlich doch jemand da, erschreckend laut, jemand, der sich hinter mir herbewegte. Ich hatte schon manchmal das Gefühl gehabt, dass mir nachts jemand folgte, aber ich hatte es nicht ernst genommen – wer sollte das sein? Anna Svobodas Geist?

Diesmal war es kein Geist und nicht nur ein Gefühl, und es war auch kein großes Tier, sondern ein Mensch, der hinter mir herging, mit sicheren Schritten, einer, der den Weg noch viel besser kannte als ich.

Ich blieb stehen.

»Ist da jemand?«, fragte ich in den Nebel hinein.

Es kam keine Antwort, aber es war auch sonst nichts zu hören. Vielleicht hatte ich es mir doch eingebildet.

Als ich mich wieder bewegte, waren auch die Schritte wieder da.

»Wer sind Sie denn? Sagen Sie doch was!«, rief ich.

Wieder Stille.

Ich ging weiter und versuchte, meine Furcht zu beherrschen, damit ich nicht laut schrie, und das Dröhnen meines Herzens und das Rauschen in meinem Kopf nicht zu beachten und schnell und ruhig meine Schritte zu setzen.

Aber die Person hinter mir ging so schnell und ruhig wie ich und war mir ganz nahe, und ich meinte, ihre Finger an meinem Rücken zu spüren, und hörte ihren Atem.

Ich fing an zu rennen und hörte mich schreien, so laut, wie ich nicht geglaubt hätte, schreien zu können, und rannte immer schneller, bis jemand nach mir griff und mich festhielt und in mein Ohr sagte: »Anna! Anna! Ich bin es doch. Jan.«

Er brachte mich hinein, setzte sich mit mir aufs Sofa, legte den Arm um mich und reichte mir seinen Teebecher.

»Und?«, fragte er, während ich trank. »Was war denn?«

»Jemand ist hinter mir hergelaufen. Ganz nah. Er hat mich angefasst. Ich konnte ihn atmen hören. Es war schrecklich!«

Er umfasste mich fester, strich mir über den Kopf und machte beruhigende Geräusche, als wäre ich ein kleines Mädchen, das schlecht geträumt hatte.

»Glaubst du mir nicht?«

»Doch, doch«, sagte er. »Aber wer sollte so was tun?«

Du glaubst mir doch, Papa, dachte ich, dass Gespenster unter meinem Bett sind – natürlich glaube ich dir, mein Liebes, aber wie sollen denn Gespenster unter dein Bett kommen?

»Du glaubst mir nicht.«

Er sah auf die Uhr.

»Es ist Viertel vor drei. Du bist nach Weeritz gefahren, hast stundenlang bei dieser Kommissarin gesessen, bist stundenlang durch den Nebel zurückgefahren und den ganzen Weg durch den Nebel herübergekommen – du bist schlicht todmüde. Und überreizt.«

»Kann sein«, sagte ich. »Aber deswegen bilde ich mir so was nicht ein.«

»Doch«, sagte er. »Das tut man, wenn man todmüde und überreizt ist.«

Ich machte mich von ihm los und setzte mich auf.

»Ich habe schon öfter das Gefühl gehabt, das jemand hinter mir hergeht, wenn ich zu dir komme. Sobald ich am Friedhof vorbei bin. Aber es waren immer so viele andere Geräusche da, darum war ich mir nicht sicher. Jetzt bin ich mir sicher.«

»Und? Wer ist das? Wer läuft nachts hinter dir her?«

»Ich weiß es nicht.«

»Ein Verrückter? Unser allseits gesuchter Mehrfach-Mörder? Der Geist von Anna Svoboda? Oder Brigittes? Oder Elisabeths? Vielleicht laufen sie ja alle hinter dir her!«

»Warum bist du so wütend?«, fragte ich. »Warum schreist du mich an?«

Er beugte den Kopf, fuhr sich mit den Händen durchs Haar, ließ die Hände sinken und schwieg. Dann seufzte er und blickte hoch.

»Du solltest nicht mehr kommen. Das hier sollte ein Ende haben.«

Ich stand auf und zog meine Jacke an.

»Wenn du das willst, dann gehe ich.«

»Verdammt noch mal, Anna. Hör auf mit dem Scheiß. Ich lass dich doch jetzt nicht gehen.«

Ich ging zur Tür.

Er sprang auf und griff nach meinem Arm. Ich machte mich los und schlug nach ihm, und er packte mich und hielt mich fest. Wir fielen auf den Boden, und er drückte mich nieder und stemmte das Knie zwischen meine Beine.

Er beugte sich hinunter und küsste mich.

Ich drehte den Kopf weg und kniff die Lippen zusammen.

Er legte sich auf mich, presste die Ellenbogen auf meine Arme und hielt meinen Kopf mit den Händen und zwang seine Zunge in meinen Mund.

Ich biss zu.

Er fuhr zurück, und Blut tropfte mir ins Gesicht. Er drückte seine Hände so fest gegen meinen Kopf, dass es schmerzte.

»Wehr dich nicht«, sagte er. »Sonst tue ich dir weh.«

Er küsste mich, immer wieder, und erst, als ich meinen Mund weit öffnete und es zuließ, dass das Blut aus seiner Lippe meine Kehle hinunterrann, lockerte er den Griff um meinen Kopf.

Er küsste mich, bis meine Lippen geschwollen waren und brannten, dann legte er die eine Hand um meinen Hals und öffnete mit der anderen meine Hose und zerrte sie hinunter. Ich hörte das Geräusch seines Reißverschlusses, und er drang so hart in mich ein, dass ich schrie, obwohl meine Höhle nass und offen war.

Er bewegte sich in mir und sah mir in die Augen dabei, und wenn ich meine schloss, drückte er mit den Händen gegen meinen Kopf, bis ich sie wieder öffnete. Es gab nichts außer seinen Augen, dem Druck seiner Hände und seinem Glied in mir, und ich schwamm in einem schweren schwarzen See aus Lust, auf dessen Grund ich gezogen wurde, als er kam.

Er ließ mich los und legte die Stirn auf meine Schulter. Ich hob meine Arme vom Boden, die taub und schwer waren.

»Geh nicht«, murmelte er.

Das Blut schoss in meine Arme zurück und brachte Schmerz. Ich bewegte vorsichtig die Finger.

»Bleib. Bitte bleib. Ich will bloß nicht, dass du gehst.«

»Ich bin ja da«, sagte ich und legte die Hände auf seinen Rücken.

Das schwimmbadgrüne Auto fuhr über den Kiesweg und hielt vor der Veranda. Sie stieg aus, rauchte ihre Zigarette zu Ende, wollte den Stummel wegwerfen, überlegte es sich anders, trat ihn aus und begrub ihn sorgsam im Kies.

Ihre Jeans steckten in braunen Stiefeln, und sie trug eine gegürtete türkisfarbene Strickjacke. Sie blickte hoch, sah mich am Fenster und winkte.

Ich ging hinaus.

»Hallo, hallo. Gut, dass Sie da sind ... Tee?«, fragte sie.

»Nur, wenn Sie ihn mit Viktor und Dr. Geberg trinken wollen. Die sitzen in der Küche.«

Sie schüttelte den Kopf.

»Kommen Sie hier rein«, sagte ich und öffnete die Wohnzimmertür.

Sie ließ sich aufs Sofa fallen und sah sich kurz um, dann fing sie wie immer an, in ihrer Tasche zu wühlen.

»Fehlanzeige«, sagte sie. »Der Zauberkünstler. Über den Mann gibt es nichts. Die Leute, die bei so kleinen Jahrmärkten auftraten, wurden nicht registriert, und bei den Künstleragenturen haben wir auch niemanden gefunden, auf den das passt, was wir von ihm wissen. Es gab früher viele italienische Artisten und Musikanten, die durch Europa reisten, vor allem durch Deutschland. Vielleicht war er so einer.«

Sie schlug eine Mappe auf, die sie aus der Tasche gegraben hatte, und klopfte mit dem Finger auf eine Liste.

»Die alten Leute, die ihn vielleicht kennen. Ich habe mit ein paar von ihnen telefoniert, aber das läuft so nicht. Sie hören schlecht oder sind misstrauisch oder begreifen gar nicht, was man will. Man muss persönlich mit ihnen reden. Das ist zeitaufwendig, und vermutlich bringt das Ganze sowieso nichts, und darum: Machen Sie das? Es sind nicht viele. Die meisten kennen Sie wahrscheinlich.«

Ich kannte die meisten, und sie waren überhaupt nicht misstrauisch, wenn ich vor der Tür stand, sondern gerne bereit, mich hereinzubitten, mit Tee und Kuchen zu bewirten, in ihrem Gedächtnis zu graben und mir viel mehr zu erzählen, als ich wissen wollte.

»Der Zauberkünstler?«, sagte Frau Grabowski und streichelte die Katze, die neben ihr auf dem Sofa saß und mich kühl musterte. »Doch ja, ich erinnere mich. An den Jahrmarkt erinnere ich mich ganz genau. Der war immer auf der großen Wiese, da, wo Gierow jetzt seine Tankstelle hat. Es gab ein Kettenkarussell und ein Kinderkarussell und eine Schießbude und Zuckerstangen. Rot-weiß geringelte Zuckerstangen! Und Liebesperlen! Und einen Eiswagen ...«

»Und der Zauberkünstler?«, fragte ich.

»Ach ja. Da waren ein paar Bänke aufgestellt, für die Zuschauer. Gleich neben den Schiffschaukeln. Das hat mir gefallen, so durch die Luft zu fliegen ...«

»Und der Zauberkünstler?«

»Er trug einen Zylinder und einen schwarzen Frack ...«

»Wie sah er aus? Ich meine sein Gesicht. Können Sie sich daran erinnern?«

»Ach nein!«, sagte sie. »Nach so langer Zeit! Und ich habe ja auch nicht in sein Gesicht gesehen, sondern auf seine Hände!«

»Wissen Sie vielleicht seinen Namen?«

»Er hieß immer nur ›der Zauberkünstler‹. Seinen Namen weiß ich nicht. Jedenfalls erinnere ich mich nicht daran. Mein Gedächtnis ist nicht mehr so gut, wissen Sie.«

Dafür, dass sie bald neunzig wurde, war ihr Gedächtnis hervorragend, aber ich hakte die ganz alten Leute ab und versuchte es lieber gleich mit den Jüngsten auf der Liste, mit denen, die damals Kinder gewesen waren und heute Anfang siebzig.

Sie erinnerten sich alle an den Zauberkünstler, an seinen Frack, den Zylinder, seine großartigen Zauberkunststücke. Manche wussten auch noch, dass er gehinkt hatte, und konnten sein Gesicht beschreiben. Aber keiner kannte seinen Namen oder seine Herkunft oder hatte ihn nach dem Krieg wiedergesehen.

Es wäre auch ein Wunder gewesen, dachte ich, als ich abends noch nach Wusternhagen fuhr. Mir war übel vom Kuchen und den vielen Worten. Ich hatte mir Heinz Schwend für den Schluss aufgehoben, weil er nicht mehr sprach als nötig und ich ihn um einen Schnaps bitten konnte. Gegen die Übelkeit. Und überhaupt.

Er bat mich in sein Wohnzimmer, das sauber und ordentlich im kalten Licht der Deckenleuchte lag, wies auf einen der Sessel und strich die Tischdecke, die ohnehin schon sehr glatt war, noch glatter.

»Kann ich Ihnen was anbieten?«

»O ja«, sagte ich. »Haben Sie einen Schnaps für mich?«

»Einen Schnaps? Vertragen Sie denn so was?«

Besser denn je, dachte ich. Ich habe mit Rum trainiert.

»Mir ist ein bisschen übel«, sagte ich. »Ich habe den ganzen Tag Kuchen gegessen.«

»Ach so.«

Er ging hinaus und kam mit einem winzigen Glas mit einer dunklen Flüssigkeit und einem großen Glas mit Mineralwasser wieder.

»Magenbitter«, sagte er. »Das ist besser für Sie als Schnaps.«

Ich trank ihn und stellte meine Frage nach dem Zauberkünstler.

Sein Gesicht leuchtete auf, wie die Gesichter all der anderen, und er geriet fast so sehr ins Schwärmen wie sie, was bei seiner wortkargen Art ein Wunder war. Doch über den Namen des Zauberkünstlers oder seine Herkunft wusste er auch nichts.

»Aber ich kann ganz genau beschreiben, wie er aussah«, sagte er tröstend, und ich ließ ihn weiterreden, auch wenn ich das schon wusste.

»Unglaublich«, sagte ich, als er fertig war. »So hat ihn noch keiner beschrieben. Geradezu fotografisch.«

»Ich habe ein gutes Gedächtnis für Gesichter«, sagte er. »Und ich konnte ihn gut sehen. Ich war damals noch sehr klein, und die ganz kleinen Kinder saßen vorne, auf dem Boden vor der ersten Bankreihe, und sahen direkt in sein Gesicht.«

»Würden Sie mit mir zur Polizei nach Weeritz fahren und Ihre Beschreibung wiederholen, damit der Polizeizeichner ein Bild von ihm machen kann?«

»Wenn Ihnen damit geholfen ist.«

Ich holte mein Handy aus der Tasche.

»Ich rufe an und frage, wann wir kommen können.«

Wir konnten am anderen Morgen um neun kommen, und als ich um sieben vor seinem Haus hielt, stand er schon vor der Tür, in seinem guten grauen Anzug und seinem guten grauen Mantel, die Schuhe spiegelblank geputzt.

Auf der Fahrt nach Weeritz saß er still und aufmerksam neben mir, während wir durch die Gänge des Polizeipräsidiums gingen, sah er sich interessiert um, und bevor er sich mit dem

Polizeizeichner vor den Computer setzte, faltete er seinen Mantel und legte ihn sorgfältig über eine Stuhllehne.

Ich holte mir einen Kaffee aus dem Getränkeautomaten im Flur und stellte mich ans Fenster. Wir waren im sechsten Stock, und der Blick über die roten und grauen Dächer von Weeritz war schön. Rauch stieg aus den Schornsteinen und vereinigte sich mit dem Nebel, der aussah, als würde die Sonne ihn bald auflösen. Und obwohl es Ende Februar und ziemlich kalt war, schienen die Bäume und Sträucher und die braunen Rasenflächen zu wissen, dass bald Frühling sein würde.

Mir war kalt und schwach vor Müdigkeit. Ich war spät aus Wusternhagen zurückgekommen und noch zu Martinek gegangen und viel zu lange bei ihm geblieben, weil wir eingeschlafen waren.

Als ich mich endlich auf den Heimweg gemacht hatte, war es nicht mehr lange bis zur Morgendämmerung gewesen, und als ich am Friedhof vorbei und an den Feldern entlanggegangen war, hatte ich gemerkt, dass er wieder hinter mir herging. Er war seit der Nebelnacht nicht mehr da gewesen, und ich hatte angefangen zu glauben, was Jan behauptete – dass ich es mir eingebildet hatte –, und war erleichtert gewesen, denn dann gab es hier draußen niemanden, der hinter mir her war.

Mir war heiß geworden vor Entsetzen, als ich ihn gehört hatte. Ich war stehen geblieben, hatte mich umgedreht und geschrien: »Wer sind Sie? Wer sind Sie?«, und in die Stille nach meinem Schrei gelauscht. Nichts hatte sich gerührt.

»Sagen Sie doch was! Was soll das? Warum gehen Sie mir nach? Was wollen Sie von mir?«

Wieder Stille, quälende Stille, und ich hatte geahnt, dass es das war, was er wollte: mich quälen. Katz und Maus mit mir spielen.

Ich war die Maus, also war ich gerannt, das Geräusch seiner Schritte und sein Keuchen im Ohr. Kurz bevor ich die Straße und ihre Lichter erreicht hatte, war es hinter mir still geworden, aber ich war weitergelaufen und erst auf dem Kies der Auffahrt langsamer geworden, damit Viktor nicht wach wurde.

Ich holte mir noch einen Kaffee und noch einen, und als ich beim vierten war und endlich die falsche Klarheit des Koffeins spürte, sagte der Polizeizeichner hinter mir: »Frau Wolf? Wir sind fertig. Frau Rogal kommt gleich. Wollen Sie mal sehen?«

Das Gesicht auf dem Bildschirm war schmal und länglich und das eines gutaussehenden Mannes mit dunklen Augen, dunklen Locken, einer geraden Nase und einem klar konturierten vollen Mund. Seine Augenbrauen liefen am höchsten Punkt spitz zusammen, was ihm etwas Diabolisches gab, das sicher berufsfördernd gewesen war. Er trug einen sehr schmalen Schnurrbart auf der Oberlippe, der heute komisch wirkte und damals bestimmt cool gewesen war.

»Hallo, hallo«, sagte Marion Rogal, legte mir die Hand auf die Schulter und sah auf das Bild: »Oh! Das ist schön geworden.«

»Ja, nicht?«, sagte der Zeichner. »Herr Schwend hier beschreibt sehr gut.«

»Können Sie anhand dieser Vorlage konstruieren, wie der Mann heute aussieht?«, fragte ich.

»Na, sicher.«

»Gut, gut«, sagte Marion Rogal. »Machen Sie das. Und wir sehen uns in der Zwischenzeit ein paar Filme an, ja, Herr Schwend? Kommen Sie mit rüber in unser Kino.«

Im Vorführraum schob sie eine Kassette ins Abspielgerät.

»Sie sehen jetzt Aufnahmen, die bei einer Beerdigung gemacht wurden. Wir hatten die Genehmigung dafür, und Trauergäste und Angehörige wurden dabei nicht gestört. Bitte achten Sie auf die Gesichter, und wenn Sie eines sehen, das Sie an den Mann auf der Zeichnung erinnert – wie er heute aussehen könnte –, dann sagen Sie Bescheid.«

Die ersten Bilder der Beerdigung von Elisabeth Zierer gingen über den Bildschirm. Ich wandte den Blick weg ins Halbdunkel, und in der Wärme des kleinen Raumes und beim leisen Surren des Geräts fielen mir die Augen zu.

Ich schreckte hoch, als der alte Mann sagte: »Da! Das könnte er sein.«

»Moment, ich spule zurück«, sagte Marion Rogal.

Der Film lief wieder, diesmal in Zeitlupe. Manfred Zierer war zu sehen, wie er mit gesammeltem Gesichtsausdruck auf das Friedhofstor zuging, einen großen Kranz aus weißen Rosen über dem Arm.

»Meinen Sie den?«, fragte Marion Rogal.

»Ja. Der könnte es sein.«

Ich wollte etwas sagen, aber sie kam mir zuvor.

»Keine Kommentare. Der Film läuft weiter, Herr Schwend, und Sie sagen einfach wieder Bescheid, wie eben. Das haben Sie sehr gut gemacht.«

Er sagte noch dreimal Bescheid, und jedes Mal war es Manfred Zierer. In der letzten Sequenz war er besonders gut zu erkennen, und Marion Rogal drückte auf Stillstand und hielt den Film fest.

Wir sahen stumm auf das Bild.

»Ja«, sagte Heinz Schwend. »Das ist er. Der Zauberkünstler. Das hätte ich nicht gedacht, dass ich den noch mal wiedersehe.«

Es klopfte, und die Tür wurde geöffnet.

»Frau Rogal?«, fragte der Zeichner.

»Kommen Sie rein.«

Sie knipste eine kleine Lampe an, die die Tischfläche unterhalb des Monitors beschien.

»Zeigen Sie mal.«

Er legte ein Blatt Papier in den Lichtschein und sah auf den Bildschirm.

»Sie haben ihn ja schon«, sagte er. »Das ist er doch. Das konnte ich natürlich nicht wissen, dass der jetzt die Haare so kurz trägt. Gut, dass er den blöden Bart abgenommen hat.«

9

Der Schlafwagen war mit Metall verkleidet und sah aus wie eine Sardinenbüchse, und die Kabine war spärlich beleuchtet und auch wie eine Sardinenbüchse, eng und luftlos.

Immerhin hatte ich das obere Bett, sodass ich außer der Angst zu ersticken nicht auch noch die Vision haben musste, das Bett über mir würde sich lösen und mich zerquetschen.

Das untere Bett hatte eine dicke Frau, die leise vor sich hin schnaufte und ewig lange brauchte, bis sie sich endlich hineinzwängte und das Licht ausmachte. Sie schlief sofort ein, und statt zu schnaufen, seufzte sie nun. Es war ein jammerndes Seufzen, wie das Klagen einer verlorenen Seele, möglicherweise der Seele, die in ihrem fetten Körper verloren gegangen war.

Ich lag im Dunkeln und versuchte nicht hinzuhören und spürte die rhythmische Bewegung des Zuges und sah auf den offenen Fensterspalt, hinter dem Lichter vorbeihuschten oder die Helligkeit der Bahnhöfe. Ich nahm einen Schluck aus dem Trinkerfläschchen und noch einen und noch einen, aber ich schlief nicht ein und war froh, als die Lichter draußen nicht mehr zu sehen waren, weil es hell wurde, und das Seufzen im unteren Bett aufhörte, weil auch die dicke Frau aufgewacht war.

Es war seltsam, in der eigenen Stadt anzukommen, ohne sich darüber zu freuen, wieder daheim zu sein. Ohne abgeholt zu werden. Ohne nach Hause zu fahren und zu frühstücken.

Ich frühstückte in einem Bistro, das ein Stück entfernt von der Haupthalle in einem Seitengang lag, und fuhr um sieben zu Frau Eisenmenger.

Sie war sorgfältig frisiert und geschminkt und trug ein dunkles Kostüm mit heller Bluse, als wolle sie dem ernsten Anlass gerecht werden, aber die Bluse war so tief ausgeschnitten, dass es schwerfiel, Ernst zu bewahren.

»Hier entlang«, sagte sie und wies mir den Weg ins Wohnzimmer.

»Kaffee?«

»Gern.«

Ihr Kaffee war sehr gut.

»Ich lege Ihnen jetzt Fotos vor«, sagte ich. »Schauen Sie sie in Ruhe an, und wenn Sie eine Person sehen, die mit einem der Männer vor Frau Svobodas Wohnungstür Ähnlichkeit hat, nennen Sie mir die Nummer des Fotos.«

Es waren Aufnahmen von Manfred Zierer aus dem Videofilm, so bearbeitet, dass es aussah, als stünde er in einem schlecht beleuchteten Hausflur, zusammen mit Fotos von Männern ähnlichen Alters bei ähnlicher Beleuchtung.

Ich sah weg, um sie nicht zu beeinflussen, und sie betrachtete die Fotos schweigend und konzentriert und nannte schließlich eine Zahl, woraufhin ich die nächste Bildreihe vor ihr ausbreitete.

Nach der letzten Reihe schob ich die Bilder zusammen, suchte die raus, deren Nummern sie angegeben hatte, und legte sie aus. Neun Bilder von Manfred Zierer waren dabei gewesen, acht lagen hier, nur bei einem hatte sie sich geirrt.

»Wie sicher sind Sie?«, fragte ich verblüfft.

»Na, sehr sicher, das sehen Sie doch«, sagte sie. »Das sind doch alle, die von dem dabei waren, oder? Was für ein attraktiver Mann! Ich habe ihn nicht gut beschreiben können, glaube ich – aber so einen erkenne ich wieder! Das ist er bestimmt. Er ist älter, als ich dachte. Und sein Haar? Ist das blond?«

»Nein. Sein Haar ist grau, ziemlich hell, geht in Richtung Weiß. Sie haben es bei der Beleuchtung für Blond gehalten.«

»Und wer ist das? Der hat doch bestimmt nichts mit Frau Svobodas Tod zu tun.«

Ich antwortete nicht, sondern suchte die Zeichnungen heraus, die nach ihren Angaben entstanden waren.

»Jetzt, wo Sie den einen erkannt haben, fällt Ihnen vielleicht noch etwas ein«, sagte ich. »Ihre Stimmen zum Beispiel, haben Sie die hören können? Ihre Art zu sprechen? Irgendein Dialekt?«

Sie blickte wieder auf die Zeichnung und dachte nach.

»Nein«, sagte sie, »mehr weiß ich nicht ... Außer: Der Kleinere hat eine andere Mütze getragen als hier auf der Zeichnung. Das war keine Baseballmütze. Die sah irgendwie anders aus. Das war eine – wie heißt die noch mal? Ich komme nicht drauf. Aber wissen Sie, wer die auch immer getragen hat? Unser alter Bundeskanzler!«

»Welcher alte Bundeskanzler?«

»Na, Helmut Schmidt natürlich. Vor Kohl. Der war auch so ein attraktiver Mann – Schmidt, meine ich. Den werden Sie doch wohl kennen!«

Ich kannte ihn, aber an seine Mütze konnte ich mich nicht erinnern. Ich ließ sie mir beschreiben und machte eine Skizze.

Sie kochte eine weitere Kanne Kaffee und brachte Gebäck und gab sich große Mühe, noch etwas aus ihrem Gedächtnis heraufzubefördern, doch es kam nichts mehr, und ich gab ihr meine Karte und schrieb meine Handynummer darauf.

»Und wie geht es Herrn Svoboda?«, fragte sie, als sie mich zur Tür brachte. »Hat er den Tod seiner Frau inzwischen verwunden? Er hat sie ja sehr geliebt. So was von Liebe habe ich noch nie gesehen.«

Ich sagte ihr, dass es Viktor gut ging, aber nicht, dass er den Tod seiner Frau nie verwinden würde, weil sie das vermutlich nicht verstehen würde.

»Sie scheinen ja nahe dran, die Sache aufzuklären. Und dann kommt er doch nach Hause, oder?«

»Natürlich.«

In ihrem starren geschminkten Gesicht blühte Hoffnung auf, und sie schüttelte mir die Hand und wünschte mir alles Gute und viel Glück, und wenn ich noch eine Frage hätte, sollte ich sie anrufen. Jederzeit.

Unten auf dem Platz vor der Kirche nahm ich ein Taxi zum Bahnhof. Der nächste Zug nach Berlin fuhr in einer halben Stunde. Ich setzte mich auf eine Bank am Ende des Bahnsteigs und rief Marion Rogal an.

»Rogal?«

»Anna Wolf. Sie hat ihn wiedererkannt. Auf acht von neun Fotos.«

»Zweifelsfrei?«

»Sie hat keine Zweifel«, sagte ich. »Ich auch nicht. Sie ist ganz sicher.«

Sie schnalzte mit der Zunge.

»Ich fass es nicht, ich fass es nicht. Manfred Zierer. Everybody's Darling, in der Politik und überhaupt. Der wäre fast Minister geworden, letztes Jahr, wissen Sie das? Na ja, noch haben wir ihn nicht, aber es wird langsam interessant. Denn jetzt haben wir zwei Berührungspunkte zwischen ihm und Frau Svoboda: 1967 in dem Park in Weeritz; letztes Frühjahr, drei Monate vor ihrem Verschwinden, an ihrer Wohnungstür. Und einen Dritten ...«

»Mein Zug fährt«, sagte ich.

»Wann sind Sie in Berlin?«

»Halb sechs.«

»Gut, gut. Um sechs geht der Zug nach Weeritz. Kurz vor acht sind Sie hier. Ich hole Sie ab.«

Ich stieg ein, die Tür glitt hinter mir zu, und ich suchte mir ein Abteil mit einem gleichgültigen Knaben mit Kopfhörern und einem zeitungslesenden Geschäftsmann, die beide so aussahen, als hätten sie noch nie in ihrem Leben einen Seufzer getan oder sonst ein störendes Geräusch von sich gegeben. Ich machte es mir in einem der Sitze am Gang gemütlich und schlief sofort ein.

Sie stand schon auf dem Bahnsteig, als der Zug einfuhr, in einem alten Parka, den Riemen ihrer Beuteltasche über der Brust, das Gesicht müde und entspannt.

»Hallo, hallo«, sagte sie in dem weichen Stimmton, den sie

für diesen Gruß reservierte, denn sonst war ihre Stimme klar und kräftig. »Schön, dass Sie da sind. Kommen Sie, ich stehe gleich da drüben.«

Das Innere ihres Wagens glich einer Müllhalde: Plastiktüten, Zeitungen, Zigarettenschachteln, Akten, Bücher, Pullover, eine Öljacke, Gummistiefel, Scheibenkratzer und über allem Zigarettenasche und der Geruch nach Zigarettenrauch.

»Ich weiß«, sagte sie. »Ich sollte mal aufräumen. Bald ist Frühling, dann mache ich Frühjahrsputz.«

Ihre Wohnung war im Gegensatz zu ihrem Auto sehr ordentlich und nur mit den nötigsten Möbeln ausgestattet, und an den Wänden waren Umzugskisten aufgestapelt.

Sie machte Licht in der Küche.

»Es gibt Bier und Pizza«, sagte sie. »Was für eine wollen Sie?«

»Welche gibt es?«

»Alle.« Sie öffnete den Gefrierschrank. »Mal sehen, was Sie für ein Pizza-Typ sind. Ich vermute: Margarita, Schinken-Artischocken, eventuell Pilze, vielleicht Meeresfrüchte. Sicher nicht Salami oder Anchovis oder womöglich Hawaii oder Barbecue oder Alaska oder so was.«

Ich lachte.

»Schinken-Artischocken mag ich am liebsten.«

»Eben. Ich nehme Gyros.«

Sie schob die Pizzen in den Ofen, öffnete zwei Bierflaschen, stellte sie auf den Tisch und setzte sich.

»Wo waren wir stehen geblieben? Ach ja: der dritte Berührungspunkt zwischen Manfred Zierer und Anna Svoboda.«

Sie wühlte in ihrer Tasche und förderte einen Aktendeckel zutage.

»Hier haben wir seinen Lebenslauf. Geboren 1944 in Karputh. 1964 Abitur an der erweiterten Oberschule und Lehrabschluss als Facharbeiter für Textiltechnik. Und wo hat er die Lehre gemacht? Im VEB Textilkombinat Karputh. Anna Svoboda war dort Lehrlingsausbilderin. Sie haben sich bestimmt gekannt.«

»Aber wieso war er Lehrling?«, fragte ich. »Er hat doch Abitur gemacht und Jura studiert.«

»Das war so an der erweiterten Oberschule: Man machte auch noch eine Lehre. Später haben sie das wieder abgeschafft. Es war einfach zu viel für die Schüler.«

Sie holte Teller und Besteck.

»Danach war er bei der NVA. Von 65 bis 68. Nicht nur Grundwehrdienst, sondern drei Jahre lang, weil er sich als Soldat auf Zeit verpflichtet hatte.«

Ich wollte etwas fragen, aber sie ließ mich nicht.

»Schon klar«, sagte sie. »Die Frage ist: Wann soll er bei der Stasi gewesen sein?«

Sie nahm die Pizzen aus dem Ofen.

»So!« Sie stellte die Teller auf den Tisch. »Sieht gut aus, was? Schmeckt Ihnen hoffentlich.«

Meine sah gut aus und schmeckte auch gut, während ihre mit Paprika, fettigem Fleisch und einem Haufen Zwiebeln belegt war und stark nach Knoblauch roch. Sie musste einen Magen aus Eisen haben.

»Er könnte durchaus für die Stasi gearbeitet haben«, sagte sie. »Vielleicht ist die Angabe des verlängerten Wehrdienstes eine Deckbehauptung. Vielleicht hat er nur den Grundwehrdienst gemacht und ist bei der NVA für die Stasi angeworben worden. Das kam vor. Eher wahrscheinlich ist, dass er vorher schon IM war, also inoffizieller Mitarbeiter, in einer Jugendgruppe zum Beispiel, vielleicht auch im Textilkombinat Karputh, während seiner Lehrlingszeit. Und dass er später dort als sogenannter führungsinoffizieller Mitarbeiter eingesetzt wurde, also als einer, der andere IMs anleitete. Anna Svoboda zum Beispiel. Er wäre also kein hauptamtlicher Mitarbeiter gewesen, sonst wäre er ja dabeigeblieben. Das MfS verließ man nicht einfach. Aber er hörte auf und fing an zu studieren.«

Sie aß ihre Pizza auf und trank einen großen Schluck Bier.

»So ist es wahrscheinlich gewesen«, fuhr sie fort, »wie mir Leute gesagt haben, die etwas davon verstehen. Bloß: Wir können nichts davon beweisen. Und wir können ihn ja nicht gut fragen, ob es so war. Wir können ihn überhaupt nichts fragen, solange wir nicht ein paar sehr einleuchtende und vorzeigbare Verdachtsmomente haben. Auch dann wird es noch schwierig genug. Er ist nicht irgendjemand. Er war Staatssekretär im Justizministerium in Sassin bis zur Wahl und ist jetzt Fraktionsvorsitzender im Landtag.«

»Aber wenn er etwas mit ihrem Tod zu tun hat, wie hätte er das bewerkstelligen sollen?«, sagte ich. »Er lebt in Sassin, er konnte sie nicht in dieser Hütte gefangen halten und versorgen.«

»Das hätte jemand anders für ihn tun können.«

»Und die Morde? Dann wäre er immer nur von Sassin herübergekommen, um jemanden umzubringen? Nachts, am Meer, im Wald, irgendwo an der Landstraße? Wie soll er das gemacht haben?«

Sie stand auf, holte sich noch eine Flasche Bier aus dem Kühlschrank und gähnte.

»Das sage ich Ihnen morgen. Wenn ich es bis dahin weiß«, sagte sie. »Für heute reicht es. Ich bin hundemüde. Kam sonst noch was von Frau Eisenmenger?«

»Nichts. Nur, dass der andere Mann vor Frau Svobodas Tür keine Baseballkappe trug, sondern eine Mütze, deren Name ihr nicht einfiel. Unser alter Bundeskanzler hat sie immer getragen.«

»Wer?«

»Helmut Schmidt.«

»Ach so. Das ist euer alter Bundeskanzler, nicht unserer. Was ist mit Nachtisch? Ich habe Eis im Kühlschrank. Und wollen Sie noch ein Bier?«

»Nein, danke«, sagte ich.

»Sie können hier übernachten, wenn Sie wollen.«

»An sich gerne, aber ...«

»Ich tue Ihnen schon nichts.«

»Darauf habe ich mir auch keine Hoffnung gemacht«, sagte ich. »Aber ich muss heute Abend noch nach Hause.«

Sie lachte.

»Gut, gut. Dann verschiebe ich mein Bier und bringe Sie zu Ihrem Wagen.«

Es war eine kalte Nacht, denn der Himmel war wolkenlos, und als Hildes Wagen nicht ansprang, schob sie ihn an und stand winkend in der Straßenmitte, bis ich um die Ecke bog.

Es war nicht weit bis zur Landstraße nach Gradow, die am Meer entlangführte. Der Mond – noch nicht voll, mit einer Delle an der linken Seite – schien und zog eine leuchtende Spur über das dunkle Wasser.

Ich hatte Sehnsucht nach Jan und rief ihn an, doch sein Handy war abgeschaltet. Vielleicht hatte er noch eine Besprechung. Oder er saß noch bei seinen Kindern am Bett.

Ich dachte an Manfred Zierer. Marion Rogal hatte in ihrer Mappe Fotos von ihm gehabt. Auf einem davon war er mit Kommilitonen vor dem Haupteingang der Humboldt-Universität in Ostberlin zu sehen gewesen, an der er studiert hatte. Er war aufgefallen unter den anderen, groß und schlank, mit seinen dunklen Locken und dem schmalen Gesicht.

Doch sein Aussehen war nicht das Wichtigste gewesen, sondern etwas anderes. Er hatte eine besondere Anziehung, sogar auf dem Foto, er schien Wärme und Liebe auszustrahlen und eine große Anteilnahme an allem. Das war auch auf der Begräbnisfeier so gewesen, wie ein Zauber, der alle in seinen Bann gezogen hatte.

Er sieht dem Zauberkünstler nicht nur ähnlich, dachte ich, er ist selbst ein Zauberer, aber sein Zauber ist auch nur ein Trick. Denn eigentlich hat er keine Wärme. Kein Interesse für andere. Keine Liebe. Ich habe jedenfalls nichts davon gespürt. Er war glatt und geschickt und liebenswürdig, aber nicht warm. Er war auch nicht kalt. Er war irgendwie neutral. Als ob es in seinem Inneren keinen Kern gibt, sondern nur eine graue Masse.

Was hatte Anna Svoboda an ihm gefunden? Sie war ganz anders gewesen. »Warm und lebendig«, hatte Elisabeth Zierer gesagt. »Temperamentvoll. Einfühlsam. So freundlich. Bei ihr konnte ich atmen, da war Platz, Wärme.« Dass er sie faszinierend gefunden hatte, konnte ich verstehen. Aber warum hatte sie ihn so geliebt?

Ich rief immer wieder bei Jan an, doch sein Handy war abgeschaltet, und als ich nach Gradow kam, fuhr ich bei ihm vorbei, um zu sehen, ob hinter den Küchenfenstern Licht brannte. Er ließ es brennen, wenn er da war, auch wenn er schon schlief, und es hieß, dass er auf mich wartete.

Aber sein Haus war dunkel, und ich war so enttäuscht, dass ich laut schrie. Ich sah auf die Uhr. Es war halb zwölf. Er würde bestimmt jeden Augenblick kommen. Ich parkte ein Stück weiter weg, außerhalb des Lichts der Straßenlaternen, wo der Wagen nicht auffiel. Es wurde langsam kälter, und ich zog die Jacke enger um mich. Trotz der Kälte schwammen mir die Gedanken davon, und als ich wieder wach wurde, war es eins.

Jetzt war er bestimmt zu Hause. Ich stieg aus und schloss leise die Autotür. Als ich mich umdrehte, bekam ich einen Schlag ins Gesicht, und noch einen und noch einen. Mein Kopf zerbarst, und ich fiel. Jemand trat mir in die Seite, immer wieder, Schmerz explodierte in mir, ich rang um Luft, Übelkeit stieg in mir hoch, und ich musste brechen. Ich hustete und würgte und betete zwischen den Tritten: aufhören, aufhören, aufhören. Als es endlich aufhörte, blieb ich still liegen, das Gesicht im Erbrochenen, und betete weiter: nicht wieder anfangen, bitte nicht wieder anfangen.

Erst nach einer Weile merkte ich, dass ich allein war. Ich spürte die Kälte und begriff, dass ich aufstehen musste, schnell, bevor ich es nicht mehr schaffte und erfror. Ich kam mühsam hoch, wischte mir mit dem Schal übers Gesicht und kroch zurück in den Wagen. Ich brauchte eine Weile, bis ich ihn angelassen und die Heizung angeschaltet hatte, und blieb bei laufendem Motor sitzen, bis mir gerade warm genug war, um zu fahren, und bevor der Schmerz in der Wärme so stark wurde, dass ich nicht mehr fahren konnte.

Viktor zog an den Gardinen, damit das Licht nicht blendete, kontrollierte das Feuer im Ofen und glättete die Decke, unter der ich lag.

»Ich verstehe überhaupt nicht, wie das passieren konnte!«

»Ich war müde und habe angehalten, um ein paar Schritte zu gehen«, sagte ich. »Und dabei bin ich hingefallen.«

»Hingefallen?«, sagte er. »Du hast eine große Beule am Kopf und kannst vor Schmerzen kaum atmen! So was kriegt man nicht vom Hinfallen.«

»Doch. Ich bin gestolpert und einen Abhang hinuntergefallen. Einen felsigen Abhang. Ich bin mit dem Kopf auf einen Stein geschlagen und mit dem Brustkorb auch.«

»Warum bist du nicht in Weeritz geblieben?«, fragte er. »Frau Rogal hat gesagt, du hättest bei ihr übernachten können. Sie hat es dir angeboten.«

»Ich wollte nach Hause! Kannst du jetzt damit aufhören und mich in Ruhe lassen? Damit ich nicht noch mehr Kopfschmerzen kriege?«

»Entschuldige! Dumm von mir. Aber ich mache mir Sorgen. Du hättest dich sehen sollen letzte Nacht!«

Hildes Haus war hell erleuchtet gewesen, und Viktor war mir entgegengelaufen. Marion Rogal hatte kurz nach elf angerufen, weil sie mich auf dem Handy nicht hatte erreichen können, und seitdem hatte er in der Küche gesessen und auf mich gewartet.

»Was wollte Frau Rogal?«, fragte ich.

»Sie wollte dich was fragen«, sagte er. »Ich weiß nicht, was. Das war dann begreiflicherweise nicht mehr so wichtig.«

Draußen fuhr ein Wagen über den Kies.

»Das ist Karl«, sagte er. »Ich mache in der Zwischenzeit Frühstück.«

»Ich habe keinen Hunger.«

»Vielleicht kriegst du noch welchen.«

Dr. Geberg untersuchte meinen Kopf und betastete kopfschüttelnd die Blutergüsse an meinem Körper und stellte fest, dass ich eine Gehirnerschütterung mittleren Grades und eine schwere Rippenprellung hatte.

»Wie haben Sie das denn angestellt?«

»Ich bin hingefallen.«

»Hingefallen?«

Sein Gesicht war gedunsen und seine Augen gerötet. Er sah aus wie jemand, der zu viel getrunken und zu wenig geschlafen hatte.

»Bitte!«, sagte ich. »Viktor hat mich schon verhört.«

»Ist gut. Ich lasse Sie in Ruhe. Sie bekommen eine Salbe für die Hämatome und was gegen die Schmerzen. Und ganz ruhig liegen bleiben wegen dem Kopf.«

»Und was ist mit dem Atmen?«

»Was soll damit sein?«, fragte er ungeduldig.

»Ich kann kaum atmen. Ich habe Angst, dass ich keine Luft mehr kriege.«

»Ach so. Natürlich kriegen Sie Luft, jedenfalls genug zum Leben. Das sind so subjektive Ängste. Aber gut. Ich verschreibe Ihnen noch was zum Entspannen.«

Viktor trug das Frühstückstablett herein und fuhr mit dem Rezept zur Apotheke. Er hatte Rührei gemacht, nach Butter und Wärme und Fürsorge duftendes Rührei, aber ich legte mich wieder hin und zog die Decke über mich. Ich hatte keinen Hunger. Ich hatte Angst.

Viktor kam zurück, betrachtete besorgt den unberührten Teller und brachte mir die Tabletten und ein Glas Wasser.

Sie wirkten schnell und ließen mich einschlafen, und als ich aufwachte, war mir leichter. Draußen vor dem Fenster leuchtete das Blau der Spätwinterdämmerung, und Viktor saß am Tisch und sah mich an.

»Tee?«, fragte er.

Ich nickte.

Er schenkte ein und stand auf.

»Soll ich dir was zu essen machen?«

Ich schüttelte den Kopf.

»Bleib hier«, sagte ich. »Bitte. Ich mag nicht allein sein.«

Er setzte sich wieder und schwieg und zündete nur zwei Kerzen an, als es ganz dunkel geworden war.

»Hast du jetzt vielleicht Hunger?«, fragte er schließlich.

»Nein.«

»Dann mache ich noch einen Tee.«

Ich wartete, bis er draußen war, holte das Handy aus dem Rucksack und rief Jan an.

»Martinek.«

»Du warst gestern Abend nicht da.«

»Ja«, sagte er. »Tut mir leid, dass ich nicht angerufen habe. Aber Jeanette hatte plötzlich hohes Fieber, und der Arzt war da ... und – na ja, es ging einfach nicht.«

»Geht es ihr besser?«

»Sie ist wieder so gut wie gesund. Der Arzt sagt, das muss nichts Schlimmes sein, so ein plötzlicher Fieberanfall.«

»Ich kann nicht kommen«, sagte ich. »Ich bin hingefallen, gestern Nacht, und habe mir die Rippen geprellt. Ich kriege kaum Luft, weil es so wehtut.«

»Ach je«, sagte er. »Das tut mir leid. Erhol dich gut. Ich rufe an. Oder komme vielleicht kurz vorbei. Bis dann.«

Ich drückte auf die Aus-Taste und legte das Handy auf den Tisch. Seine Stimme hatte fremd geklungen, und er war so fern gewesen. Als ginge ihn das gar nichts an. Oder als hätte er es schon gewusst.

Die Angst griff wieder nach mir. Da draußen lief jemand herum, der mich hasste. Ich hatte nicht das Gefühl, dass es der Mörder war. Es kam mir so vor, als ob es jemand war, der mich gut kannte. Jemand, der vielleicht nicht normal war. Der vielleicht zwei Seiten hatte, eine helle und eine sehr dunkle. Die dunkle war gut verborgen und kam nur manchmal zum Vorschein.

Viktor kam herein und stellte die Teekanne auf das Stövchen.

»Hat Anna mal von Manfred Zierer gesprochen?«, fragte ich.

Er schüttelte den Kopf und goss Tee ein.

»Nein. Ich glaube nicht. Ich kann mich jedenfalls nicht erinnern ... Oder warte mal: doch. Das ist gar nicht so lange her. Wann war das? Irgendwann im letzten Frühjahr.«

»Und was hat sie gesagt?«

»Lass mich überlegen«, sagte er und schloss die Augen. Nach einer Weile öffnete er sie wieder: »Nein. Ich weiß es nicht mehr. Nur, dass irgendwas im Fernsehen über ihn gekommen war. Warum fragst du?«

»Nur so.«

Ich setzte mich auf und griff nach dem Teebecher. Die Schmerzen kamen wieder und das grauenvolle Gefühl, keine Luft zu bekommen.

»Gibst du mir noch mal eine von den Tabletten?«

»Nein«, sagte Viktor. »Das ist ein starkes Muskelrelaxans. Davon darfst du nicht so viel nehmen.«

»Ich brauche es aber! Ich kann nicht richtig atmen, und ich habe Angst, dass ich keine Luft mehr kriege! Dass ich ersticke!«

»Du erstickst nicht. Du kannst atmen, das merkst du doch. Du kannst ja auch reden.«

»Ich habe trotzdem Angst!«, sagte ich. »Gib sie her!«

Er öffnete die Schachtel, drückte eine Tablette aus der Plastikverpackung und reichte sie mir.

Ich spülte sie mit Tee hinunter.

»Das Schlimmste auf der Welt«, sagte er. »Für dich ist es das Ersticken ... Für jeden Menschen gibt es etwas Unerträgliches – etwas, das er nicht ins Auge fassen kann, und es hat nichts mit Mut und Feigheit zu tun.«

»Ja, genau«, sagte ich.

»Die Formulierung ist nicht von mir. Aber ich könnte es auch nicht besser sagen. Dein Unerträgliches ist, keine Luft mehr zu bekommen.«

»Und deines?«, fragte ich.

Er sah mich an, als wäre er erstaunt über die Frage.

»Meines ist mir schon passiert.«

Es war ein milder Tag, und Viktor fuhr mit dem Fahrrad zum Einkaufen. Ich wartete, bis er fort war, stieg hinauf ins Dachzimmer und zog mich an.

Mir wurde schwindelig dabei, mein Kopf dröhnte, das Luftholen schmerzte, aber schließlich hatte ich es geschafft. Ich legte einen Zettel auf den Küchentisch, auf dem stand, dass es mir gut ginge und dass ich spätestens in zwei Stunden wieder da wäre und dass er sich nicht aufregen solle.

Das Autofahren tat fast nicht weh, solange ich geradeaus fuhr. Nur in den Kurven wurde es schwierig, besonders, weil Hildes Wagen keine Servolenkung hatte.

Die Straße zu Brigitte Köhlers Haus lag schön gerade zwischen ihren Alleebäumen und hatte nur eine Kurve. Sie führte auf den Sandweg, an dem das Haus lag. Ich parkte in der gepflasterten Auffahrt und stieg aus.

Das Haus wirkte verlassen und schon ein wenig verwahrlost. Die Fensterscheiben hatten einen schmierigen Belag aus Staub und Salzluft, der hellblaue Anstrich blätterte, und eine der Dachplatten war heruntergefallen und lag zerbrochen vor der Haustür. Brigitte Köhlers Enkel in Hamburg wollten es verkaufen, aber bisher hatte sich niemand dafür interessiert.

Ich ging um das Haus herum. Das Fenster, das ich eingeschlagen hatte, war nicht repariert, sondern mit Brettern vernagelt worden.

Ich stellte mich auf die Stufe vor der Haustür. Die Lampe über der Tür hatte noch gebrannt, als ich am anderen Morgen gekommen war. Hier hatte auch ihr Mörder für einen Moment gestanden, als er das Haus verließ, nachdem er sie getötet hatte, denn es gab keine Hintertür. Dann war er in seinen Wagen gestiegen, der vermutlich an derselben Stelle geparkt gewesen war wie meiner, und auf dem Sandweg zurückgefahren.

Ich fuhr auch zurück zur Allee, dorthin, wo man Heinrich, den Wirt, im Graben gefunden hatte. Er war hier nachts oft heimgegangen, vom Fischerhus, das am Ende der Allee lag, zu seiner Wohnung im Erdgeschoss eines Holzhauses, das aussah wie eine russische Datscha. Von hier aus hatte er vielleicht den Mörder beobachtet, wie er Brigitte Köhlers Haus verließ oder von dort wegfuhr, und hier war er niedergeschlagen und in den Graben gestoßen worden.

Ich fuhr zur Landungsbrücke.

»Wenn du gar nicht weiter weißt in einem Fall«, hatte Rolf gesagt, als er mir beigebracht hatte, was ich als Erbin eines Ermittlungsbüros wissen musste, »dann sieh dir noch mal die Orte an, wo das passiert ist, was du untersuchst. Mach den Kopf leer und guck hin, als ob du es zum ersten Mal siehst. Hilft manchmal.«

Ich ging auf der Landungsbrücke bis an ihr Ende. Die Polizei nahm an, dass Peter Gentz mit einem Gegenstand niedergeschlagen oder gegen einen der Holzpfeiler gestoßen worden war. Danach war er ins Meer geworfen worden und ertrunken.

Ich stieg wieder in den Wagen und fuhr zum Wald am Meer. Der Forstwirtschaftsweg, der dorthin führte, wo man Anna Svoboda gefunden hatte, war schmal und kurvig. Auf einem Trampelpfad kam ich zu der Lichtung, wo sie in einer Mulde zwischen kleinen Tannen und Brombeergestrüpp begraben worden war. Ich schob mich zwischen den Tannen durch, so weit es ging, und sah auf die Stelle, die inzwischen wieder von Laub bedeckt war.

Ich ging quer über die Lichtung und ein Stück durch den Wald zu der Hütte, wo sie gelebt hatte in den letzten drei Monaten ihres Lebens. Die Tür war mit einem Vorhängeschloss gesichert. Auf ihrem silbrigen Holz waren noch Spuren des schwarzen Fingerabdruckpulvers zu erkennen. Ich betrachtete das eiserne Rauchabzugsrohr auf dem Dach und blickte durch das kleine Fenster, aber ich konnte im dämmrigen Licht nur ein paar Fußbodenbretter erkennen. Dort war sie brutal erschlagen worden, ohne Zuhilfenahme einer Waffe oder eines Gegenstands, nur mit den Fäusten.

Ich suchte mir den Weg zurück zum Auto. Schmerz pochte in meinem Kopf, das Atmen war schwer und schmerzhaft, und es war klar, dass ich schnell nach Hause musste. Ich hielt nur noch kurz an der Tankstelle, um mir Rumfläschchen zu holen. Sie hatten mir gefehlt in den letzten Tagen.

Viktor stand wartend am Fenster und öffnete die Haustür, bevor ich den Schlüssel ins Schloss stecken konnte.

»Sag nichts!«, sagte ich. »Kein Wort! Du hast recht, aber ich musste raus!«

»Okay, okay«, sagte er zu meiner Überraschung. »Leg dich bitte sofort hin.«

Er brachte Tee und ein Glas Wasser für meine Tabletten.

»Gerd war da«, sagte er. »Er ist wieder zu Hause. Seit ein paar Tagen.«

»Und? Wie geht's ihm?«

»Gut so weit. Er wollte dir etwas bringen, was Elisabeth dir hinterlassen hat. Er kommt noch mal wieder. Er will es dir persönlich geben.«

Er sah mir zu, wie ich die Tabletten schluckte.

»Du hast doch bestimmt Hunger«, sagte er hoffnungsvoll.

Ich nickte.

»Dann mache ich uns was zu essen.«

Ich legte mich zurück und zog die Decke über mich.

»Kopf schön leer lassen«, hatte Rolf gesagt. »Und schauen, was kommt.«

Ich sah die Orte vor mir, wo ich eben gewesen war, zog Verbindungslinien zwischen ihnen und fügte das Fischerhus hinzu, von dem Heinrich nachts gekommen war, und den Strand hinter dem Wald am Meer, wo Peter Gentz oft Bernstein gesucht hatte. Das Netz, das sich ergab, musste hier geknüpft worden sein, nicht von einem anderen Ort aus, von Sassin zum Beispiel. Von jemandem, der hier lebte. Was immer Manfred Zierer mit den Morden an Anna Svoboda und all den anderen zu tun hatte, er hatte sie nicht begangen. Das wäre nicht möglich gewesen. Er hatte sie auch nicht dirigiert. Das wäre auch nicht möglich gewesen, dazu hatte der Zufall eine viel zu große Rolle gespielt. Der zweite Mann hatte eigenständig gehandelt.

Ich sah die beiden Männer vor Anna Svobodas Wohnungstür vor mir. Manfred Zierer, der Große im Anzug. Und der zweite Mann. Der mit der Mütze.

Viktor kam herein und stellte Teller auf den Tisch.

»Es gibt Kartoffelsuppe. Annas Kartoffelsuppe!«

»Viktor«, sagte ich, »was hat Helmut Schmidt für eine Mütze getragen? Der Bundeskanzler, du weißt schon.«

»Eine Prinz-Heinrich-Mütze«, sagte er. »Heißt auch Lotsenmütze. Oder Helgoländer. Thälmann hat sie immer getragen. Und Prinz Heinrich. Der war ein Bruder von Kaiser Wilhelm und Großadmiral der kaiserlichen Marine.«

»Wer war Thälmann?«

»Thälmann war KPD-Vorsitzender bis 33. Nach der Machtübernahme haben sie ihn ins Gefängnis gesteckt und kurz vor Kriegsende im KZ ermordet, die Schweine, die Verbrecher ...«

»Kennst du jemanden, der so eine Mütze trägt? Von hier, zum Beispiel?«

»Nicht, dass ich wüsste.«

Ich stand auf, machte den Laptop an und sah im Internet nach. Die Mütze war schwarz oder blau, ihr Deckel klein und niedrig, und über dem kurzen Schirm war eine doppelte gedrehte Kordel angebracht.

Viktor kam herein und stellte den Suppentopf auf den Tisch.

»Genau«, sagte er. »Das ist sie. Und weißt du, wer die trägt? Gerd. Gerd Zierer.«

Oh, nein, nein, nein ... Aber es konnte passen. Und es ließ sich nachprüfen. Sogar ganz leicht. Anhand der Fingerabdrücke in der Hütte und im Haus von Brigitte Köhler.

Ich griff nach dem Handy.

»Wo willst du hin, Anna? Das Essen steht auf dem Tisch.«

»Ich bin gleich wieder da. Ich muss nur noch schnell Frau Rogal anrufen.«

10

Der Pförtner im Polizeipräsidium musste erst eine Weile telefonieren, bis er mir sagen konnte, dass Marion Rogal nicht in ihrem Zimmer sei und auch nicht zu erreichen – was ich seit gestern ungefähr eine Million Mal gehört hatte –, aber dass ich warten könne, man werde ihr ausrichten, dass ich da sei.

Ich setzte mich auf eine Bank am anderen Ende der Eingangshalle. Mit ihren großen Fenstern, holzvertäfelten Wänden und dem kunstvoll eingelegten Steinboden war sie das einzig Schöne in dem grauen Gebäude, als hätte jemand beschlossen, alle Anstrengungen hier zu konzentrieren und beim Rest zu sparen. Selbst das Wandbild, das kraftvolle, glückselige Werktätige im Arbeiter- und Bauernstaat zeigte, hatte Charme und Wärme und wirkte beinahe tröstlich.

Ich war bereit, lange zu warten, aber nach zehn Minuten kam Marion Rogal schon die Treppe hinunter, das Gesicht graubleich und gedunsen vor Müdigkeit, aber gliederschlenkernd und entspannt, eine Zigarette zwischen den Fingern.

»Hallo, hallo«, sagte sie, »schön, dass Sie da sind, kommen Sie, wir gehen Kaffee trinken.«

»Ich weiß, Sie haben schon tausendmal angerufen«, fuhr sie fort, »aber ich konnte nicht mit Ihnen reden, ich hätte Ihnen auch gar nichts sagen können, wir waren noch nicht so weit, aber jetzt ist es klar: Die Fingerabdrücke im Haus von Frau Köhler und die in der Hütte sind von ihm. Wir haben ihn.«

Ich setzte mich, damit ich nicht umfiel.

»Sie sehen noch schlimmer aus, als ich mich fühle«, sagte sie. »Bleiben Sie sitzen, ich hole uns Kaffee.«

Sie kam zurück und stellte zwei Becher und einen großen Zuckerstreuer auf den Tisch.

»Er hat Anna Svoboda entführt. Wegen seinem Bruder Manfred. Der war vorgesehen als Justizminister nach den Wahlen letztes Jahr. Frau Svoboda hat durchs Fernsehen davon erfahren und ihn angerufen und gesagt, das lässt sie nicht zu. Nicht ausgerechnet Justizminister. Nicht nach allem, was sie von ihm weiß. Manfred hat es seinem Bruder erzählt, und der hat gesagt, er kümmert sich darum, er redet mit ihr.«

Sie bekam einen Hustenanfall und zündete sich die nächste Zigarette an.

»Das sagt Gerd Zierer. Er behauptet, dass sein Bruder nie bei Frau Svoboda war und auch von allem, was danach passierte, nichts wusste. Wir glauben ihm nicht, wir glauben, dass er seinen Bruder schützt ... Wie auch immer, bei seinem letzten Besuch hat er Frau Svoboda spontan entführt: sie überwältigt, gefesselt, ins Auto gepackt und mitgenommen. Und in die Hütte im Wald gebracht. Er wollte ihr nichts tun, sagt er, er wollte sie nur aus dem Verkehr ziehen, weil sie nicht mit sich reden ließ. Sie bestand darauf, dass Manfred Zierer von der Kandidatur für den Ministerposten zurücktrat, andernfalls wollte sie die Stasigeschichte öffentlich machen. Klar, wenn sie nur ein Wort über seinen Bruder und die Stasi gesagt hätte, wäre es gelaufen gewesen mit dem Minister. Er sagt natürlich, dass sein Bruder nicht für die Stasi gearbeitet hat. Nie und nimmer! Dass aber schon der Verdacht genügt hätte, ihm die Karriere zu verderben, und dass er das unbedingt verhindern wollte. Weil es so ungerecht war, weil sein Bruder niemandem etwas getan hatte und so ein großes politisches Talent ist und ein so bedeutender politischer Hoffnungsträger für unser Land ...«

»Er hat viel auf sich genommen, um unserem Land diese Hoffnung zu erhalten«, sagte ich. »Vier Morde!«

»So einfach ist das nicht«, sagte sie. »Er gibt nur einen zu, den an Frau Köhler, denn den können wir ihm beweisen. Seine Fingerabdrücke waren im Bad, weil er da was repariert hat, und im Wohnzimmer und an der Haustür. Das heißt, dass er an dem Abend da war, an dem sie gestorben ist. Wäre er einen Tag früher da gewesen, hätte sie sie weggeputzt. Weil sie sonst nichts mehr zu tun hatte, hat sie ständig sauber gemacht. Er hat eindeutig versucht, seine Fingerspuren zu beseitigen, was ihm natürlich nur unvollkommen gelungen ist. Hätte er mit dem Mord nichts zu tun, hätte er das nicht getan. Und er muss sie spontan getötet haben, sonst hätte er von vornherein darauf geachtet, keine Spuren zu hinterlassen. Außerdem gibt es Fußabdrücke, am Tag nach dem Mord registriert, die zu Schuhen passen, die ihm gehören.«

»Warum hat er es getan?«

»Er sagt, sie hätte ihm gedroht. Sie wüsste etwas von seinem Bruder und Frau Svoboda und der Stasi.«

»Nein«, sagte ich. »So war sie nicht.«

»Es passt auch nicht in das Bild, das wir uns von ihr gemacht haben. Aber man weiß ja nie.«

Doch, dachte ich, ich glaube, ich weiß. Ihr ist eingefallen, dass der Mann in Weeritz, der aussah wie der Zauberkünstler, auch aussah wie Manfred Zierer. Und was immer sie daraus für Schlüsse gezogen hat – gar keine, vermutlich –, sie hat es Gerd Zierer erzählt. Und dass sie es mir sagen wollte. Es muss ein Schock für ihn gewesen sein. Sie war, in all ihrer Harmlosigkeit, genau auf der richtigen Spur.

»Und was ist mit den anderen Morden?«

»Er bestreitet, Frau Svoboda getötet zu haben«, sagte sie. »Er sagt, er hat sie eines Tages tot in der Hütte gefunden. Er hat sie begraben und versucht, seine Spuren zu beseitigen.«

»Und Heinrich, der Wirt, und Peter Gentz?«

»Damit hat er auch nichts zu tun, sagt er. Er gesteht nur, was wir ihm beweisen können. Er ist ja nicht dumm, ganz im Gegenteil. Und er hat einen guten Anwalt. Bei den beiden Männern haben wir keine Spuren von ihm gefunden. Und bei Frau Svoboda auch nicht, jedenfalls nichts, was belegt, dass er sie umgebracht hat.«

»Ich brauche noch einen Kaffee«, sagte ich und stand auf. »Für Sie auch?«

Mein Kopf fing an zu dröhnen, und die Luft blieb mir weg. Ich setzte mich schnell wieder hin.

»Was ist los?«, fragte sie.

»Können Sie den Kaffee holen?«

»Was haben Sie?«

»Eine Gehirnerschütterung und eine Rippenprellung.«

»Und da sitzen Sie hier rum«, sagte sie. »Wie ist das passiert?«

»Ich bin hingefallen.«

»Aha. Da sind Sie aber heftig hingefallen.«

Sie stand auf.

»Kommen Sie, hoch mit Ihnen, ich helfe Ihnen. Ab nach Hause. Pizza, Eis, Kaffee. Ich bin erst heute Abend wieder dran.«

In ihrer Wohnung wies sie in Richtung der offenstehenden Schlafzimmertür und sagte: »Legen Sie sich hin. Ich komme gleich.«

Ihr Bett war sehr breit, mit einer ockerroten Decke darauf. Am Kopfende lehnte ein Teddybär, etwa in ihrem Alter, mit hellbraunem, ziemlich abgeschabtem Fell.

Sie steckte den Kopf durch den Türrahmen.

»Was für eine Pizza?«

»Keine. Ich habe keinen Hunger.«

»Dann kriegen Sie Eis. Sagen Sie nichts, ich weiß, was Sie für ein Eis-Typ sind.«

Sie brachte Kaffee, einen Teller mit Fruchteis und für sich eine farbenfrohe Pizza, die Tex-Mex hieß.

»Was sagt Manfred Zierer dazu?«, fragte ich.

»Er bestätigt es: dass Frau Svoboda angerufen hat, und dass sein Bruder sich darum kümmern wollte und es auch getan und ihm gesagt hat, dass alles in Ordnung ist. Dass er nicht mehr daran gedacht hat, besonders nachdem er ja gar nicht Minister wurde, weil die Wahl anders ausging, als erwartet. Und dass er natürlich nie für die Stasi gearbeitet hat, in welcher Weise auch immer. Dass jedoch selbst der ganz aus der Luft geholte Vorwurf für ihn politisch zerstörerisch gewesen wäre. Dass er von nichts wusste und nichts getan hat. Also genau das, was sein Bruder sagt.«

»Und dass er ihr Geliebter war?«

»Das hat er heftig bestritten.«

»Aber der Tod von Frau Svoboda!«, sagte ich. »Davon muss er doch erfahren haben. Das kann er doch nicht für Zufall gehalten haben!«

Sie schüttelte den Kopf.

»Mehr weiß ich nicht. Sie reden noch mit ihm in Sassin. Ich bin mal gespannt, was er dazu sagt.«

Sie schob das letzte Stück ihrer Pizza auf dem Teller hin und her.

»Aber ich fürchte, wir kriegen ihn nicht. Der wird glatt rauskommen aus dieser Scheißgeschichte, glatt und sauber. Das ist einer von der Sorte, die aus allem glatt und sauber rauskommt, egal, was es ist!«

Sie atmete aus, als spucke sie auf etwas, und stand auf.

»Schlafen Sie ein bisschen. Ich wecke Sie, wenn ich wieder rüber muss.«

Ich spülte eine Tablette mit Kaffee runter und machte die Augen zu.

Als ich sie wieder aufmachte, war mir warm und leicht, obwohl ich nur kurz geschlafen haben konnte, denn draußen war es noch hell. Sie hatte mich zugedeckt und lag auf der anderen Seite des Bettes und schlief, zusammengekrümmt und ein Kissen in den Armen, als suche sie Schutz.

Ich rückte hinüber und breitete die Decke auch über sie. Der Wecker auf dem Nachttisch war auf sechs gestellt, und ich langte über sie hinweg und schaltete den Alarm aus.

Draußen vor dem Fenster ragten Speichergebäude empor und verdeckten den Himmel. Ihre Backsteinwände waren ziemlich heruntergekommen, aber man konnte noch sehen, wie schön sie waren, mit Mustern aus Steinvorsprüngen und farbig glasierten Ziegeln. Das Gurren von Tauben war zu hören und das kalte kratzende Geräusch ihrer Krallen auf dem Blech vor dem Fenster.

Ich dachte an Gerd Zierer und wie er in den Wald gefahren war, in seinem gelben Mercedes, um Anna Svoboda mit Lebensmitteln und Kleidung zu versorgen, kreischfarbenen Jogginganzügen zum Beispiel, und konnte es mir vorstellen, so sonderbar es auch war.

Ich konnte mir nicht vorstellen, dass er sie so brutal erschlagen hatte. Auch nicht, dass er Brigitte Köhler erdrosselt und Heinrich, den Wirt, und Peter Gentz bewusstlos geschlagen und ins Wasser gestoßen hatte, damit sie ertranken.

Aber dann fiel mir ein, was Anne Meermann gesagt hatte: Für Manfred würde der Gerd alles tun, alles.

Es war kurz vor sechs.

Ich drehte mich zu Marion Rogal, berührte ihre Schulter und sagte leise: »Aufwachen!«

Sie war sofort wach und sah erstaunt hoch, erst auf mich, dann auf den Wecker.

»Mhm«, sagte sie, »danke. Ich hasse es, wenn Wecker klingeln.«

Sie stand nicht auf, sondern blieb liegen und schob ihren Kopf an meinen Arm.

»Was hat er mit Frau Svoboda vorgehabt?«, fragte ich. »Er hätte sie doch nicht für immer in dieser Hütte einsperren können.«

»Darüber hat er nicht nachgedacht. Er hat sie mitgenommen, weil er das Problem irgendwie lösen musste. Sie erst mal zum Schweigen bringen. Entführung im Affekt sozusagen. Er hat sie in der Hütte untergebracht, versorgt und die Wahl abgewartet. Und sich in der Situation irgendwie eingerichtet. Das hat sie auch getan. Sie war natürlich wütend auf ihn. Und hat Angst gehabt. Aber sie hat sich arrangiert. Es ging ihr da ganz gut. Den Umständen entsprechend. Sagt er jedenfalls.«

»Das glaube ich ihm sogar. Sie war so. Vernünftig, praktisch, unsentimental, hat Frau Eisenmenger mal über sie gesagt.«

»Als die Wahl anders ausging und sein Bruder nicht Minister wurde, hat er mit ihr verhandelt, sagt er. Er würde sie freilassen und ihr Schadenersatz zahlen – ziemlich viel Geld –, und dafür würde sie ihn nicht anzeigen und die alte Geschichte vergessen und sich irgendwas ausdenken, wo sie die ganze Zeit gewesen wäre. Gedächtnisverlust zum Beispiel. Klingt reichlich abenteuerlich. Ist ja dann auch anders ausgegangen.«

»Und das alles für seinen Bruder«, sagte ich.

»Komisch, nicht? Ich habe auch einen Bruder, und für den würde ich viel tun, aber so was?«

Sie setzte sich auf und sah auf die Uhr.

»Jetzt muss ich leider aufstehen.«

Sie wandte sich zu mir, küsste mich schnell und leicht auf den Mund und sprang vom Bett. Ich folgte ihr. Sie goss einen Becher Kaffee hinunter, griff nach ihrer Jacke, warf den Riemen der Riesenbeuteltasche über die Schulter und zündete sich eine Zigarette an, während sie die Wohnungstür hinter uns zuzog.

»Kommen Sie ja nicht wieder her in diesem Zustand«, sagte sie, als sie neben Hildes Wagen auf dem Parkplatz des Präsidiums hielt. »Ich rufe bestimmt an. Ich halte Sie auf dem Laufenden.«

Ich öffnete die Wagentür.

»Und noch was. Ich habe noch keine Frau gesehen, die sich Rippenprellungen und eine Gehirnerschütterung beim Hinfallen geholt hat. Bloß Frauen, die das behauptet haben. Viele von denen sind irgendwann im Krankenhaus gelandet, und eine oder zwei auf dem Friedhof. Passen Sie gut auf sich auf. Und sagen Sie Bescheid, wenn was ist. Wenn Sie Hilfe brauchen, zum Beispiel.«

Es herrschte eine seltsame Stille in Gradow, seit Gerd Zierer verhaftet worden war. Die Straßen und Geschäfte schienen leerer zu sein und die Menschen kaum noch miteinander zu reden. Es war, als hielte der Ort den Atem an.

»Sonderbar«, sagte Viktor, dem in stummer Übereinkunft

niemand etwas gesagt hatte. »Die Leute sind so anders. So in sich gekehrt und einsilbig. Kriegen kaum die Zähne auseinander. Es ist geradezu unheimlich. Findest du nicht auch?«

»Nein. Wieso?«

»Das ist noch sonderbarer. Du merkst doch sonst immer alles. Viel eher als ich. Na ja. Vielleicht ist es der Winter, vielleicht wird es Zeit, dass Frühling wird.«

Auch nachts schien es stiller zu sein, und selbst mein Verfolger war leiser geworden. Ich fing fast an, mich an ihn zu gewöhnen. Auch an die Angst, die er mir machte. Manchmal hatte ich nicht mal mehr Angst, nur noch das Gefühl, einen Berg hinunterzurasen, schneller und immer schneller. Und wenn ich unten ankam: Würde es eine Katastrophe sein oder die Erlösung?

Jan erwartete mich im Türrahmen, streifte mir die Jacke von den Schultern, zog mich mit sich auf das Sofa, hielt mir sein Weinglas an den Mund und schob meinen Pullover hoch, um meine Blutergüsse zu untersuchen.

»Besser«, sagte er. »Und wie ist es mit dem Atmen?«

»Auch besser.«

Seine Finger strichen über meine Brüste, und ich atmete tief vor Lust und hörte auch nicht auf, als die Schmerzen kamen und immer größer wurden, so groß wie die Lust, und mit ihr verschmolzen.

Er hielt mich noch einen Moment, dann legte er sich zurück, öffnete seine Hose und zog meinen Kopf herunter. Ich spürte seine Hände in meinem Haar, und je stärker er stöhnte, desto fester wurde sein Griff, bis er sich langsam löste.

Er zog mich hoch, legte den Arm um mich und schob meinen Kopf auf seiner Schulter zurecht.

»Das mit Gerd macht mich fertig«, sagte er. »Ich kenne ihn so lange. Mein ganzes Leben lang. Und nun das ... Ich glaube es nicht. Ich glaube es einfach nicht.«

»Aber er gibt es zu.«

»Ich weiß. Trotzdem. Dass er Anna entführt hat, kann ich

mir sogar vorstellen, das passt irgendwie zu ihm. Aber das andere? Und nun sitzt er im Knast, und seine Frau ist tot …«

»Tut er dir so leid? Ich verstehe dich nicht.«

»Natürlich nicht«, sagte er. »Du bist nicht von hier, was verstehst du schon? Du kommst von drüben, du weißt nicht, wie wir hier leben. Wie es früher war, vor der Wende, wie wir da gelebt haben. Das war so anders als bei euch. Und du bist aus der Großstadt, du weißt nicht, wie das ist in einem kleinen Ort … Wärest du nicht gekommen, das alles wäre gar nicht passiert. Und hätte Viktors Frau sich nicht einmischen müssen in etwas, das sie nichts mehr anging, weil sie nach der Wende so schnell von hier verschwunden ist, wie sie nur konnte …«

»Ach so! Sie ist schuld, und ich bin schuld!«

»Unsinn«, sagte er. »Nein. So habe ich es nicht gemeint.«

»Dann sag es nicht!«, sagte ich. »Ich frag mich ja manchmal selber …«

»Ach, verdammt! Nein, nein. Es tut mir leid, Anna. Lass uns nicht mehr davon reden.«

Er drückte mich an sich, und ich sah auf das Flackern der Kerzen, bis mir die Augen zufielen.

Im Ofen fiel ein Scheit krachend in sich zusammen. Ich machte die Augen auf.

»Ich muss gehen«, sagte ich. »Ich schlafe ein, und dann wird es so spät.«

Er half mir in die Daunenjacke, zog den Reißverschluss zu und band den Schal um meinen Hals.

»Es ist kälter geworden«, sagte er. »Und hörst du den Wind? Das klingt nach Sturm. Pass auf.«

»Ja«, sagte ich, legte seine Arme um mich und küsste ihn lange.

Er hielt mich fest, als wolle er mich nie mehr loslassen.

»Bis morgen.«

Der Weg durch das Wäldchen mit den würzig riechenden Büschen führte schnurgerade von seinem Haus weg. Bevor ich zum Friedhof einbog, drehte ich mich noch einmal um, um nach dem Licht zu schauen, das aus seinem Küchenfenster leuchtete. Aber das Haus war dunkel und wie verlassen, und die Angst griff wieder nach mir.

Viktor sah nicht fern und hörte im Radio nur Musik, aber er las die Zeitung. Am Tag nach der Pressekonferenz der Polizei in Weeritz fuhr ich sie früh am Morgen holen und las den Bericht erst mal selber, im Auto am Straßenrand.

Er umfasste eine halbe Seite und enthielt mehrere Fotos: das letzte Passfoto von Anna Svoboda und daneben eines von Gerd Zierer, mit frisch gestutztem Haar und Bart und steifer Miene, Bilder von der Landungsbrücke und vom Wald am Meer, und sie hatten sogar eines ausgegraben, das Anna Svoboda mit Brigitte Köhler zeigte, untergehakt auf einer Brücke stehend, in engen Röcken, hohen Schuhen und mit hochgesteckten Haaren, irgendwann in den Sechzigern. Außerdem ein Foto von Manfred Zierer am Rednerpult des Landtages und eines von ihm und seinem Bruder im Jahre 1950, in kurzen Hosen, die Locken an den Schläfen so kurz geschoren, dass sie umso üppiger in die Stirn fielen. Gerd war für einen Zwölfjährigen schmal und schmächtig, hielt den Bruder an der Hand und blickte ernst in die Kamera, während Manfred noch ein rundes Kindergesicht und ein unbefangenes Kinderlachen hatte.

Der Artikel befasste sich nur kurz mit ihm und der Stasi – vermutlich hatten seine Anwälte die Grenzen dafür sehr eng gesteckt –, und beschrieb stattdessen die umfangreichen Aktenvernichtungen, die von November 1989 bis Januar 1990 nicht nur im MfS in Berlin, sondern auch in den Kreis- und Objektdienststellen der Staatssicherheit im ganzen Land stattgefunden hatten.

Mit Anna Svoboda hatte der Schreiber nicht viel anfangen können: eine Rentnerin, die Schneiderin gewesen war in der DDR und vielleicht kurze Zeit eine der vielen IMs dort und nach der Wende in den Westen zu ihrem Mann gezogen war, wo sie still und zurückgezogen gelebt hatte, bis sie eines Tages einen zum großen Karrieresprung ansetzenden Politiker im Fernsehen gesehen und sich an etwas erinnert hatte.

Über Brigitte Köhler schrieb er: »Anscheinend hatte sie Informationen, die Manfred Z. in engen Zusammenhang mit der entführten Anna Svoboda brachten und ihn als Mitarbeiter der Staatssicherheit entlarvt hätten.«

Am meisten war über Gerd Zierer zu lesen, über sein Amt als Bürgermeister vor und nach der Wende, den Tod seiner Frau und vor allem die Liebe zu seinem Bruder. »Tragisches Vermächtnis« lautete die Überschrift über diesem Abschnitt. Eine der älteren Bewohnerinnen von Gradow hatte Vertrauen zu dem Reporter gefasst und ihm erzählt, was sie darüber wusste.

»Gerd hat immer alles für Manfred getan«, wurde sie zitiert. »Wie ein Vater hat er für ihn gesorgt, auch wenn er bloß sechs Jahre älter ist. Das hat sein Vater ihm aufgetragen. Er kam 44 das letzte Mal auf Fronturlaub, kurz vor der Geburt vom Manfred, und als er wieder fuhr, hat er zu Gerd gesagt: Hilf deiner Mutter und achte auf deinen Bruder, wenn ich nicht wiederkomme. Er ist dann in Russland gefallen. Gerd hat den Kleinen gehütet und ist für ihn eingetreten und hat selbst immer zurückgesteckt – dass es dem Manfred gut ging, das war das Wichtigste für ihn, das Wichtigste überhaupt.«

Ich faltete die Zeitung zusammen und legte sie auf den Beifahrersitz.

Anne Meermann kam vorbei, blieb stehen und machte die Bewegung des Fensteröffnens.

»Weiß Viktor es schon?«

»Noch nicht«, sagte ich. »Ich bringe ihm jetzt die Zeitung.«

»Na dann«, sagte sie auf ihre kühle Art, »viel Spaß.«

Viktor hatte den Herd angeheizt und Frühstück gemacht und saß am Tisch und trank Tee.

»Wieso bist du so früh unterwegs?«

Ich legte die Zeitung vor ihn hin.

»Nachher«, sagte er.

»Jetzt. Hier, diesen Artikel.«

Er setzte umständlich und widerwillig seine Brille auf und las. Als er damit fertig war, betrachtete er ausführlich die Fotos, vor allem das von seiner Frau, während er mit dem Finger zärtlich über ihr Gesicht auf dem Papier streichelte.

»Das da«, sagte er und tippte auf das Foto von Anna Svoboda und Brigitte Köhler, »das kenne ich gar nicht. Das hätte ich gern. Ich habe so wenig Bilder von ihr.«

»Und?«, fragte ich.

Er nahm die Brille ab und sah mich an.

»Was soll ich dazu sagen? Anna hat Gerd nicht gemocht, das stimmt. Aber so was würde er doch nicht tun. Er sagt ja selber, er war es nicht. Zeitungen! Die drucken auch jeden Unsinn, den ihnen irgendjemand erzählt.«

Seine Augen waren matt und sein Blick unruhig, wie immer, wenn die Welt in seinem Inneren, in der er weiter mit seiner Frau lebte, in zu enge Berührung mit der Außenwelt kam, in der es sie nicht mehr gab.

Er schob die Zeitung weg und stand auf.

»Das kannst du wegschmeißen. Kompletter Unsinn. Nein, halt, das Foto!«

Er riss das Bild seiner Frau und das von ihr und Brigitte Köhler vorsichtig heraus. Nachher würde er das Stück Zeitung sorgsam beschneiden und in das Kästchen zu ihren Briefen und Fotos legen.

»Kannst du mir von dem mit Brigitte das Original besorgen? Oder einen guten Abzug? In der Zeitung ist die Qualität so schlecht. Ich kann ja kaum ihr Gesicht erkennen.«

Er ging in sein Zimmer und kam gleich wieder zurück, den Arm im Ärmel seiner Windjacke.

»Ich gehe ein bisschen, Anna. Ich brauche Bewegung.«

Ich räumte den Tisch ab und spülte das Geschirr und versuchte, nicht in den Garten zu sehen, wo er mit langen Schritten und rudernden Armen und einem vollkommen leeren Gesicht seine Runden drehte. Als das Handy klingelte, hätte ich es beinahe geküsst vor Erleichterung.

»Hallo, hallo«, sagte Marion Rogal.

»Hallo!«, sagte ich überschwänglich. »Schön, von Ihnen zu hören.«

»Was ist denn mit Ihnen los? Seit wann lieben Sie mich so?«

»Schon immer!«

»Seien Sie vorsichtig«, sagte sie. »Ich nehme das noch persönlich. Was ist los?«

»Viktor hat die Zeitung gelesen, und nun dreht er seine Runden durch den Garten.«

»Warum?«

»Das tut er immer, wenn es ihm schlecht geht. Es macht mich ganz verrückt!«

»Dann habe ich gute Nachrichten für Sie«, sagte sie. »Gerd Zierer hat um Ihren Besuch gebeten. Fahren Sie gleich rüber. JVA Weeritz. Sie sind angemeldet. Sagen Sie, dass die richterliche Besuchserlaubnis dort vorliegt, falls jemand Sie fragt, und nehmen Sie Ihren Ausweis mit.«

»Was will er?«

»Seine Frau hat etwas für Sie hinterlassen. Das will er Ihnen geben, solange Sie noch hier sind.«

»Ich komme.«

Die JVA Weeritz, ein großer, weißer, würfelförmiger Bau, lag vor der Stadt zwischen Äckern und Wiesen und wirkte wie ein Raumschiff aus einer anderen Galaxie, das hier gelandet war und um das man einen Zaun gezogen hatte.

Innen war sie auch wie ein Raumschiff, klar und modern, ohne Gittertüren und rasselndes Aufschließen, sondern mit hellen Gängen und Türen, die sich mit Chipkarten öffnen ließen.

Der Beamte brachte mich in einen Raum, in dem Gerd Zierer an einem Tisch in der Mitte saß und ein weiterer Beamter hinter einer Glaswand. Durch ein großes Fenster sah man Felder und die Straße nach Weeritz und ganz hinten den graublauen Schimmer des Meeres.

Zierer stand auf und gab mir die Hand.

»Guten Tag.«

»Hallo, Herr Zierer.«

Er hatte meinen Blick zum Fenster bemerkt.

»Schön hier, nicht?«

Er wies auf den Stuhl auf der anderen Seite des Tisches, wartete, bis ich saß, und setzte sich wieder. Er war dünner und grauer geworden, aber er wirkte ruhig und entspannt und so, als gehöre ihm dieses schöne Gefängnis mit dem großartigen Blick aufs Meer und ich sei sein Gast.

Auf dem Tisch lag ein in weißes Papier – vermutlich Druckerpapier – verpacktes Päckchen, das von einem roten Gummiband zusammengehalten wurde, unter dem ein Zettel steckte. Er schob es mir zu.

»Genau so, wie ich es gefunden habe.«

Ich zog das Gummiband ab und faltete den Zettel auseinander.

»Gib das Frau Wolf – gib es ihr bitte selbst –, und sag ihr danke von mir«, stand darauf, in einer flüssigen, ein wenig jungmädchenhaften Schrift.

Das starre Papier öffnete sich von selber und gab eine angestoßene Lederschatulle frei. Ich klappte den Deckel hoch. In einer seidenen Höhlung lag ein großes silbernes Medaillon mit einem roten Stein darauf.

»Es ist sehr alt«, sagte Gerd Zierer. »Es stammt von Elisabeths Urgroßmutter. Der Stein ist ein Granat, ein böhmischer. Das sehen Sie an der schönen dunkelroten Farbe mit dem Leuchten drin. Wie Wein.«

Ich strich über den Stein.

»Ich zeige Ihnen, wie man es öffnet«, sagte er. »Der Mechanismus ist gut versteckt. Hier, sehen Sie, so.«

Drinnen lag eine getrocknete Blüte in verblasstem Blau.

»Die war schon immer drin«, sagte er. »Es war ein Verlobungsgeschenk vom Urgroßvater, und der wird sie wohl gepflückt haben. Elisabeth hat es sehr geliebt. Sie hat es oft getragen.«

Die Gelassenheit, mit der er mich und die Situation beherrschte, ärgerte mich. Ich nahm ihm das Medaillon aus der Hand, legte es wieder in die Schatulle und die Schatulle mitsamt Papier und Gummiband und Zettel in meinen Rucksack, damit er nichts mehr davon anfassen konnte.

»Sie könnte es immer noch tragen, wenn Sie sie nicht umgebracht hätten«, sagte ich.

Er sah mich ruhig an, mit einem kleinen Lächeln.

»Das, was Sie getan haben, hat sie umgebracht. Deswegen hat sie Selbstmord begangen. Das wissen Sie doch.«

»Ach, Frau Wolf«, sagte er, »warum gehen Sie nicht nach Hause? Sie haben Ihre Arbeit hier gemacht. Und nicht mal schlecht, wie Sie sehen – an mir und meinem derzeitigen Aufenthalt.«

»Sie hat es gesagt.«

Er schüttelte den Kopf.

»Doch, das hat sie«, sagte ich. »Als wir uns das letzte Mal gesehen haben, am Grab von Frau Svoboda.«

»Sie reden Unsinn«, sagte er und stand auf.

»Nein. Sie hat über den Tod all dieser guten Menschen gesprochen – so hat sie sich ausgedrückt –, Brigitte, Hermann und Peter, und dann hat sie gesagt …«

»Aber das ist Unsinn«, wiederholte er. »Hören Sie auf, so über sie zu sprechen.«

Ich begriff nicht, worum es ging, und was ihn daran so berührte, aber ich wollte nicht nachgeben.

»Das ist kein Unsinn. Es war so. Sie hat gesagt …«

Er setzte sich wieder, und die Gelassenheit verließ allmählich sein Gesicht.

»Das ist unmöglich. Das hätte sie nie getan. Warum erzählen Sie solche Lügengeschichten über sie?«

»Aber das tue ich nicht. Ich erinnere mich genau, wie sie sagte …«

»Nein, nein! Das hätte sie nie getan! Sie hätte mich nie …«

Er hielt abrupt inne, um das letzte Wort nicht auszusprechen, aber ich hatte es schon verstanden.

»Nein, sie hat Sie nicht verraten«, sagte ich. »Da haben Sie recht. Das hätte sie bestimmt nie getan. Aber jetzt verstehe ich erst, wovon wir reden. Sie haben ihr erzählt, was Sie getan haben. Deshalb hat sie sich umgebracht! Nicht, weil sie es nicht ertragen konnte, dass so viele Menschen ermordet worden waren – so sensibel war sie nun auch nicht! Sondern weil sie es nicht ausgehalten hat, dass Sie sie getötet haben. Vor allem, dass Sie Anna Svoboda getötet haben. Sie hat Anna so geliebt. Warum haben Sie ihr das bloß gesagt?«

Sein Gesicht lief rot an, und er versuchte angestrengt, sich zu beherrschen.

»Meine Frau wusste ganz genau, dass ich Anna nichts getan habe«, sagte er bemüht sachlich.

»Das stimmt nicht. Sie hat ja noch von Anna gesprochen, als wir am Grab gestanden haben, und von ihrem Tod! Und wissen Sie, was sie über Sie gesagt hat? Dass Sie auch ein guter Mensch sind, über dem ein Fluch hängt, und dass Sie jedes Mal, wenn Sie jemanden töten, ein bisschen mitsterben.«

Sein Gesicht war dunkelrot und das Weiß seiner Augen gerötet. Früher, als er noch gesund und noch nicht im Gefängnis war, hätte er nun wahrscheinlich einen Wutanfall bekommen.

Aber dafür hatte er nicht mehr die Kraft. Er senkte den Kopf und sah in seine Hände, Mechanikerhände mit einer Narbe auf der Innenfläche der einen und einem verkrüppelten Nagel am Daumen der anderen, als hoffe er, sie könnten ihm helfen. Damit war es auch vorbei.

»Hat sie das gesagt? Ja, das glaube ich. Das klingt nach ihr: ein guter Mensch, über dem ein Fluch hängt.«

Er blickte hoch, zum Fenster.

»Wie passiert so was? Keine Ahnung. Es passiert einfach. Du triffst nicht mal eine Entscheidung. Du gehst bloß in eine bestimmte Richtung. Wenn du die mal eingeschlagen hast, musst du weitergehen. Du kannst nicht mehr umkehren … Ist vielleicht wirklich wie ein Fluch. Vielleicht hat meine Frau recht. Es ist ja nicht so, dass man das eiskalt durchzieht. Cool, wie die jungen Leute sagen. Bestimmt nicht. Man ist selber immer wieder erschrocken und wie vor den Kopf geschlagen und weiß nicht weiter …«

Seine Augen bewegten sich, als betrachte er die Landschaft draußen vor dem Fenster.

»Plötzlich hast du eine Frau auf dem Rücksitz, die du entführt hast und gefesselt und unter einer Decke versteckt, und was sollst du machen? Umkehren? Geht nicht. Also fährst du weiter und sperrst sie ein, wo sie niemand findet, und kümmerst dich um sie und lässt es erst mal so laufen und hoffst, dass es irgendwie gut ausgeht. Und du kriegst die Chance und versuchst dich mit ihr zu einigen, und dann kommst du eines Tages, und die Tür ist offen, und da liegt sie und ist tot. Du begräbst sie und machst alles sauber und denkst, es kann immer noch gut ausgehen …«

Er sah mich an. Seine Augen zogen sich zusammen.

»Aber dann sind Sie gekommen und haben die Leute hier aufgemischt und ihnen Ideen in den Kopf gesetzt. Vielleicht sind Sie der Fluch. Wenn Sie nicht gekommen wären, wäre gar nichts mehr passiert.«

»Sie haben die beiden Männer getötet, aber Frau Svoboda nicht, sagen Sie«, sagte ich.

Er antwortete nicht.

»Wenn Sie es nicht waren, wer war es dann? Ihr Bruder? Natürlich, Ihr Bruder. Sie töten, das hätte er tun können, ohne aufzufallen. Ohne Spuren zu hinterlassen. Und er braucht nicht mal ein Alibi, weil ja niemand weiß, wann genau sie getötet wurde. Vielleicht war es ihm nicht recht, dass Sie sich mit ihr einigen und sie freilassen wollten.«

»Mein Bruder hat nichts davon gewusst und nichts damit zu tun.«

»Dann muss Ihr Bruder sich blind und taub gestellt haben.«

Er schloss kurz die Augen, und es war klar, dass er darüber kein Wort sagen würde.

»Und warum haben Sie Ihrer Frau davon erzählt?«

Er schüttelte den Kopf und ließ ihn in seine Hände sinken.

Ich hatte einen Fehler gemacht. Ich hätte ihn nicht drängen dürfen. Und schon gar nicht von seinem Bruder sprechen. Das Fenster, das er mir so überraschend geöffnet hatte, war zugeschlagen.

Der Gefängnisbeamte kam aus seinem Glaskasten am anderen Ende des Raumes und fragte: »Ist was, Herr Zierer?«

Gerd Zierer hob den Kopf.

»Nein, nein. Ich bin nur müde. Wir sind hier auch fertig.«

Er stand auf, sah mir in die Augen, wie in stillem Einverständnis, nickte kurz und ging hinaus. Ich wartete, bis ein anderer Beamter kam und mich durch die Türen und Treppenhäuser hinunter zum Ausgang brachte.

Vor dem Tor lag der Parkplatz, sehr groß und mit so vielen Bäumen und Büschen angelegt, dass ich Hildes Wagen suchen musste. Ein dunkler Wagen mit Sassiner Kennzeichen fuhr langsam an mir vorbei und in eine Parklücke hinein. Ein Mann entstieg der Beifahrertür, der von einer sehr guten Security-Firma sein musste, weil man ihm seinen Job überhaupt nicht ansah, während Manfred Zierer den Fond des Wagens verließ.

Ich blieb stehen und sah ihn an. Er kam auf mich zu und sah auch mich an und ging an mir vorbei, als ob er mich noch nie gesehen hätte, während der Security-Mann mich dezent, aber gründlich checkte.

Auf der Rückfahrt versuchte ich, mich an das Gespräch mit Elisabeth Zierer zu erinnern und daran, ob ich mir Notizen darüber gemacht hatte. Das tat ich normalerweise bei der Arbeit. Aber Elisabeth Zierer war für mich nicht einfach Arbeit gewesen.

Ich hielt an und blätterte in meinem Notizbuch.

Es war an einem dieser kalten Tage gewesen. Die Blumen, die sie auf das Grab gepflanzt hatte, waren in der Nacht zuvor erfroren.

»Das ist nicht wirklich schlimm«, hatte sie gesagt, »das lässt sich wiedergutmachen.«

Sie hatte über die guten Menschen gesprochen, die starben, und ihre Namen genannt: Anna, Brigitte, Hermann, der Wirt, Peter. Über den Mörder, der auch ein guter Mensch war, und über den Fluch, der über allen hing, dem Mörder wie den Ermordeten.

Dann hatte sie wieder die Namen aufgezählt: Brigitte, Hermann, Peter. Und Anna. Oder nicht? Hatte sie, als sie über den Mörder sprach, Annas Namen weggelassen, weil sie wusste, dass ihr Mann sie nicht getötet hatte? Weil er ihr zwar den Mord an den anderen gestanden, Anna Svoboda aber ausdrücklich davon ausgenommen hatte?

Ich durchblätterte das Notizbuch, aber ich fand Elisabeths Namen nur im Kalender, wo ich aufschrieb, was passierte.

Ich hatte ihn am 5. November notiert, als sie mir von Anna und ihrem Geliebten erzählt hatte, im Auto auf der Landstraße. Am 6. Dezember hatte sie mich angerufen, weil Heinrich, der Wirt, ermordet worden war. Am 27. Januar hatte ihr Mann den Herzinfarkt gehabt. Unter dem 28. Januar stand eine Notiz über das Gespräch am Grab. Am 31. Januar hatte sie Selbstmord begangen, und am 12. Februar war ihr Begräbnis gewesen.

Ich blickte hoch, auf das Meer, das glatt und grau unter der Steilküste lag. Möwen segelten darüber hinweg, und am Horizont fuhr ein spielzeuggroßes Schiff.

Der Infarkt, dachte ich. Darum hat er ihr erzählt, was er getan hat. Er hatte Angst zu sterben und wollte es loswerden. Vielleicht hat er den Infarkt überhaupt nur deswegen gehabt. So was gibt es. Er hat es sich von der Seele geredet und ihr aufgeladen.

Ich holte die Schatulle aus dem Rucksack, nahm das Medaillon heraus und hängte es mir um. Ich hatte gedacht, es müsse sich kalt und schwer anfühlen, aber es lag leicht und warm auf meiner Haut.

11

Viktor hatte die Zeitung auf dem Küchentisch ausgebreitet und las, konzentriert, mit hochgezogenen Brauen. Zwischendurch lehnte er sich aufseufzend zurück und betrachtete die Fotos, Porträtfotos von seiner Frau, Brigitte Köhler und Gerd Zierer und ein großes von Manfred Zierer auf der Treppe vor dem Sassiner Landtagsgebäude.

Es war ein letzter Bericht über die Entführung von Anna Svoboda und den Mord an Brigitte Köhler und darüber, dass Gerd Zierer im Spätsommer vor Gericht gestellt und dieser beiden Verbrechen angeklagt werden würde. Er bestritt immer noch, die anderen begangen zu haben, und man hatte sie ihm nicht beweisen können, weil es, wenn man aufpasst, keine Spuren hinterlässt, alte Männer bewusstlos zu schlagen und in einen Wassergraben zu stoßen oder ins Meer. Und weil man an der halb verwesten Leiche einer alten Frau nur mit Glück Beweise dafür findet, wer sie erschlagen und vergraben hat.

Manfred Zierer hatte die Taten seines Bruders scharf verurteilt und zugleich seine Zuneigung und Solidarität zu ihm zum Ausdruck gebracht, und dass er alles, was in seiner Macht stünde, für ihn tun werde. Er bestritt, von der Entführung Anna Svobodas gewusst zu haben. Als er von ihrem Tod gehört habe, habe er mit seinem Bruder darüber gesprochen und ihm geglaubt, als dieser ihm versichert habe, er habe nichts damit zu tun. Und er selber habe nie auch nur das Geringste mit der Staatssicherheit der ehemaligen DDR zu tun gehabt.

Ich hatte ihn kurz im Fernsehen gesehen. Er war beeindruckend gewesen in seiner klaren, aufrechten Art. Er werde seine Arbeit als Vorsitzender der Landtagsfraktion fortsetzen, solange seine Partei dies wünsche, hatte er gesagt, und seine Arbeit für dieses Land, solange die Wählerinnen und Wähler es wünschten.

Viktor riss das Bild seiner Frau heraus, faltete die Zeitung zusammen und warf sie in den Korb mit dem Holz für den Ofen.

»Wie ist es, Anna«, sagte er. »Wollen wir fahren?«

»Wohin?«

»Nach Hause.«

»Ich bin hier noch nicht fertig«, sagte ich. »Fahr du schon mal.«

Er lächelte mich an und strich über meine Wange.

»Ich lasse dich doch nicht allein. Dann bleibe ich auch.«

»Schön.«

Ich stand auf.

»Ich gehe zu Gierow und hole den Wagen. Er soll um vier fertig sein.«

Ich nahm den Weg an den Feldern entlang und ging über den Friedhof. Elisabeths Grab wurde von einer Firma betreut, die dafür sorgte, dass immer ein üppiges Gesteck aus frischen Blumen darauf lag. Am Grab von Anna Svoboda stand Dr. Geberg.

»Sehen Sie mal«, sagte er. »Wie finden Sie das?«

Auf einer Abdeckung aus Tannenzweigen thronte ein Kranz aus gefärbten Strohblumen.

»Einer muss sich doch jetzt darum kümmern. Ich habe mit Ingrid telefoniert, und sie ist auch dafür, dass ich es übernehme. Im Frühling wird natürlich frisch gepflanzt. Zum Beispiel Stiefmütterchen, blau und gelb. Das würde ihr gefallen, glaube ich.«

Das glaube ich nicht, dachte ich, Strohblumen gefärbt und Stiefmütterchen blaugelb, das war bestimmt nicht ihr Stil, aber was soll's, es ist nicht wichtig.

»Hübsch«, sagte ich, »doch ja, sehr hübsch.«

Er lächelte erleichtert. Er musste mal wieder dringend zum Friseur, sein Bart war struppig und völlig aus der Form, und die Haare wucherten über den Mantelkragen und hätten schon seit Längerem eine Wäsche gebraucht.

»Und Sie?«, fragte er. »Wann geht's denn wieder nach Hause?«

»Bald«, sagte ich, »so bald wie möglich. Morgen. Spätestens übermorgen.«

»Na dann«, sagte er. »Wir sehen uns vorher sicher noch.«

Ich ging weiter, durch das Wäldchen aus Birken und immergrünen Büschen, die, von der Sonne beschienen, würzig dufteten, und an Jans Haus vorbei, das im hellen Licht alle seine Schwächen zeigte, bröckelnden Putz, abblätternde Farbe und verrottendes Holz am Fachwerk.

»Ihr Wagen?«, fragte die Frau des Werkstattbesitzers erstaunt. »Oh, Sie meinen Hildes Wagen. Der soll heute fertig sein?«

»Ja.«

»Sind Sie sicher?«

»Ganz sicher.«

Ihr Mann tauchte in der Werkstatttür auf.

»Ist schon klar, Frau Wolf«, sagte er. »Dauert noch ein bisschen. Ich bringe ihn dann vorbei.«

Ich machte Besorgungen, im Supermarkt, in der Drogerie, in Mathis Gentz' Schreibwarengeschäft und nahm mir Zeit für Gespräche, vor allem darüber, dass ich bald fahren würde, praktisch morgen schon, und ging durch die Allee zurück. Kurz hinter dem Ortsschild hupte es neben mir, und etwas Schwimmbadgrünes tauchte auf, dessen Beifahrertür geöffnet wurde.

»Hallo«, rief sie, »kommen Sie!«

Ich stieg ein. In ihrem Wagen war der Pegel von Kram und Müll noch angestiegen seit dem letzten Mal.

»Ich weiß«, sagte sie, »aber noch ist nicht Frühling, und vorher kann man keinen Frühjahrsputz machen.«

»Schade«, sagte ich. »Dann werde ich es nicht mehr erleben.«

»Wann fahren Sie?«

»Ich weiß es noch nicht genau.«

Sie hielt vor Hildes Auffahrt.

»Rufen Sie an, bevor Sie fahren«, sagte sie. »Bestimmt? Nicht vergessen.«

Ich versprach es.

Dr. Geberg saß bei Viktor in der Küche.

»Ich dachte, Sie fahren schon bald«, sagte er. »Morgen oder übermorgen. Aber Viktor hier meint, es dauert noch.«

»Das hast du doch gesagt«, sagte Viktor.

»Du hast mich falsch verstanden«, sagte ich und sah ihn an. »Ich möchte so bald wie möglich fahren. Je eher, je besser. Am liebsten morgen.«

Er wollte den Mund öffnen, um zu widersprechen, aber dann bemerkte er etwas in meinem Blick, das ihn davon abhielt.

»Tja«, sagte er. »Da siehst du es, Karl, ich werde alt.«

»Wem sagst du das«, sagte Geberg und stand auf. »Ich gehe dann mal. Wir sehen uns sicher noch. Du sagst Bescheid, bevor es losgeht, ja?«

Nach dem Abendessen hörte Viktor Musik, und ich ging hinauf ins Dachzimmer, legte den Koffer aufs Bett und packte ein, was ich nicht mehr brauchen würde. Gegen elf kam Viktor die Treppe hinauf, um Gute Nacht zu sagen. Als ich seine Tür zuschlagen hörte, nahm ich die Pistole und die Taschenlampe aus dem Schrank, steckte sie ein und verließ das Haus.

Es war eine klare, frische Nacht, und es war schön, an den Feldern entlangzugehen und zu spüren – obwohl ich gar nicht wusste, woran –, dass bald Frühling sein würde. Ich war so ruhig, wie man wird, wenn man beschlossen hat, den Ablauf der Ereignisse selbst zu bestimmen. Heute Nacht würden wir das Spiel mit neu verteilten Rollen spielen: ich als Katze und er als Maus.

Das Licht in Jans Küche brannte. Ich sah durch das Fenster neben der Haustür. Er war auf dem Sofa eingeschlafen, aber er wurde sofort wach, als ich an die Scheibe klopfte, und kam und öffnete die Tür.

»Ich bin eingeschlafen. Hast du lange geklopft?«

»Nein.«

»Dass du endlich da bist! Komm. Willst du einen Schluck Wein? Hier muss noch irgendwo eine Flasche sein.«

»Nein«, sagte ich.

Er zog mich aufs Sofa und legte die Arme um mich.

»Was ist los mit dir?«

»Ich muss dir was sagen«, sagte ich. »Ich fahre morgen.«

Er erstarrte und nahm seine Arme von mir.

»Auf einmal? Warum hast du mir das nicht früher gesagt?«

»Weil ich es nicht früher wusste. Im Büro ist etwas schiefgegangen. Etwas Wichtiges.«

»Was?«

»Zu kompliziert, um es zu erzählen«, sagte ich. »Es ist einfach so. Lass uns nicht darüber reden.«

Ich lehnte mich an ihn, und er legte den Arm wieder um mich.

»Ich weiß gar nicht, was ich sagen soll«, sagte er. »Das kommt so schnell.«

»Sag nichts. Wir sehen uns ja morgen noch mal.«

Wir blieben lange so sitzen. Schließlich machte ich mich von ihm los.

»Komm, steh auf«, sagte ich. »Ich muss jetzt gehen.«

Er küsste mich, nahm meinen Kopf in die Hände und sah mir in die Augen. In seinen spiegelte sich das Licht der Kerzen, sodass ich nicht wirklich hineinsehen konnte.

Er brachte mich zur Tür und wollte mir den Reißverschluss der Jacke zuziehen.

»Nein«, sagte ich. »Lass.«

»Bis morgen«, sagte er.

»Bis morgen.«

Ich sah mich nicht mehr um und ging rasch durch das Wäldchen und wurde erst wieder langsam, als ich in die Nähe des Friedhofs kam. Das Tor in der Mitte der Mauer stand offen. Ich ging noch langsamer. Ich erreichte das Ende der Mauer und war auf der schmalen Straße schon weit in Richtung der Felder gegangen und hatte fast die Hoffnung aufgegeben, als ich ihn hinter mir hörte.

Ich drehte mich um, machte die Taschenlampe an und fragte: »Wer sind Sie?«

Ich sah dunkle Hosen und abgenutzte hellbraune Schuhe, die mir bekannt vorkamen, und eine Gestalt, die davonlief. Ich rannte hinterher. Im schwankenden Licht der Lampe sah ich auf seinen Rücken in einer dunklen Jacke. Es war ein ziemlich breiter Rücken.

Er rannte nicht schnell, eher verhalten, aber es war ohnehin klar, dass er mir nicht davonlief, sondern wollte, dass ich ihm folgte. Ich hörte mich keuchen, und es kam mir vor, als ob ich auch sein Keuchen hörte.

Und dann war er plötzlich nicht mehr da. Ich blieb stehen und lauschte. Nichts. Ich ging ein Stück weiter und beleuchtete den Weg vor mir. Auch nichts. Er war verschwunden, als hätte die Erde sich aufgetan und ihn verschluckt.

Ich ging zurück und suchte mit der Lampe die Umgebung ab. Der Weg führte zum Meer und war von sandigen Hügeln, Dünengras und dürrem Gebüsch gesäumt. Der Mann konnte überall hingelaufen sein, und er kannte die Gegend so viel besser als ich, es hatte keinen Sinn, wenn ich vom Weg abging und nach ihm suchte. Aber wieso hatte ich nichts mehr von ihm gehört? Er konnte nicht lautlos verschwunden sein, es sei denn, er war doch ein Gespenst oder konnte fliegen. Er war noch da. Irgendwo hier.

Ich ging immer weiter zurück. Es musste einen Ort geben, nahe am Weg, wo er schnell und geräuschlos hatte verschwinden können. Eine Höhle vielleicht?

Schließlich fand ich es. Es war keine Höhle, sondern ein Bunker, in die Erde gebaut, mit einer Metalltür, die offen stand. Ich drückte mit dem Fuß gegen die Tür, die sich leicht bewegte und nach innen schwang, bis sie anschlug, und ich leuchtete hinein und sah Steinwände und Sandboden.

Ich trat in den Türrahmen und suchte mit der Lampe das Innere ab. Nichts.

Ich tat einen Schritt hinein und noch einen. Es war ein kleiner Raum, in dem sich niemand verstecken konnte. Ich drehte mich um und richtete das Licht auf die Tür, neben der Vertiefungen in den Stein geschlagen waren, die aussahen wie Treppenstufen. Ich begriff gerade noch rechtzeitig und trat zurück, als der Mann, der in einer Höhlung über der Tür hockte, heruntersprang. Ich fiel gegen die rückwärtige Wand, während er auf dem Boden aufschlug.

Ich richtete mich auf und betastete meinen Hinterkopf. Wieder eine Beule.

Er trug Handschuhe und eine dunkle Mütze, lag mit dem Gesicht nach unten und stöhnte. Ich wollte ihm nicht zu nahe kommen, denn vielleicht war er nicht so benommen, wie es schien, also blieb ich sitzen und wartete darauf, dass er den Kopf hob, damit ich endlich sehen konnte, wer er war.

Ich wartete und tat, was Rolf mir gesagt hatte: »Wenn du auf einen Einsatz warten musst, hab keine Angst und mach dich nicht verrückt. Denk an was Schönes, das beruhigt und zentriert.«

Ich dachte an die Bäume auf der Obstwiese hinter dem Haus meiner Mutter, die dunklen ernsten Pflaumenbäume, die hellen fröhlichen Kirschbäume, die graugrünen ältlichen Apfelbäume, die ordentlichen Spalierbirnen mit ihren gelben Früchten …

Der Mann bewegte die Schultern und hob den Kopf. Ich richtete die Lampe so, dass ich sein Gesicht erkennen konnte. Die schwarze Mütze verwirrte mich, ich hatte ihn noch nie mit Mütze gesehen, aber der Bart war unverkennbar. Es war Dr. Geberg.

»Sie sind das? O Gott!«

Er kam leicht hoch und war in wesentlich besserer Kondition, als ich erwartet hätte. Er klopfte sich den Schmutz von Hose und Jacke, bevor er mich ansah.

»Ja«, sagte er. »Ich bin das. Sie sind außergewöhnlich regenerationsfähig – nach einer Rippenprellung schon wieder so schnell und beweglich! Und das war keine leichte Prellung. Es hatte Sie ganz schön erwischt.«

»Sie müssen es ja wissen.«

Es fiel ihm anscheinend jetzt erst ein, dass er es gewesen war, der mir das zugefügt hatte.

»Stimmt«, sagte er.

»Sie waren das!«

Er nickte.

»Sie! Das verstehe ich nicht. Warum?«

»Weil Sie eine Hure sind. Eine Zerstörerin. Eine Männerzerstörerin, Kinderzerstörerin, Familienzerstörerin!«

Er sprach die schrecklichen Worte mit Heftigkeit, aber er war ganz ruhig dabei, und sein Gesicht blieb seltsam unbewegt.

»Was? Wovon reden Sie?«

»Jemand muss dafür sorgen, dass Frauen wie Sie nicht davonkommen! Dass sie zur Rechenschaft gezogen werden. Bestraft!«

»Wofür?«

»Dafür, dass sie Männer ins Unglück stürzen. Dass sie sie zerstören. Ich sagte es doch! Beide Männer, nicht nur den Ehemann, auch den Liebhaber. Auch der Liebhaber ist ein Opfer! Auch der Liebhaber wird zerstört!«

»Der Liebhaber ist ein Opfer?«

»So viel Leid ist die Folge davon«, fuhr er fort, ohne auf mich zu achten, »so furchtbar viel Leid! Auch für die Kinder, die mit hineingeraten oder daraus entstehen und so ganz und gar unschuldig daran sind …«

»Reden Sie von mir?«, fragte ich.

»O ja!«

Aber das bin nicht ich, dachte ich. Von wem sprichst du wirklich?

Er sprach weiter, von der Hurerei der Frauen und ihren Verbrechen an Männern und Kindern und der Strafe, die sie dafür verdienten. Der Kontrast zwischen den starken Worten und seiner ruhigen Stimme und dem unbewegten Gesicht war beängstigend.

Ich hörte zu und versuchte zu verstehen, worum es ging und wovon er wirklich sprach. Und dann begriff ich es plötzlich. Das letzte Puzzleteilchen fiel an seinen Platz, und ich sah das Bild vor mir und konnte nicht verstehen, dass ich es nicht längst gesehen hatte.

»Sie! Sie waren der Geliebte, den sie nachts getroffen hat, damals, im Sommer! Mit dem sie morgens in der Laube gesessen hat, hinten im Garten! Sie waren das!«

»Ja«, sagte er. »Woher wissen Sie das?«

»Das hat mir jemand erzählt«, sagte ich. »Aber ich bin nie auf die Idee gekommen, dass es zwei Männer waren. Ich habe immer gedacht, es wäre nur einer.«

»Was?«

»Nicht so wichtig.«

»Das war ein schöner Sommer«, sagte er mit veränderter Stimme. »Dieses ganze Jahr. Das schönste Jahr meines Lebens.«

Er zog die Mütze vom Kopf und öffnete die obersten Knöpfe seiner Jacke, als sei ihm warm.

»Wir haben uns jede Nacht getroffen. Nur nicht, wenn ich Dienst hatte. Im Krankenhaus.«

»Da haben Sie sie kennengelernt, oder?«

»Sie war in eine Scherbe getreten und hatte einen Schnitt in der Fußsohle. Sie lief so gerne barfuß. Sie war schlank und braun, wie eine braune Elfe. Sie hatte ein geblümtes Kleid an, und ihr Haar war offen, nur über der Stirn hochgesteckt. Ihr Haar wehte und das Kleid auch, als sie wegfuhr. Auf dem Fahrrad, wissen Sie. Sie hatte große dunkle Augen, und ihre Stimme war auch so – warm und dunkel. Sie war eine außergewöhnliche Frau. Unbeschreiblich.«

Unbeschreiblich. Viktor hatte dieses Wort auch gebraucht, als er von ihr gesprochen hatte.

»Und dann?«, fragte ich.

»Und dann? Dann fing es an.«

»Und?«

Er schüttelte den Kopf, als wolle er nicht weiter darüber reden.

»Dann kam Viktor wieder, und sie wurde schwanger, und es war zu Ende«, sagte ich.

»Das geht Sie nichts an! Das geht Sie überhaupt nichts an! Sie kommen her und machen sich breit und wühlen in unserem Leben und unserer Vergangenheit, und dabei geht Sie das alles überhaupt nichts an!«

»O doch, es geht mich was an. Es ist mein Job herauszufinden, wer sie getötet hat, und ich bin damit noch nicht fertig, denn ich weiß immer noch nicht, wer es war«, sagte ich. »Herr Zierer schwört, er war es nicht. Und ich glaube ihm. Wahrscheinlich war es sein Bruder, aber ...«

In seinem Gesicht tauchte ein seltsamer Ausdruck auf, der sich veränderte, während ich sprach, und etwas Selbstgewisses, fast Triumphierendes bekam. Er schüttelte leicht den Kopf, wie ein Lehrer, der einen Schüler korrigiert.

»Nein?«, fragte ich. »Aber wer dann? Sie wissen es!«

Er zog die Augenbrauen hoch, als wollte er sagen: Nun sei doch nicht so dumm! Hast du es immer noch nicht begriffen?

»Sie? Sie haben sie getötet? Aber warum? Weil sie zu ihrem Mann zurückgegangen ist? Sie bekam ein Kind von ihm! Und das alles ist vierzig Jahre her! Wie haben Sie sie überhaupt gefunden? Sie waren doch nicht an der Entführung beteiligt? Oder haben Sie davon gewusst?«

»Ach, nein. Das war Zufall. Seit damals laufe ich viel durch den Wald. Da haben wir uns immer getroffen, und wenn es regnete, sind wir in eine der Hütten gegangen. Die kenne ich alle, diese Hütten, ich bin ja seit vierzig Jahren da unterwegs. Eines Tages kam ich an der Hütte vorbei, in der sie eingeschlossen war. Sie ist abgelegen und eingewachsen, deshalb habe ich sie nicht früher gefunden. Ich habe gehört, dass da jemand eingesperrt war, und die Tür aufgebrochen.«

»Und?«

»Wir haben uns unterhalten. Wir haben ja nie wieder richtig

miteinander geredet seit damals. Sie wollte das nicht. Wir haben immer so getan, als ob wir uns nur flüchtig kennen. Sie hatte solche Angst, Viktor würde doch noch was erfahren. Es war schön, mit ihr zu reden. Fast wie früher ...«

Er schwieg, ich wartete, und schließlich sagte ich: »Und? Weiter?«

Er schüttelte unwirsch den Kopf.

»Kommen Sie, Dr. Geberg. Irgendwem müssen Sie es doch mal erzählen.«

Er sah mich nachdenklich an, und dann nickte er.

»Ich habe gesagt, dass ich mir manchmal vorgestellt habe, Ingrid wäre mein Kind. Dann hätte sie mich nicht verlassen können, dann hätte ich ein Recht auf sie gehabt, mehr als Viktor. Dann wäre sie bei mir geblieben, und wir hätten noch mehr Kinder gehabt. So hatte sie nur das eine. Es war ja auffallend, dass sie mit Viktor weder vorher noch nachher Kinder hatte. Nur in dieser Zeit, wo es vielleicht auch von mir sein konnte.«

Er schwieg schon wieder, aber ich traute mich nicht, noch mal nachzufragen.

»Na ja«, sagte er nach einer Weile, »sie konnte schlecht lügen. Sie konnte eigentlich gar nicht lügen. Jedenfalls nicht, wenn man sie so direkt fragte. Dann wurde sie rot und kam ganz durcheinander. Dabei habe ich nicht mal richtig gefragt. Ich habe bloß gesagt: Es hätte ja auch von mir sein können, nicht?«

Er sah auf die Uhr.

»All die Jahre. Mein halbes Leben. Immer habe ich mir gewünscht, sie wäre bei mir, und habe nicht mal geahnt, dass ich ein Recht darauf gehabt hätte, weil Ingrid mein Kind ist und nicht Viktors.«

Er schüttelte wieder den Kopf und stand auf.

»So«, sagte er, »jetzt muss ich gehen.«

»Wohin?«, fragte ich.

»Nach Hause. Es wird Zeit.«

»Sie können nicht einfach gehen«, sagte ich.

»Oh, doch. Was wollen Sie dagegen tun?«

Er setzte die Mütze auf.

»Und Sie bleiben hier«, sagte er. »Aber es dauert nicht lange. Dies hier ist nur der Rest eines alten Bunkers. Der größere Teil ist vor Jahren eingestürzt, und dabei kam auch das Belüftungssystem zu Schaden. Es funktioniert nicht mehr. Habe ich mir das nicht hübsch ausgedacht für Sie? Aber es wird nicht so schlimm. Es ist kein richtiges Ersticken, davor fürchten Sie sich ja so sehr. Die Sauerstoffzufuhr wird nicht abrupt unterbrochen, sondern allmählich vermindert. Sie werden bewusstlos, und den Rest merken Sie nicht mehr.«

»Sehr tröstlich«, sagte ich. »Aber ich möchte es doch nicht ausprobieren.«

Er zuckte mit der Schulter und wandte sich zur Tür. Ich nahm die Pistole aus der Jacke.

»Dr. Geberg. Drehen Sie sich um.«

Er tat es und sah erstaunt auf die Waffe in meiner Hand.

»Ach, kommen Sie! Damit können Sie doch nicht schießen.«

»Wollen Sie es riskieren?«

»Machen Sie nur.«

»Ich habe Sie gewarnt.«

Er drehte sich wieder zur Tür.

Ich zielte so, dass ich den Knochen nicht treffen würde, und schoss in seinen Oberschenkel. Er machte eine halbe Drehung und fiel zur Seite.

Ich trat an ihn heran und sah in sein Gesicht. Seine Augen waren geschlossen, aber unter den Lidern war Bewegung. Er war trotz Schock und Schmerz bei Bewusstsein und außerdem in der Lage, so zu tun, als wäre er es nicht. Ich durfte nicht denselben Fehler machen wie er und ihn unterschätzen.

»Na los, Dr. Geberg«, sagte ich. »Machen Sie die Augen auf. Ich helfe Ihnen von der Tür weg, und dann rufe ich den Notarzt. Von hier drinnen komme ich nicht durch.«

Er stöhnte, öffnete die Augen und strich mit der Hand über sein Bein.

»Gut geschossen«, sagte er. »Nichts Lebenswichtiges getroffen und nichts kaputt gemacht.«

Ich wollte näher kommen und ihm aufhelfen, aber ich ließ es, ich traute ihm nicht.

»Rücken Sie da weg. Das können Sie alleine.«

»Ich denke gar nicht daran.«

Er schob sich hoch und lehnte sich mit Wucht gegen die Tür, die zuschlug.

»Dann bleiben wir eben beide hier. Es wird schneller gehen, für zwei ist die Luft knapper. Und mir ist es egal, ob ich jetzt aufhöre zu leben oder erst in ein paar Jahren. Genau genommen habe ich schon vor langer Zeit damit aufgehört.«

Ich antwortete nicht. Er hatte recht mit der Luft. Besser, ich ging sparsam damit um. Ich musste schnell denken und langsam atmen.

Ich könnte wieder schießen, aber diesmal würde er nicht stillhalten. Ich würde nicht richtig zielen können und ihn womöglich töten. Ich hatte schreckliche Angst davor, jemanden zu töten.

Er beobachtete mich, mit wachsamen Augen. Er war auf alles gefasst. Ich musste etwas tun, worauf er sich nicht einstellen konnte. Das war nicht schwierig, denn er gehörte zu einer Generation, die erwartete, dass Männer brutal waren, aber bei Frauen nicht damit rechnete. Ich musste nur den Mut haben, es wirklich zu sein.

Ich machte einen großen Schritt und trat ihm mit dem Fuß ins Gesicht, und er schrie auf und fiel zur Seite. Ich schlug noch mal mit der Pistole zu, damit er bewusstlos war, griff unter seine Achseln und zog ihn von der Tür weg.

Mir war heiß geworden in dem kleinen Raum, und ich war froh, an die frische Luft zu kommen. Aber die Tür ließ sich nicht öffnen. Ich suchte nach einem Griff, einem Riegel, nach irgendwas. Aber da war nichts, nur eine glatte Fläche.

Ich starrte darauf und spürte, wie Panik sich in mir ausbreitete wie heiße Lava.

Ich zog die Jacke aus, steckte die Pistole in den Hosenbund und untersuchte die Tür. Es hatte einen Riegel gegeben und zwei Griffe, aber sie waren abgeschraubt worden. Die Schraublöcher waren noch zu sehen. Und zwei größere Löcher, durch die die Griffe einmal Innenriegel betätigt hatten. Die Riegel hatten sich verschoben, als Geberg sich mit Wucht gegen die Tür gelehnt hatte. War das Zufall gewesen oder Absicht?

Wenn er gewusst hatte, dass sie sich so schließen würde, wusste er auch, wie man sie öffnete. Mit bloßen Händen ging das nicht. Vielleicht hatte er ein Werkzeug dabei.

Ich beugte mich über ihn und untersuchte seine Taschen, Schuhe und Handschuhe, aber ich fand nur ein Taschenmesser. Unter seinen Klingen und Werkzeugen gab es eine, die so dünn war, dass sie in den Türspalt passte. Ich konnte damit die Innenriegel berühren, aber ich konnte sie nicht heben, dafür war die Klinge viel zu schwach.

Ich klappte sie wieder ein und ließ zu, dass die Angst mich überflutete, in großen schwarzen Wellen, die nur langsam kleiner wurden.

»Wenn du in einer Scheißsituation bist und Angst hast«, hatte Rolf gesagt, »richtige Scheißangst: Lass sie zu. Lass sie durchlaufen. Das nimmt ihr die Power, und du bist wieder stark.«

Vielleicht war das Werkzeug, mit dem man die Tür öffnen konnte, irgendwo hier versteckt. Ich durchsuchte den Raum, durchsuchte auch Geberg noch einmal gründlich und fand nichts.

Ich untersuchte die Tür. Stahlplatten, nicht gepanzert, nicht schussfest. Ihr Rahmen und ihre Riegel ebenso wenig. Es hatte zwei Griffe gegeben, und es gab zwei Innenriegel. Ich hatte noch neun Patronen im Magazin: vier für jeden Riegel und eine für alle Fälle.

Mit einer Hand richtete ich die Lampe auf die Tür, mit der anderen die Pistole, und schoss. Schießen war das Einzige gewesen, was ich als Erbin eines Ermittlungsbüros nicht erst hatte lernen müssen. Ich hatte es einfach gekonnt. Wunderkind,

Naturbegabung, hatte Herr Fischler gesagt, der es mir hatte beibringen wollen.

Ich traf gut, doch als ich die Tür öffnen wollte, bewegte sie sich nicht. Die Riegel waren zerschossen, aber ihre Teile hatten sich verkantet und hielten die Tür an ihrem Platz, und weil es keinen Griff gab, an dem ich rütteln konnte, konnte ich sie nicht verschieben.

Ich sah nach Geberg. Seine Gesichtsfarbe war gut, er war wieder bei Bewusstsein, aber noch benommen und dösig. Ich fühlte mich auch so. Fing die Luft an, dünn zu werden, oder bildete ich mir das ein?

Keine Panik, dachte ich, keine Panik. Denk. Denk über die Tür nach, sie ist die einzige Möglichkeit, wie du hier rauskommst.

Geberg atmete laut, halb stöhnend, halb seufzend. Das Licht der Taschenlampe schien schwächer zu werden. Irgendwann würde sie verlöschen, und ich würde im Dunkeln sitzen, das schreckliche Geräusch von Gebergs Atmen hören und darauf warten, dass ich keine Luft mehr bekam.

Denk nicht daran, dachte ich, denk an die Tür.

Mir fiel ein, wie Geberg sich gegen die Tür hatte fallen lassen. Das hatte die Riegel in Bewegung gesetzt. Vielleicht musste man es nur wiederholen.

Ich polsterte Arm und Schulter mit meiner Jacke und warf mich gegen die Tür, so lange, bis meine linke Seite vor Schmerz in Flammen stand und ich mich nicht mehr bewegen konnte.

Ich setzte mich, wo ich stand, hielt die Taschenlampe an die Brust, damit ihr Licht und ihre Wärme nahe bei mir waren, und heftete meinen Blick auf den Lichtkreis, den sie an die Decke warf. Allmählich wurden seine Ränder undeutlicher und fingen an, sich aufzulösen. Ich sah in die Lampe, die kleine Birne in ihrer Mitte erlosch, und um mich war Dunkel, feucht und stickig und nach Erde riechend.

Ich versuchte, etwas zu erkennen, nur einen Schimmer von Licht vielleicht, der von irgendwoher kam, aber es gab nur noch die Dunkelheit. Ich fing an zu frieren, tastete nach meiner Jacke und zog sie mühsam an.

Nach einer Weile tauchte Andreas' Gesicht vor mir auf, wie er aussah beim Lieben, wenn er lachte, wenn er wütend war. Wie er aussah, wenn er schlief. Die Zeitung las. Wie er gefragt hatte, ob wir nicht ein Kind wollten, und ich gesagt hatte: »Nein, noch nicht, ich kann noch nicht«, weil ich Angst gehabt hatte, dass es wieder so sein würde wie mit Jochen, dass ich wieder eine Fehlgeburt haben würde.

Schade, dachte ich, warum habe ich es nicht riskiert?

»Dann warten wir, bis du kannst«, hatte er gesagt. So liebevoll. Ich hatte es manchmal als Schwäche empfunden, dass er mich so liebte.

Dafür schäme ich mich, dachte ich, wie konnte ich nur so dumm sein? Verzeih mir, Andreas. Ich war auch sonst dumm. Ich habe nicht begriffen, dass wir uns nicht nur lieben. Wir gehören zusammen, so wie Jochen und ich zusammengehört haben. Das ist mehr als Liebe. Vielleicht liebe ich Martinek auch, aber zu dir gehöre ich, und wenn ich könnte, würde ich zu dir zurückgehen. Das kann ich nun nicht mehr. Schade.

Die Angst kam wieder und schüttelte mich so, dass meine Zähne aufeinanderschlugen. Ich versuchte an etwas zu denken, das mir helfen konnte. Die Kugel, die noch in der Pistole war, für alle Fälle? Nein. Ich konnte mich nicht erschießen. Dafür brauchte man eine Art von Mut, die ich nicht hatte. Ich versuchte mich damit zu trösten, dass Jochen schon da war, wo ich hinging, und auf mich wartete. Es half nicht, denn ich glaubte nicht daran.

Ich lauschte auf Gebergs Atem, der leise war, aber regelmäßig. War er eingeschlafen?

»Dr. Geberg?«, fragte ich, aber er antwortete nicht.

Die Dunkelheit nahm mir das Gefühl für die Zeit. Die einzige Zäsur war die Angst, die in großen Wellen kam, und der Moment der Erleichterung, wenn sie verging. Bilder und Erinnerungen tauchten auf, bunt und lebhaft, manchmal wusste ich nicht mehr, wo ich war, und endlich spürte ich, dass ich müde wurde und der Schlaf näher kam. Ich ließ mich fallen, drückte mich gegen die Tür und rollte mich zusammen wie ein Tier.

Es machte »Klack« hinter mir, ein scharfes, hartes Klack, noch ein Klack und noch eines, ich spürte einen Ruck an meinem Rücken und einen Hauch frischer Luft. Ich kroch weg von der Tür, und sie schwang auf, so leicht, als wäre sie nie verschlossen gewesen. Ich kroch weiter und blieb liegen, feuchten kühlen Wind im Gesicht und das Rauschen des Meeres in den Ohren.

Das Krankenhaus war so neu und modern wie das Gefängnis und innen sehr bunt, vielleicht, um die heilsame Wirkung von Farben für die Genesung der Patienten zu nutzen.

Viktor saß an meinem Bett und hielt meine Hand.

»Ich gehe dann mal«, sagte er und ließ sie behutsam los. »Ich schaue heute Abend noch mal rein. Gut, dass du morgen raus kannst. Das Grün hier macht mich ganz nervös. Warum haben sie nur das ganze Zimmer grün gestrichen?«

»Weil Grün eine beruhigende Farbe ist.«

»Ach so.«

Er sah erstaunt die Wände an.

Die Tür wurde geöffnet. Es war Martinek.

Viktor stand auf.

»Gut, dass du kommst. Ich will gerade gehen. Dann bleibt sie nicht alleine.«

Im Türrahmen drehte er sich um: »Aber denk daran, Jan, sie soll sich nicht aufregen. Aufregung hat sie genug gehabt.«

»Was soll das heißen, verdammt?«, fragte Jan. »Wie meinst du das?«

Aber Viktor war schon draußen.

»Bestimmt nicht persönlich«, sagte ich.

Er stand an meinem Bett und sah auf mich herab, mit schwarzen Augen. Sein Gesicht war gelblich-blass, er war unrasiert, und die Bartstoppeln und seine Sommersprossen, die auch fast schwarz wirkten, ließen ihn noch blasser aussehen.

»Was ist los, Anna? Was machst du? Warum sagst du mir nichts? Warum erfahre ich das erst hinterher, von dieser verdammten Polizistin ...«

»Polizeioberkommissarin.«

»... nachdem es dich fast erwischt hat? In einem Scheißbunker gleich bei mir um die Ecke! Und ich sitze in meiner Küche und weiß von nichts! Was soll das?«

»Setz dich hin«, sagte ich. »Ich mag es nicht, wenn jemand so über mir steht.«

Er blieb stehen.

»Warum hast du mir nichts gesagt? Warum hast du mich angelogen und mir erzählt, du fährst schon am nächsten Tag?«

»Weil ich nicht sicher war, ob du es nicht vielleicht warst.«

»Ob ich was war?«

»Der Mann, der mich verfolgt hat.«

Er sank auf den Stuhl.

»Das hast du wirklich gedacht?«

»Nein«, sagte ich. »Nicht wirklich. Aber ich konnte auch nicht denken, dass du es nicht warst.«

Er starrte mich an.

»Das wundert dich? Wieso wundert dich das? Du warst oft so komisch ... so widersprüchlich. So brutal manchmal. Als wir Peter Gentz am Strand gefunden haben, hast du mich mit Gewalt weggeschleppt. Als ob du was zu verbergen gehabt hättest. Du hast sogar die Polizei deshalb belogen! Du hast mir nicht glauben wollen, dass mich jemand verfolgt. Du hast immer wieder behauptet, ich bilde es mir ein. An dem Abend, als ich bei deinem Haus auf dich gewartet habe, weil du angeblich nicht da warst, hat mich jemand zusammengeschlagen. Brutal zusammengeschlagen. Und du hast mich vergewaltigt. Ich konnte trotzdem nicht von dir wegbleiben. Aber was sollte ich von dir denken? Wie sollte ich dir vertrauen?«

Er stützte die Ellenbogen auf die Knie und legte den Kopf in die Hände. Sein Haar schimmerte rötlich im Licht der Neonröhre hinter meinem Bett.

»Scheiße, Scheiße«, murmelte er nach einer Weile. »Du hast so verdammt recht. Ich habe mich wie ein Idiot benommen … Weißt du, ich wollte dich, und ich wollte mein Leben behalten, wie es ist: als Landrat. Aber ich werde von den Leuten hier gewählt, und die entscheiden nicht nur nach Sachfragen, wahrhaftig nicht. Dass ich von meiner Frau und den Kindern weg bin, das geht noch, da sagen die meisten: Das ist seine Sache. Aber die Affäre mit dir, und dass du von drüben bist, das nehmen mir viele übel, das weiß ich. Also wollte ich es geheim halten und auf keinen Fall mit dir gesehen werden. Deswegen habe ich dich nachts nicht nach Hause gebracht. Deswegen habe ich dich vom Strand weggeschleppt … Das war idiotisch. So was kommt immer raus, egal wie vorsichtig man ist. Oder wie feige. Aber wenn sie mich nicht mehr wählen, muss ich zurück nach Weeritz, ins Baureferat. Abteilungsleiter Bauordnungsamt. Das war ich mal. Das heißt Bürokratie, Schreibtisch, Papierkram. Verordnungen, Baukontrolle, Bauaufsicht. Alles klein und eng. Davor habe ich Angst. Ich will hierbleiben, und ich will dich. Ich will beides, und ich wusste, das geht nicht. Oder nein, seien wir ehrlich: Ich wollte das Risiko nicht eingehen. Das hat mich verrückt gemacht. Und dann raste ich manchmal aus. Ich will das nicht, aber … Es tut mir leid, Anna. Es tut mir so leid.«

Ich legte meine Hand auf sein Haar, da, wo es rot leuchtete.

Er hob den Kopf, nahm meine Hand in seine Hände und berührte sie mit den Lippen.

»Aber nun«, sagte er, »habe ich lange nachgedacht, und ich weiß, ich will mit …«

Ich drückte meine Finger so fest auf seinen Mund, dass er nicht weitersprechen konnte.

»Ich habe auch nachgedacht. Da im Bunker. Ich fahre zurück nach Hause, übermorgen. Diesmal ist es wirklich übermorgen. Und diesmal komme ich nicht wieder.«

Er sah auf.

»Zurück zu Andreas?«

»Ja. Ich will es wenigstens versuchen.«

»Und wo wohnst du?«

»Bei Viktor, fürs Erste. Er freut sich sehr. Und weißt du was? Ich freue mich auch.«

Sein Blick wanderte über mein Gesicht.

»Und dann?«

»Keine Ahnung«, sagte ich. »Erst mal bin ich einfach wieder zu Hause. In meinem Büro, in meiner Stadt. Das ist auch was, worauf ich mich freue.«

Er senkte den Kopf und sah in seine Hände.

»Scheiße, Martinek«, sagte er, »das hast du nun davon. Was machst du jetzt?«

Ich liebe dich, Martinek, dachte ich.

Er betrachtete weiter die Innenflächen seiner Hände, er studierte sie geradezu, eine lange Zeit. Dann räusperte er sich und sah hoch.

»Ist alles in Ordnung mit dir? Irgendwas gebrochen? Verletzt? Du hast dich gegen die Bunkertür geworfen, hat mir diese Kommissarin erzählt.«

»Nichts Schlimmes. Ich habe noch mehr Beulen am Kopf, und meine linke Seite ist ein großer blauer Fleck.«

»Zeig es mir.«

Ich schlug die Decke zurück und schob das Krankenhausnachthemd von der Schulter. Er zog hörbar die Luft ein. Die Außenseite von Oberarm, Hüfte und Oberschenkel war eine geschwollene Fläche, rot, blau, dunkelviolett, mit grünen und gelben Einsprengseln, da, wo es nicht so schlimm war.

Er strich mit der Hand darüber, zog das Nachthemd noch ein wenig weiter weg, ließ den Blick über meinen Körper zu meinem Gesicht wandern, küsste mich auf den Mund und deckte mich wieder zu.

»Wann fliegt ihr? Übermorgen?«

Ich nickte.

»Ich bringe euch hin.«

»Das brauchst du nicht«, sagte ich. »Frau Rogal hat gesagt, sie fährt uns.«

»Ich habe dich abgeholt, ich bringe dich auch wieder hin«, sagte er und stand auf. »Bis dann.«

Etwas drückte gegen meine Augen und in meiner Kehle. Ich schluckte es runter. Es war kurz nach fünf. Zeit fürs Abendessen. Und Viktor wollte noch kommen und Marion Rogal.

Eine Schwester kam herein, zog die Tischplatte aus dem Nachttisch und stellte ein Tablett darauf.

Ich betrachtete das, was sie »Aufschnittplatte« nannten, und probierte, was in der Teekanne war. Pfefferminztee nach Krankenhaus Art, lauwarm und bitter.

Marion Rogal kam um halb sechs.

»Hallo, hallo«, sagte sie mit weicher Stimme und sah mir prüfend ins Gesicht. »Sie sehen schon viel besser aus.«

Sie ließ sich auf den Stuhl sinken und legte ihre Beuteltasche ab.

»Er ist süß.«

»Wer?«

»Herr Svoboda! Er sitzt draußen mit Obst und Schokolade. Er sagt, Sie essen das Essen hier nicht. Mein Vater ist auch so. Er hat mir immer Süßigkeiten gekauft, wenn ich krank war als Kind. Und was zu lesen. Das macht er heute noch. Wenn er kann. Wenn er in der Nähe ist.«

Sie wies auf das Tablett.

»Wenn Sie das nicht mögen … Ich habe noch nicht gegessen. Ich finde, es sieht ganz gut aus. Mal was anderes als Pizza.«

Ich schob das Tischchen in ihre Richtung.

Sie verteilte den Inhalt des Butterpäckchens auf den Brotscheiben, belegte sie mit allem, was auf der Aufschnittplatte war, und aß, als hätte sie seit Ewigkeiten nichts gegessen.

»Das war gut«, sagte sie, als sie fertig war. »Ich habe seit Ewigkeiten nichts gegessen. Keine Zeit.«

Sie fing an, in ihrer Tasche nach Zigaretten zu wühlen, aber dann fiel ihr ein, wo sie war, und sie ließ die Tasche mit einem Seufzer zu Boden fallen.

»Zwei Mordfälle gerichtstauglich geklärt«, sagte sie, »Svoboda, Köhler – und vielleicht ein dritter. Dr. Geberg wird als Zeuge gegen Herrn Zierer auftreten, was den Mord an dem Wirt angeht. Heinrich ... wie hieß er noch mal?«

»Fromm.«

»Fromm. Mein Gedächtnis war auch schon besser. Ich müsste mal wieder ausschlafen.«

»Geberg war Zeuge?«

»Nein. Aber er wusste natürlich, dass Herr Zierer Frau Svoboda entführt hatte, und ihm war auch klar, dass es Zierer gewesen sein musste, der Frau Köhler umgebracht hatte. Und eines Abends beim Skat – sie spielten ja fast jeden Abend Skat im Fischerhus, Geberg, Zierer und der Wirt – hat der Wirt eine Bemerkung gemacht: dass er nachts, als er vom Wirtshaus nach Hause ging, Zierers Wagen gesehen hätte, wie er von Brigitte Köhlers Haus kam, und das sei genau die Nacht gewesen, in der sie ermordet worden sei, und dass man beinahe glauben könnte, Zierer sei der Mörder. Es war ziemlich sicher ein Scherz, meint Geberg, aber zwei Tage später war der Wirt tot, und Geberg hatte keine Zweifel, dass es Zierer gewesen war. Klar, wer sonst?«

»Aber was ist mit Peter Gentz?«, fragte ich. »Dem Bernsteinsammler? Jeder von beiden könnte ihn getötet haben, Zierer oder Geberg. Ich habe noch mal über das nachgedacht, was er mir damals gesagt hat: dass er viel unterwegs ist beim Suchen und Sammeln und viel sieht und sich Gedanken macht und Schlüsse zieht. Er hat oft am Strand hinter dem Wald am Meer gesammelt und ist durch den Wald nach Hause gegangen. Was immer er dort gesehen hat, es könnte ebenso gut Geberg wie Zierer betreffen.«

»Stimmt«, sagte sie. »Wir haben auch nachgedacht. Das tun wir manchmal«, fügte sie mit milder Ironie hinzu. »Aber wir haben nichts in der Hand, und ein freiwilliges Geständnis werden wir kaum kriegen.«

»Es ist ein Scheißgefühl, dass der alte Mann so gestorben ist, erschlagen und ins Wasser geworfen, und keiner ...«

»Ich weiß. Aber sie kommen ja nicht davon. Bei Zierer ist es Mord und Entführung, bei Geberg Totschlag, mit Mordmerkmalen vielleicht, jedenfalls ein schwerer Fall. Die bleiben lange drin, vermutlich für immer. Der Mord an dem alten Sammler ist sozusagen inklusive. Bei beiden.«

Sie blickte seufzend auf ihre Tasche mit den Zigaretten und dann auf die leere Aufschnittplatte.

Ich zog die Nachttischschublade auf: »Lakritze, Weingummi, Karamellbonbons.«

»Mhm«, sagte sie und griff hinein.

»Wir sind also durch mit dem Fall Svoboda. Auch dank Ihnen. Ich müsste Sie nun eigentlich tadeln wegen Ihrer eigenmächtigen Aktion, mit der Sie sich und andere gefährdet haben, und Sie ermahnen, so was in Zukunft zu unterlassen. Das wäre meine dienstliche Pflicht. Ich finde es bloß schwierig, jemanden wegen etwas zu tadeln, das so erfolgreich war. Aber warum haben Sie mir nichts gesagt?«

»Was hätte es geholfen, wenn Sie ihn dabei erwischt hätten, wie er mir gefolgt ist? Er hätte sich auf ein Missverständnis rausgeredet. Außerdem wollte ich es allein machen. Ich wollte nicht, dass mir jemand reinredet oder mir sagt, was ich tun soll.«

Sie grinste. Sie hatte die Tüte mit den Lakritzschnecken geleert und wandte sich den Karamellbonbons zu.

»Wann fliegen Sie?«, fragte sie kauend.

»Übermorgen früh.«

»Da ist die Pressekonferenz. Dann steht es erst in der Zeitung, wenn Sie schon zu Hause sind. Und bei Ihnen sicher nicht so ausführlich wie hier.«

»Im Fernsehen kommt es auch bei uns groß raus«, sagte ich. »Aber Viktor sieht nicht fern. Und ich werde dafür sorgen, dass er in den ersten Tagen keine Zeitung liest. Und dass ihm niemand davon erzählt. Haben Sie schon mit seiner Tochter gesprochen?«

»Nein«, sagte sie. »Ich graule mich davor.«

»Es wird nicht so schlimm, keine Sorge. Sie ist stark, sie hält viel aus. Sie hat ihre Familie. Und es wird ihr manches erklären, dass Geberg ihr biologischer Vater ist.«

Sie sah mich zweifelnd an.

»Wann soll ich Sie abholen, übermorgen?«

»Jan Martinek fährt uns zum Flughafen«, sagte ich. »Er will es unbedingt. Aber es wäre schön, wenn Sie trotzdem kommen.«

»Gut, gut«, sagte sie und wollte aufstehen, aber dann setzte sie sich wieder.

»Wissen Sie, was komisch ist bei dem Ganzen? Es ist immer nur um Liebe gegangen. Frau Svoboda hat ihren Mann geliebt und Karl Geberg. Herr Zierer liebt seinen Bruder. Dr. Geberg hat Frau Svoboda geliebt und liebt sie immer noch, obwohl er sie umgebracht hat. Herr Svoboda liebt Frau Svoboda, sowieso. Bei so viel Liebe müsste eigentlich was Besseres rauskommen als ein Haufen Straftaten gegen das Leben, oder? Ist komisch, nicht?«

Sie hob den Riemen ihrer Tasche über den Kopf und stand auf.

»Ich verschwinde. Ich muss dringend eine rauchen. Bis dann. Bis übermorgen.«

Viktor kam, brachte Obst und Schokolade und ging bald wieder, weil er fand, ich sähe müde aus und brauchte Ruhe.

Ich langte nach dem Telefonhörer und tippte Andreas' Büronummer ein. Er meldete sich nicht, seine Sekretärin auch nicht, nur der Anrufbeantworter. Vielleicht war er schon zu Hause. Ich wählte unsere Nummer.

»Moratt?«

»Ich bin's, Andreas. Anna.«

»Ja?«

»Ich wollte dir sagen, dass ich nach Hause komme. Übermorgen. Ich bin hier fertig.«

»Mit allem?«

»Ja. Mit allem.«

»Gut«, sagte er. »Und?«

»Ich werde bei Viktor wohnen«, sagte ich. »Aber ich muss bei dir vorbeikommen, um meine Sachen zu holen. Wann ist es dir recht?«

Er lachte sein typisches kleines Lachen.

»Samstag, zum Beispiel. Ruf noch mal an, wenn du angekommen bist. Bis dann, Anna.«

Er legte auf.

Er schien so gelassen und heiter und endlos weit weg von mir. Angst befiel mich, dass ich ihn ganz und gar verloren hatte und nicht mehr zurückgewinnen konnte.

Die Schwester kam herein, um das Tablett zu holen.

»Sie haben ja alles aufgegessen. Da wird Ihr Vater sich freuen. Er liegt uns in den Ohren, weil Sie so wenig essen. Dabei ist unser Essen gar nicht so schlecht! Das müssen Sie zugeben!«

»Ja, ja«, sagte ich mechanisch.

Sie trug das Tablett hinaus und kam zurück, um die Tischplatte einzuklappen, mein Kopfkissen aufzuschütteln und die Bettdecke glatt zu streichen.

»Sie sind zu beneiden«, sagte sie und zog den Stuhl vom Bett weg. »Solche Väter haben wir hier nicht alle Tage!«

Ich auch nicht, dachte ich. So einen Vater hatte ich noch nie. Nicht einen einzigen Tag lang. Aber vielleicht hast du recht. Vielleicht habe ich ja jetzt einen. Und das für immer.

Sie schenkte mir ein professionelles Lächeln, wünschte gute Nacht und kippte das Fenster, bevor sie ging.

Draußen war es trüb und regnete, aber die Luft war weich und duftend, und die Vögel sangen, wie sie es nur im Frühling tun.

Nachbemerkung

Meine Informationen über Staatssicherheit und DDR entstammen vor allem folgenden Quellen:

Joachim Gauck: Die Stasi-Akten. Das unheimliche Erbe der DDR. Reinbek 1991

Hans-Hermann Hertle, Stefan Wolle, Nicolaus Schröder: Damals in der DDR. Der Alltag im Arbeiter- und Bauernstaat. München 2006

Außerdem der Website der Bundesbeauftragten für die Stasi-Unterlagen:

www.bstu.de

Und den Websites:

www.ddr-wissen.de

www.ddr-im-www.de

SERIE PIPER

Franziska Stalmann

Champagner und Kamillentee

Roman. 230 Seiten. Serie Piper

Nach dreizehnjähriger Ehe wird die 39jährige Ines von ihrem Mann in Rekordzeit »ausgemustert«. Er wird anderweitig Vater und will eine schnelle Scheidung. Ines steht fassungslos und allein da, ohne Beruf, ohne Ausbildung, ohne Freunde.
Wie sie sich langsam fängt und sich mit neuem Outfit und neuen Aufgaben zum Schwan mausert, schildert die Autorin mit Charme, Sprachwitz und viel Situationskomik.
Eine Emanzipations-Komödie der allerfeinsten Art. Franziska Stalmanns spritziger Roman, erzählt in wunderbar leichtem Ton, ist längst zu einem Bestseller geworden, der sich bei Frauen wie ein Lauffeuer herumgesprochen hat.

Ein »Frauen-Power-Buch, süffig wie ein Glas Champagner.«
Brigitte

»Spaß vom Allerfeinsten.«
Die Welt

05/1041/01/L

Franziska Stalmann

Annas Mann

Roman. 192 Seiten. Serie Piper

Annas geliebter Mann stirbt bei einem Autounfall. Für Anna geht die Welt unter. Sie sucht Zuflucht in Jochens Ermittlungsbüro und findet Hinweise, dass sein Tod kein Unfall war, sondern Mord. Naiv und unerfahren beginnt sie zu ermitteln. Dabei trifft sie auf Andreas, in dessen Bett sie Jochen für eine Weile vergessen kann. Hin und her gerissen zwischen neuer Leidenschaft und alter Liebe, ermittelt sie weiter, bis sie in einen unheimlichen Irrgarten aus Spurensuche und Bedrohung gerät … Franziska Stalmanns neuer Roman besticht durch Wärme, Ironie, Spannung und den schwebenden Ton, in dem sie vom Verlust einer großen Liebe erzählt und davon, wie Anna den Boden unter den Füßen zurück gewinnt.

Von der Autorin des Bestsellers »Champagner und Kamillentee«

05/1503/02/R